诗意的信仰

经典文学与诗意人生

吉文斌 董雪静 —— 著
刘慧 —— 画评

中国出版集团有限公司
华文出版社

图书在版编目（CIP）数据

诗意的信仰：经典文学与诗意人生 / 吉文斌，董雪静著；刘慧画评. -- 北京：华文出版社，2024.8
（诗意人生美育系列丛书）
ISBN 978-7-5075-5710-7

Ⅰ.①诗… Ⅱ.①吉… ②董… ③刘… Ⅲ.①文艺美学-研究-中国-古代 Ⅳ.① I01

中国国家版本馆 CIP 数据核字 (2024) 第 104110 号

经典文学与诗意人生

著　　者：	吉文斌　董雪静
画　　评：	刘　慧
责任编辑：	郭俊萍
责任印刷：	刘力新
出版发行：	华文出版社
地　　址：	北京市西城区广外大街 305 号 8 区 2 号楼
邮政编码：	100055
网　　址：	http://www.hwcbs.cn
电　　话：	总编室 010-58336210　编辑部 010-63421256
	发行部 010-58336202
经　　销：	新华书店
制　　版：	北京禾风雅艺文化发展有限公司
印　　刷：	天津画中画印刷有限公司
开　　本：	710mm×1000mm　1/16
印　　张：	17
字　　数：	213 千字
插　　画：	21 幅
版　　次：	2024 年 8 月第 1 版
印　　次：	2024 年 8 月第 1 次印刷
标准书号：	978-7-5075-5710-7
定　　价：	88.00 元

版权所有，侵权必究

《诗意人生美育系列丛书》序言

"兴于诗，立于礼，成于乐"，中华民族自古以来重视美育对人和社会发展的重要意义。进入新时代，习近平总书记多次强调：坚持党对教育事业的全面领导，坚持把立德树人作为根本任务；要坚持把立德树人融入教育教学各环节；要努力构建德智体美劳全面培养的教育体系，形成更高水平的人才培养体系；要全面加强和改进学校美育，坚持以美育人、以文化人，提高学生审美和人文素养。

德智体美劳全面培养，对于立德树人具有不可替代的作用，既是对人的素质定位的基本准则，也是中国特色社会主义教育的趋向目标。《国务院办公厅关于全面加强和改进学校美育工作的意见》(以下简称《意见》)指出，美育是审美教育，也是情操教育和心灵教育，不仅能提升人的审美素养，还能潜移默化地影响人的情感、趣味、气质、胸襟，激励人的精神，温润人的心灵；美育与德育、智育、体育相辅相成、相互促进。《意见》总体目标为，到2020年，初步形成大中小幼美育相互衔接、课堂教学和课外活动相互结合、普及教育与专业教育相互促进、学校美育和社会家庭美育相互联系的具有中国特色的现代化美育体系。

美是纯洁道德、丰富精神的重要源泉，对塑造美好心灵、培养时代新人具有重要意义。这要求新时代的美育工作者，一方面要呼唤美育回归本质，培养青少年发现美、欣赏美、创造美的能力，更要通过这一历程引导青少年寻找人生意义，塑造美好心灵；另一方面，也要呼唤美育与时俱进，创新美育工作方式方法，开拓实践美育新天地。

为充分发挥美育在人才培养中的积极作用，把美育作为人才培养的重要途径，特别是满足"新工科"背景下，社会发展和产业升级对具备科学素质与人文素养有机结合、具有可持续发展能力的卓越的应用型本科人才的培养需要，上海电机学院自2015年起开展了美育教育教学系列改革，立足"价值塑造、能力培养、实践创造"的三位一体的美育改革模式，在大学生美育体系的研究与实践方面作出了积极探索。其中，经典文学与诗意人生课程获批上海市教委重点课程（2019），入选上海高校优质混合式在线课程示范案例（2019）；华夏美谈课程获批上海市教委重点课程（2017），验收优秀；中国爱情文学赏读课程获批上海市教委重点课程（2020）；校企区协同构建"三圈四共"大学生美育体系的研究与探索项目获批上海高校本科重点教改项目（2019）；校企区协同构建"书苑+"美育模式的探索与研究项目获批上海市学校艺术项目（2019）；严雪怡项目获批上海市教委校园大师剧创编与巡演计划项目（2019）；基于产教城融合发展的高校美育创新与探索项目获批上海市教育科学研究项目（2021）；"基于产教融合发展的应用型高校'三圈四共'大学生美育体系的构建"获得全国第六届大学生艺术展演活动高校美育改革创新优秀案例二等奖、上海市高校美育改革创新优秀案例一等奖（2021）；上海电机学院"明德书苑"文化育人平台建设获上海市教委校园文化与师德建设专项资助（2019）。另外，学校还建设了中国气质、大学美育、大学语文等若干校级重点通识课程，以及春雪剧社、月河诗社、国风社、翼云文学社、《生机》杂志社等一批学生美育实践社团。

《诗意人生美育系列丛书》是依托大学生美育改革，对美育理念与实践探索的研究成果，也是进一步提高美育工作站位，落实以美育人、以文化人的学科普及读物。本丛书以"发现人生的诗意之美"为核心理念，以学术研究为指导、以课程建设为核心，以课外轻阅读为补充，以案例选编为展示，包括《诗意的凝视："厚"范畴的审美空间》（学术著作）、《诗意的信仰：经典文学与诗意人生》（在线课程配套著作）、《诗意的探寻：经典文学一百篇读解》（在线课程配套读本）、《诗意的邂逅：中国经典爱情文学》（在线课程配套读本）、《诗意的陶养：美育与生活》（在线课程配套读本）、《诗意的聆听：一路有诗，山水有意》（广播电台专栏读本）等。

我们希望这套丛书的出版能够在弘扬中华美育精神、传播传承中国文学经典、树立正确的审美观念、培养高雅的审美品位、提高学生人文素养等方面发挥积极作用。本丛书可以作为高校推进美育教育教学改革的教材和课外读物，同时也为社会上不同年龄、层次、需求的文学爱好者提供阅读的选择，能够满足各类读者获取知识和享受诗意的需求。

由于学养和能力有限，加之成书时间仓促，难免有不妥之处，衷心希望专家、同行和读者批评指正。

董雪静　吉文斌

2019 年 8 月序

2023 年 6 月补序

序　言

  我的正儿八经的文学梦应该是从华东师大那幢淡白色的文史楼开始的，在这里上的"大学第一课"就是一位戴着博士帽、满面慈意笑容的老先生给我们讲"文学是人学"，事后才知道这位老先生就是学界赫赫有名的钱谷融。

  钱先生的《论"文学是人学"》是20世纪50年代发表的，据他自己说，"人学"理论并不是他首创的，高尔基等人也曾表达过相似说法。但能在当时的历史背景下毅然主张：文学应该回到活生生的、有血有肉的"具体的人"，文学"抓住了人，也就抓住了生活，抓住了社会现实"等，钱先生的观点足以成为中国现当代文坛的一座丰碑，也成为我们这些聆听过先生教诲的后学们的治学之要。

  与"文学是人学"一脉相承的，钱先生还有一个著名的论断：文学的本质是诗，关乎心灵和情感。他说过：

    我一向认为一切文学作品都应该是诗，都应该有诗的意味……一切发自内心深处，直接从肺腑间流泻出来的都是诗，都有诗的意味。不但李白、杜甫的诗篇是诗，莎士比亚、契诃夫的戏剧也是诗，曹雪芹的《红楼梦》、托尔斯泰的《战争与和平》、兰姆的《伊利亚随笔》、鲁迅的《朝花夕拾》等等都是诗。研究文学绝不可忘记文学的本质是诗。

（钱谷融《贺〈现代诗学〉创刊》）

钱先生认为"文学的本质是诗"，意思是，无论哪种文学体裁，包括戏剧、小说等，都应该富有"诗意"。

那么，"诗意"是什么？它不是专指纸面上的主旨大意，而是一种像诗一样的意味，钱先生所说"发自内心深处，直接从肺腑间流泻出来"的创作，就是"诗意"的一种体现。

歌诗（较早期大约是采用音乐歌舞形式或以音乐歌舞为载体进行表现的），原是离心灵很近的一种艺术表达，或许也是先民们最喜闻乐见、最自然、最真挚的传达情意的方式，所以《毛诗序》里说："诗者，志之所之也，在心为志，发言为诗，情动于中发于言，言之不足故嗟叹之，嗟叹之不足故永歌之，永歌之不足，不知手之舞之、足之蹈之也。"

文学艺术创作的原动力说到底就是人类最真实的情感流露。王国维在《屈子文学之精神》里强调"真情"是文学创作的"素地"："诗歌之题目，皆以描写自己之感情为主。其写景物也，亦必以自己深邃感情为素地，而始得于特别之境遇中，用特别之眼观之。"其在《人间词话》里更是把是否具备"真情"视为创作优劣的重要评价标准："能写真景物真感情者，谓之有境界。否则谓之无境界"；"大家之作，其言情也必沁人心脾，其写景也必豁人耳目。其辞脱口而出无矫揉妆束之态。以其所见者真，所知者深也。"因此说，具备了以上"真情"的要素，无论什么体裁的文学创作，都能称作是有"诗意"的创作。

此外，"诗意"还有另一层涵义，它常指作品所涵蕴的一种"言外之意"，或是"韵外之旨""味外之味"等，它能让你从眼前在场的"言""韵"

或"味"里品鉴出那些原不在场的"意""旨"或"味",并沉浸其中而获得审美享受,这种境界就叫"含不尽之意于言外""言有尽而意无穷"。从这个意义上说,如果哪个创作(不论什么体裁)具备上述审美境界,我们就认为它是"诗意"的。比如,柳宗元的《江雪》:"千山鸟飞绝,万径人踪灭。孤舟蓑笠翁,独钓寒江雪。"从字面看,我们读到的是老渔翁在寒江边垂钓,多么悠闲、多么自在;若再用心感受,则能领悟诗里诗外还有一位虽身处窘境但依然孤高不屈的君子,泰然地面对人生悲喜,用心体悟着人世万物的真趣真意,这就是那"言外"的"诗意"。

当然,我们也需注意两个问题。

其一,我们所说的"言外之意""韵外之旨""味外之味",虽原本不在场,其产生却不是无中生有的,而仍是生根于作者真情实意的传达表述之中,或者说是读者被作者的那种真情实意所感动、陶醉其中而自然领悟到的。

其二,诗意所指向的所谓不在场的"言外之意""韵外之旨"或"味外之味"等,都不是同现实世界隔离开来的某些虚境或幻象,而是指向一处更深远奥秘的本相世界,人们身处其中能真切体验生命之本真、深切体悟宇宙之本原,在这种真而深的精神感召中彻悟了存在的价值与意义。这或许是人们对所谓"诗意"的更深远企盼!比如,我们读庄子的文章,他的"寓言""重言""卮言""粘言"都具"言外之意",他用它们来开启意义世界,目的是为了恢复"道言"或"大言"所表达纯思想的诗意性或缘构性,将自己的思想特质归根于这种源域状态的"道言"或"大言",进而呈现"独与天地精神往来,而不敖睨于万物"的精神境界,这就是庄子独有的诗意心境。

诗意,直陈在读者面前的是语言、修辞,鲜活跳动着的却是这语言修辞底下的人情人生、精神理想,甚至生生大道、万物真理。这些东西都不是直接可见或可捉摸的，若没有对诗意的信仰敬畏以及对其美好境界的祈盼，那些语言修辞就不会让你读出它的体温与活气，让你的"心"跟古今相距那么久的"人心"、天涯相隔那么远的"人心"沟通和连接起来，也许你就无缘与"诗意"见面了。

沈从文先生1936年写给"志在写作者"的一封信里有过这样的忠告——搞文学不光要有兴趣，更要有信仰。他说：

> 我接到的一切信件，上面总那么写着："先生，我是个对文学极有兴趣的人。"都说有"兴趣"，却很少有人说"信仰"。兴趣原是一种极不固定的东西，随寒暑阴晴变更的东西。所凭借的原只是一点兴趣，一首自以为是杰作的短诗被压下，兴趣也就完了。
>
> ……………
>
> 对文学有信仰，需要的是一点儿宗教情绪，同时就是对文学有所希望（你说是荒谬想象也成）。这希望，我们不妨借用一个旧俄作家说的话："我们的不幸，便是大家对于别人的心灵、生命、痛苦、习惯、意向、愿望都很少理解，而且几乎全无所知。"我们所以觉得文学可尊者，便因其最高的功能是试在消除一切的界限与距离。
>
> 话说得不错，而且说得很老实。今古相去那么远，世界面积那么宽，人心与人心的沟通和连接，原是依赖文学的。人性的种种纠纷，与人生向上的憧憬，原可以依赖文学来诠释启发的。这单纯信仰是每一个作家不可缺少的东西，是每个大作品产生必有的东西。有了它，我们才可以在写作失败时不气馁，成功后不自骄。有了它，我们才能够"伟大"！好朋友，你们在过去总说对文学有"兴趣"，我意见却要让你们有"信仰"。是不是应该把"兴趣"

变成"信仰"？请你们想想看。

（沈从文《给志在写作者》）

其实，不仅仅是创作者，读者也应当对文学或诗意有信仰，不然也称不上真正热爱文学、热衷诗意的人。

首先，这种信仰是一种坚守，因而"才可以在写作失败时不气馁，成功后不自骄"。钱锺书先生曾把做学问比作"叫驴拉磨"，驴拉累了，便抬起头来嘶叫两三声，然后又老老实实地低下头去，复蹈陈迹地又拉起来。无论做文学还是读文学，实际上也都需要这种"叫驴拉磨"式的坚守。

其次，沈从文说的"信仰"是指要对文学或诗意抱有希望，坚信它能"消除一切的界限与距离"，从而通过它来诠释"人性的种种纠纷"和启发"人生向上的憧憬"，进而产生一种自我伟岸感及生命满足感。

而且，这种信仰还应是单纯的，天然的，不知所起，一往而深。就像徐志摩在一篇散文里写过的那个在海滩上种花的小孩子的"单纯的信仰"：

> 在我们看来海砂里种花是傻气，但在那小孩自己却不觉得。他的思想是单纯的，他的信仰也是单纯的。他知道的是什么？他知道花是可爱的，可爱的东西应得帮助他发长；他平常看见花草都是从地土里长出来的，他看来海砂也只是地，为什么海砂里不能长花他没有想到，也不必想到，他就知道拿花来栽，拿水去浇，只要那花在地上站直了他就欢喜，他就乐，他就会跳他的跳，唱他的唱，来赞美这美丽的生命……

（徐志摩《海滩上种花》）

林徽因在《悼志摩》里还曾记过这样一件往事，那时徐志摩正在康桥

读书，一日却在狂风大雨中飞奔到桥上等着看雨后的彩虹，林徽因问他："你立在桥上等了多久，并且看到虹了没有？"徐志摩说他记不清等了多久，但是他居然看到了虹。林徽因接着问他，怎么他便知道，准会有虹的。徐志摩得意地回答："完全诗意的信仰！"

绝代华章映日月，万古诗情永流传。让我们一同成为诗意的单纯信仰者吧，为了真而真，为了爱而爱，为了美而美……

"既为信仰而来，千万不要把信仰失去！"（沈从文《从现实学习》）让我们一齐共勉！

吉文斌

2022年8月于沪上

目 录
CONTENTS

绪 论 信仰诗意 感受生活
一、什么是文学 /2
二、为什么需要文学 /4
三、什么才是好的文学作品 /6

第一编 经典文学里的"真"性情

第一章 猛士的信仰之"真" /11
一、壹志不迁：屈原的家国信念 /12
二、独清独醒：屈原的人格信仰 /14
三、上下求索：屈原的精神写照 /16

第二章 名士的性情之"真" /21
一、越名教而任自然：魏晋名士的精神图腾 /23
二、乘兴而行兴尽而返：魏晋名士的人生寄托 /27
三、超俗而不绝世：魏晋名士的人格升华 /34

第三章 才子的理想之"真" /39
一、盛世气象：大唐才子的时代之幸 /40
二、四季唐诗：大唐才子的时代心声 /41

三、青春李白：大唐才子的精神偶像　/46

第四章　学人的气度之"真"　/53
　　一、红杏枝头春意闹：两宋学人的"美好存在"　/54
　　二、寄至味于淡泊：学人的高品位　/57
　　三、蓄道德而能文章：学人的大智慧　/61

第五章　赤子的性灵之"真"　/71
　　一、人生如初见：纯粹的赤子之心　/72
　　二、愁似春江水：深绵的赤子之情　/75

经典文学里的『爱』人生

第一章　先哲的生命之"爱"　/83
　　一、生死齐一：庄子诗意的生命情怀　/85
　　二、与天为徒：返朴归真的诗意生存　/88
　　三、无待逍遥：现世生命的诗意绽放　/92
　　四、沉潜飞动：诗化生命与诗意人生　/96

第二章　唐人的知音之"爱"　/101
　　一、寄情于流水：唐代文人的诗友人生　/102
　　二、思君若汶水：李杜间的深知与深爱　/104
　　三、悠悠愚溪水：刘柳同道胶漆的深情　/109
　　四、交情淡若水：白居易真而淡的友谊　/113

第三章　情圣的至亲之"爱"　/119
　　一、孝悌恩情：崇儒尚孝的家风　/120

二、手足温情：离散中深切守望　/123

三、舐犊深情：言之殷殷的父爱　/126

四、夫妇柔情：终生唯一爱老妻　/129

第四章　情种的伊人之"爱"　/135

一、至爱的凝眸：所谓伊人在水一方　/136

二、深情的守望：理想中的现实爱情　/139

三、长情的守候：现实里的理想爱情　/148

第五章　匹夫的家国大"爱"　/159

一、一带江山如画：山川风物之爱　/160

二、生于斯长于斯：乡土故园之恋　/164

三、哀民生之多艰：黎民同胞之情　/168

四、醉里挑灯看剑：报国卫国之行　/172

经典文学里的『美』生活

第一章　诗绘的山川之"美"　/179

一、知己相惊：人与山水的神交　/180

二、大美不言：自然美的忘我境界　/184

三、极貌写物：二谢的山水新致　/192

四、妙悟空明：王维的山水灵境　/198

第二章　诗化的人格之"美"　/209

一、观物比德：启悟人生的一面镜子　/210

二、浩然之气：人格塑造的一个母题　/213

三、逸怀浩气：苏轼的理想人格　/216

第三章　诗造的艺境之"美"　/225

一、美的类别：现实美与艺术美　/226

二、兴会标举：艺术创作的情感状态　/227

三、神思灵动：艺术思维的特殊方式　/232

四、艺术妙境：用艺术来发扬生命　/235

参考书目　/243

后记　/249

绪论　信仰诗意　感受生活

【诗意导读】

"什么是文学?""我们为什么需要文学?"对于大多数像我一样深爱着文学的人来说,这些问题就像天使面孔魔鬼身材的女人一样,诱惑着我们对她苦心孤诣而又乐此不疲地追寻。

一、什么是文学

当我有事琢磨不透的时候，常会去杭州西湖走走，那是我寻梦求知的"神住"之所。

我曾在花港观鱼神交过一位民国老人——马一浮先生，在他的故居偶得一本《复性书院讲录》，里面有四句对"诗"的精彩定义，让我感动良久。他说，诗就是人的心灵"如迷忽觉，如梦忽醒，如仆者之起，如病者之苏"①。

其实，不光是诗，所有种类的文学，都是指向人的心灵的，都可以称得上是人心的苏醒。有次课上我跟留学生谈到孟浩然的《春晓》：

春眠不觉晓，处处闻啼鸟。
夜来风雨声，花落知多少。

（清·彭定求等《全唐诗·卷一百六十》）

一位越南女孩子觉得这首诗读起来有些感伤。我说，她的心灵跟诗人还不够贴近，所以读得不够真切。我让她静下心，跟我一起"梦回大唐"：那应该是盛唐的一个春天的早晨，诗人还躺在被窝里，阳光早已透过直棂窗暖暖地洒到他的床边，他还懒洋洋地不愿马上起来，听着窗外叽叽喳喳的鸟叫声。懵懂间，他想起半夜曾被风雨声惊醒过，却还来不及感伤落花的飘零就又迷迷糊糊地睡去了，而且睡得那样惬意安然，一觉醒来依旧是个好天气，到处都有小鸟清亮的叫声，心里真是暖极了！其实，那是一个气象万千的盛世时代，每个人都努力睁开澄明而充满希望的双眼。在他们心

---

① 马一浮.复性书院讲录：卷二[M].南京：江苏教育出版社，2005.

中，所有的风风雨雨、草枯花落都属于过去，而眼前拥抱的定是那一米一米的阳光、一树一树的花开，因为任何事物都阻挡不了生命的勃勃生机，整个时代和宇宙就在这风风雨雨、花开花落中生生不息，走向清新和博大。哪天早晨起来读一首这样的诗，即使那天的空气指标并非优良，你一天的心情也会因了这首诗而莫名地好起来——因为在诗里你不仅重温了一遍"在那阳光明媚的日子里"睡到自然醒的满足，更是跟着诗人体验了一把大唐才子励志的青春梦，这青春的活气能把多少人脸上的风霜、心上的雾霾一扫而光！

再讲一首悲情诗，白居易的《长恨歌》，其中有六句描写李隆基和杨玉环在马嵬驿的生离死别，十分感人：

> 六军不发无奈何，宛转蛾眉马前死。
> 花钿委地无人收，翠翘金雀玉搔头。
> 君王掩面救不得，回看血泪相和流。

（唐·白居易《白居易集·卷十二》）

至高无上的盛世帝王此刻颓丧无比，他的爱情在政治和权力面前已变得无足轻重。他多么希望自己只是一个普通男人，能拥着他的美人在尘世硝烟里抽身而退。柔弱多情的绝代佳人为了她所深爱的男人自愿成为这场无情战争的牺牲品，她的青春和美貌在点点血泪中化为乌有；她多么希望自己爱上的不是一个君王，那他俩的世界里将不会有江山阻隔。唐明皇、杨贵妃已经死去一千多年了，但"君王掩面救不得""宛转蛾眉马前死"的镜头定格在了每个痴情者的脑海里，那因爱而生的绵绵长恨穿越历史流到他们心间。任何战争和政治都无法消磨人们对爱情的执着，在美好的诗意空间，所有信仰爱情的人隔空相会，李隆基的一招"掩面"唤起多少人对生命中错过爱情的追忆！

这就是"文学"——看似沉寂的文字背后是古今相通的鲜活人心，它把我们从平庸、浮华与困顿中唤醒，在诗意世界里与那个被我们爱之、惜之、怜之的"真我"会面。只要有感觉、有感情、有修养的人，就一定能够感受到文学作品中蕴含的充足、真诚的感性生命，让那看似沉寂的文字在我们的心底开出花来。

二、为什么需要文学

对大多数人来说，选择文学是一种源自心灵、源自生命的需要。比如，我们读李白的《将进酒》：

> 君不见黄河之水天上来，奔流到海不复回。君不见高堂明镜悲白发，朝如青丝暮成雪。人生得意须尽欢，莫使金樽空对月。天生我材必有用，千金散尽还复来。烹羊宰牛且为乐，会须一饮三百杯。岑夫子，丹丘生，将进酒，君莫停。与君歌一曲，请君为我倾耳听。钟鼓馔玉不足贵，但愿长醉不复醒。古来圣贤皆寂寞，惟有饮者留其名。陈王昔时宴平乐，斗酒十千恣欢谑。主人何为言少钱，径须沽取对君酌。五花马，千金裘，呼儿将出换美酒，与尔同销万古愁。

（唐·李白《李太白全集·卷三》）

这首看似没有多大教育意义和社会价值的千古名篇之所以引起历代读者的共鸣，就在于诗人大胆率真地传达了那从人之本性出发、而许多人在现实中难以实现的情感体验——"人生得意须尽欢"的畅快、"天生我材必有用"的自信和"古来圣贤皆寂寞"的感伤，从而振作了读者们的生命活气，让他们获得了心灵的复苏和精神的愉悦。

周作人先生在《北京的茶食》里的一段话很能说明为什么需要文学的问题，他说：

> 我们于日用必需的东西以外，必须还有一点无用的游戏与享乐，生活才觉得有意思。我们看夕阳，看秋河，看花，听雨，闻香，喝不求解渴的酒，吃不求饱的点心，都是生活上必要的——虽然是无用的装点，而且是愈精炼愈好。
>
> （周作人《雨天的书》）

是啊！生活有了文学，生活才会变得更"有意思"，这样的生活才叫"诗意的生活"，这样的生存才叫"诗意地栖居"。

你可以不是一个诗人，你却不能不是一个诗意的存在者，因为按照海德格尔的说法，人类本真的存在方式就是"诗意地栖居在大地上"，而文学给了所有人实现这种生存的可能性。

我们仍旧拿李白作例子，李长之先生曾谈到他读李白的经验：

> 说真的，他（李白）的人生和我们一般人的人生并没有太大的悬殊，他有悲，我们也有悲；他有喜，我们也有喜。并且他所悲的、所喜的，也正是我们所悲的、所喜的，然而有一个不同，这就是他比我们喜、喜得厉害，悲、悲得厉害，于是我们就不能不在他那里得到一种扩展和解放了，而这种扩展和解放却又是在我们心灵的深处，于种种压迫之余，所时时刻刻地在期待着，在寻求着的。
>
> （李长之《道教徒的诗人李白及其痛苦·导论》）

可以说，文学就是类似精神营养品的东西，如果长期缺乏这方面的滋养，我们在精神上就很难保证健康，更何谈"诗意地栖居"？

三、什么才是好的文学作品

什么是好的文学作品？怎样的作品才能让生活更"有意思"呢？

我们的回答是：好的文学作品应该简单、直接而真实地传达美、爱与真，这三个要素是第一位的，而所谓的技巧、修饰、意义都不是最紧要的。而在三个要素中，最重要的是"真"，不具备"真"心、"真"情的人是写不出真"美"和真"爱"的，这样的作品也称不上"真"文学。

我们来讲一位很"真"的诗人——陶渊明，苏轼一直很敬仰他的"真"，他曾这样说：

> 陶渊明欲仕则仕，不以求之为嫌；欲隐则隐，不以去之为高。饥则扣门而乞食，饱则鸡黍以迎客：古今贤之，贵其真也。
>
> （南宋·胡仔《苕溪渔隐丛话·前集卷三》）

苏轼说他能全凭自我最真诚的自然流露去为人处世："欲仕则仕，不以求之为嫌；欲隐则隐，不以去之为高。"陶渊明怀揣着一生不休的"猛志"情怀，从未放弃对理想功业的追求，这是真情；久困樊笼不得伸其志，又不愿为五斗米折腰，毅然辞官归隐，这也是真意。他不以求仕为嫌，不以出世为高，甚至可能"饥则扣门而乞食，饱则鸡黍以迎客"，所有举动都出于本人的真情真意，这就是陶氏的任"真"！

清代学者黄遵宪《杂感》里说，陶渊明这样任"真"的诗人写起诗来已完全是"我手写我口"，心里怎样想就怎样写了——他真心爱田园，诗里写的田园生活就是真美的；他真心爱理想，诗里表达的政治理想也是真美的……所以，像《饮酒》《归去来兮辞》这类逍遥静穆的作品是我们爱读的，像《读山海经》这类金刚怒目式的作品也是我们想读的，像《闲情赋》这类炽热多情的作品是我们愿意读的，像《形影神》这类思辨哲悟的作品更是值得我们反复读的，而像《乞食》这样戏谑中带着率真的好诗也是不能错过的。

人贵真，诗亦贵真，诗真乃由人真而来，这就是陶诗具有经久不衰魅力的主要原因。宋代文人陈师道在《后山诗话》里甚至称赞："渊明不为诗，写其胸中之妙耳"，简直说得太好了。陶渊明已不需要为作诗而作诗了，他的诗"真"到了全从"胸中之妙"而来的境界。

这就是中华文学经典，这就是经典的诗意人生！

让我们一起信仰诗意，走近经典文学中的诗意人生！

第一编 经典文学里的"真"性情

【诗意导读】

从中国传统文化精神中"真"的先驱者屈原谈起,通过讲述历代"真"性情的代表人物及经典作品,帮助读者理解"真"精神的内涵及其时代表现。

第一章 猛士的信仰之「真」

【诗意导读】

　　鲁迅先生有句名言："真的猛士，敢于直面惨淡的人生，敢于正视淋漓的鲜血。"（《记念刘和珍君》）

　　有人说，百无一用是书生。实则不然。书生有一种硬度：骨气硬朗；书生有一种气度：壮志凌云；书生有一种态度：敢为天下先。凭此三"度"而从不逃避人生之惨淡者确实可谓"真的猛士"。

　　从这个意义上讲，屈原可谓"猛士"的先驱。

一、壹志不迁：屈原的家国信念

从屈原到鲁迅，中国文人们的"人生惨淡"大都源于崇高理想与可悲现实之间不可调和的矛盾，不过屈原要直面的这种"惨淡"似乎更加激烈。

屈原出身楚国贵族，从小深受楚文化浸染。与当时中原文化冷静崇实、典正敦厚的成熟品性不一样，楚文化一直保持着热烈奔放、灵动华彩的浪漫个性。生活在文化青春期的楚人们没有儒家礼乐教条的制约，也不必受所谓"乐而不淫，哀而不伤"等条条框框的束缚，表达感情的方式是那样的纯真炽烈。他们可以快乐至极，可以哀伤之至，可以为情而狂，可以为情而亡。

屈原年轻时便以"橘"自喻，从血液里就彰显着楚人率直、刚烈和追求完美的至"真"情怀，他在《橘颂》开头说：

> 后皇嘉树，橘徕服兮。
> 受命不迁，生南国兮。
> 深固难徙，更壹志兮。

（汉·王逸《楚辞章句·第四卷·橘颂》）

与天地共生的橘树，禀受天命，从不随意迁移，一心一意扎根于南楚国（生于淮南为橘，生于淮北则为枳）。橘树"不迁""壹志"的品行正寄寓着屈原一生的美好追求。

屈原屡遭谗毁，两被流放，仍不改忠爱楚国之心。司马迁曾有过这样的感叹：

> 以彼其材，游诸侯，何国不容，而自令若是！

（汉·司马迁《史记·屈原贾生列传》）

其实，战国时周游列国去实现"兼济天下"理想的文人不占少数，如孟子、吴起、张仪等，不胜枚举。然而，屈原却固执地坚守着他的"南国"，因为在他的心目中，"国"即"天下"，没有了楚国的土壤，他的所有理想抱负就都成了无根之木。这是我们解读屈赋、理解屈原异乎寻常情感的基础。

屈原的才华是出众的，他博闻强识，通晓天文地理、礼乐政令，主张变法，提倡"美政"，曾一度受到楚怀王的重用，但诗人从政的先天短板使他逐渐被政坛边缘化。诗人屈原是那样的任情赤诚，那样的刚正坦直，这种天性加上少年得志，使他缺乏在高层权力圈中沉着周旋、左右逢迎的能力，注定他难以在这个圈子里长久立足。

尤其是当屈原激进的政改主张，让楚国的旧贵族势力和"亲秦派"深感危机四伏之时，他们便结成死党，在怀王面前用恶语中伤屈原，使得原先力挺屈原改革的怀王也感到屈原的主张太过理想化而难成大事，渐渐疏远了屈原，最终撤了他左徒之职，将他流放。

然而，屈原并未因此抛却故国，记恨楚王。当楚国危难之际，他又为怀王去齐国奔波游说。谁知被秦王和张仪玩弄于股掌之中的怀王临时变卦，屈原刚在赴齐途中，怀王就与秦国缔结了盟约。之后，怀王还要亲自去与秦王会晤，屈原知道这是又一个骗局，拦车死谏，怀王却一意孤行，最终惨死在秦国。当怀王的遗体被运回郢都时，屈原伏棺痛哭。

屈原既忠且贤，尽忠楚王却不愚忠，更没有屈己媚主。从他的作品里可以看出，屈原开创并运用了"香草美人"的比兴手法，《离骚》中关于"美人"的比喻就是最好的诠释，有时他把自己想象成"美人"，受到"众女"的谗毁而不能与"爱人"（即楚王）相亲："众女嫉余之蛾眉兮，谣诼谓余以善淫"；有时又把楚王想象成"美人"，自己苦心求之而不得："望瑶台之偃蹇兮，见有娀之佚女。吾令鸩为媒兮，鸩告余以不好。"

人类最强烈的感情莫过于爱情，把君臣关系想象成毫无功利而只靠真心维系的纯净恋人关系的，也许千古以来唯有屈原。而且，凭借清醒的政治责任感、自信的道德优越感和超前的审美自觉感，屈原并没有因为"恋君"而迷失自我。

二、独清独醒：屈原的人格信仰

在《离骚》中，屈原豪迈地宣称，要在黑暗中探寻真理，勇当先驱：

乘骐骥以驰骋兮，来吾道夫先路！

（汉·王逸《楚辞章句·第一卷·离骚》）

接着，在跌宕起伏的精神气场和戏剧性的神游幻境中，屈原以执着而浓烈的生命意象谱写他那天马行空、璀璨多姿的心路历程，他飞腾着，遨游着，在"去"与"留"的冲突里煎熬着，最终在太阳东升的光明里，他一眼瞥见了故乡，浪漫的神游在这一刻停止了：

陟升皇之赫戏兮，忽临睨夫旧乡。
仆夫悲余马怀兮，蜷局顾而不行。

（汉·王逸《楚辞章句·第一卷·离骚》）

有人说，《离骚》里的"神游"类似庄子的"逍遥游"，但道家主张绝圣弃智、长生葆真，他们轻视礼法，蔑视强权，在"逍遥游"的过程中不断与"道"融合，实现了自然的回归，超越了现世的痛苦。而屈原则绝不可能放弃自己的君国信仰，他的爱和痛都是属于现世的，甚至当他危立于理想与现实的断裂处而无处回旋之时也不愿意就此遁身，而是选择直面惨淡。

公元前278年,一个如晴天霹雳般的消息把流放途中的屈原再次击垮:秦将白起攻占郢都,楚国的宗庙和陵墓都被毁了。国破家亡!

屈原头也不梳,脸也不洗,昏昏沉沉来到汨罗江边,嘴里喃喃有词……此时,江上的一位渔父认出了诗人,惊问:

> 子非三闾大夫与,何故至于斯?
> （汉·王逸《楚辞章句·第七卷·渔父》）

这把屈原从沉吟中唤醒,诗人胸臆间久储的愁闷瞬间爆发,他的回答愤慨而又孤傲:

> 举世皆浊我独清,众人皆醉我独醒,是以见放。
> （汉·王逸《楚辞章句·第七卷·渔父》）

渔父同情屈原的遭遇,劝他不要太过固执,而要学会"与世推移":

> 世人皆浊,何不淈其泥而扬其波?众人皆醉,何不餔其糟而歠其醨?何故深思高举,自令放为?
> （汉·王逸《楚辞章句·第七卷·渔父》）

既然举世皆浊,为什么不跟着世人一起搅浑泥水,扬起浊波;众人皆醉,为什么不同他们一起边吃酒糟边喝酒呢?何必自命清高,同自己过不去呢?

渔父的说辞类似达观冷静的哲人,但屈原原本就是一个有精神洁癖的诗人,他根本不能接受现实世界中"清""浊"共生、"醒""醉"同存的矛盾性,更无法忍受那种行道不通、行义不能的极度荒谬所带来的生命价值的虚无，当即反驳渔父说：我是绝对不会在污水里苟活的，那样的话，我宁愿跳进湘江，葬身鱼腹。简言之：

安能以皓皓之白，而蒙世俗之尘埃乎？

（汉·王逸《楚辞章句·第七卷·渔父》）

这是屈原式的自沉，他要用自己无可复制、无可替代的"死"来向所有的世人证明他的"独清""独醒"，并控诉和诅咒一切存在的"浊"与"醉"。就像王夫之所说：

惟极于死以为志，故可任性孤行，无所疑惧也。

（清·王夫之《楚辞通释》）

因此，屈原有底气去怀疑一切，否定一切。《天问》里，他对天长啸，咆哮出了一百七十多个诘问，质疑自然万象，质疑神话史传，质疑前王先圣，质疑天命运数……

屈原以"独清""独醒"的精神力量抗衡荒谬，直面惨淡，这就是"真的猛士"！

三、上下求索：屈原的精神写照

两千多年前，屈原的纵身一跃到底具有怎样的文化意义？

其实，求生本是人之常情，要永葆一个与丑恶现实作死亡决裂的纯净心灵，对于血肉之躯的诗人来说确实不易。屈原的自沉不是弱者的自暴自弃，不是自负式的意气用事，而是觉醒式的执意抗衡，他要用死亡来抗衡荒谬。这是从其人性深处流出的情之必然,是春秋战国特定历史时期士人舍生取义的哲学行动,而不唯是认识论层面上的儒家或道家的生死观问题。

因此,我们不认为屈原的死是对人生的绝望,相反,他的纵身一跃迸发出他对生的无限眷恋,对生命价值的无比执着,对人生信仰的无上崇敬。宋代学者洪兴祖说:

屈原虽死,犹不死也。

(南宋·洪兴祖《离骚后叙补注》)

那个"不死"的灵魂就是屈原在《橘颂》里早已树立的"壹志"初心。借用大学者钱穆先生的话来说,那是一种发自至性真情的"道德精神":

既已一往情深,一旦欲其取消己心,其所感之苦痛,乃有甚于取消己生之所受,故遂不惜一死以觅心安也。

(钱穆《刘向〈列女传〉中所见之中国道德精神》)

因此,面对绝境与死亡,屈原仍旧自信满满、情绪激昂。在《离骚》里他说:"亦余心之所善兮,虽九死其犹未悔""路漫漫其修远兮,吾将上下而求索";在绝命之辞《怀沙》里他更直接说:"定心广志,余何所畏惧兮。"

因屈原的自沉,我们不禁想到"清华国学四大导师"之一的王国维。1927年6月2日中午,王国维向同事借了五块钱,叫了辆人力车来到颐和园鱼藻轩,驻足许久,抽完最后一口烟,然后纵身跳入昆明湖。王国维留下"五十之年,只欠一死;经此世变,义无再辱……"的遗言,这一天正是农历五月初二,离端午节只有三天。

今天我们去清华园，仍然能够看到1929年清华师生们为王国维先生立的纪念碑，碑文是王国维的好友、同为清华国学导师的陈寅恪先生所作，碑文里"独立之精神，自由之思想"十个大字，闪耀至今。陈寅恪认为王国维的自沉就是为了成全这十个字的人生信仰：

  士之读书治学，盖将以脱心志于俗谛之，真理因得以发扬。思想而不自由，毋宁死耳。
  惟此独立之精神，自由之思想，历千载万祀，与天壤而同久，共三光而永光。

（陈寅恪《海宁王静安先生纪念碑文》）

斯人已逝，猛士精神千古流传。

傅抱石 《屈子行吟图》 纸本墨笔 61.6cm×88.3cm

  作品以粗犷的笔触描绘了汨罗江水滔滔,泽畔草木莽莽,以秋苇水草的荒凉渲染烘托出人物深沉悲壮的气氛。岸边人物屈原刻画秀骨清像,面容枯槁憔悴,散落的长发和宽大的袍袖在汨罗江边飘荡,把屈原愤世嫉俗的孤高品性,威武不屈的铮铮骨气,忧国忧民的家国情怀,奔放深沉的诗人气质,纵有报国之才、效国之志却不得重用的惆怅,看穿楚国的未来结局却又无力回天的悲悯,都淋漓尽致地表现出来。

  深沉伟岸,忧思重重,人物形象可以展示其内心。然而,作为画家,却在不经意间将自己内心对屈子的"钦慕之,想象之,心摹而手追之"——心神向往跃然纸上。题跋:一九五三年白下写,抱石。

第二章 名士的性情之『真』

【诗意导读】

1960年4月,南京西善桥发现了一处南朝大墓,墓室的南北两壁,200余块青砖拼嵌成八个人物画,人物之间以树木相隔,这就是著名的"竹林七贤与荣启期"砖画。画中,"七贤"的领袖嵇康手弹五弦,目送秋鸿;不拘小节的阮籍仰天吹指作长啸状;酒仙刘伶则更为生动,凝视手中酒杯,另一只手蘸酒品尝,陶然忘机……

在墓室里,他们与神仙、帝王将相一道受着世人的顶礼膜拜。这些人就是名士,那个时代活得最精彩的人。

古人云:"是真名士自风流。"一个"真"字——"真"的性情,道尽了名士们浑然天成的雅量风度。

《竹林七贤与荣启期》 砖画 一组 78cm×242.5cm，二组 78cm×241.5cm 南京博物院藏

"竹林七贤"为魏晋时期的七位名士：阮籍、嵇康、山涛、刘伶、阮咸、向秀、王戎，荣启期则为春秋时期的一位高士。该砖画原分布在墓室内部南北两壁，各由近三百枚砖块拼嵌而成，规格统一。画面中嵇康头梳双髻，目送秋鸿，手弹五弦；阮籍身着长袍，一手支皮褥，一手置膝上，口作长啸状；山涛头裹巾，一手挽袖，一手执杯而饮；王戎斜身靠几，手弄玉如意；向秀头戴帻，一肩袒露，闭目沉思；刘伶双目凝视手中酒杯，另一手蘸酒品尝；阮咸垂带飘于脑后，弹一四弦乐器；荣启期则披发长须，腰系绳索，凝思弹奏五弦琴。以上八人皆席地而坐，各具神态，每个人物身旁均标明姓名，彼此之间以银杏、松树、槐树、垂柳等树木相隔，是一组既各自独立又和谐统一的大型画像砖组画。

画面人物衣褶线条圆润灵动，造型严谨准确，将人物隐逸山林、寄情山水、谈玄弹琴、纵酒啸歌作整体表现，尽显高士们生活上不拘礼法的自由与清静无为的性情。

一、越名教而任自然：魏晋名士的精神图腾

魏晋名士集中涌现的时代是一个真正的乱世，王纲解纽，社会动荡。自汉武帝"独尊儒术"时代就被稳固下来的所谓"君君臣臣"的正统，在汉末以来尔虞我诈的政治乱象中，早已被击打得遍体鳞伤。

在满地血腥、一片恐慌和无边黑暗中，名士们面临着抉择：是放弃尊严良知，与世俗同流合污，还是坚守信仰，跟屈原一样做一个"独清""独醒"的痛苦哲学家？

前一种选择肯定是他们不齿的，但要像屈原那样为了保持"独清""独醒"而最终自沉，也是魏晋名士们不太愿意的。如果说，屈原是用他的死来表达对生的执着，那魏晋名士则是用自己的活着来传达对生命的无限深情。因为他们坚守信仰的前提是活在当下。不管是竹林七贤，还是江左名流，率性不羁的外表裹藏着的都是一颗温暖的入世之心，正如阮籍《咏怀·其三十九》中所言："壮士何慷慨，志欲威八荒"；只是现实太过惨淡，要在兵荒马乱中担负起天下民生，对名士们来说已成奢望，所以阮籍又在《咏怀·其三十三》中忧叹："但恐须臾间，魂气随风飘。终身履薄冰，谁知我心焦。"于是，他们不得已而避祸山林，放浪形骸。

但世上并没有真空的世外桃源，某些时期，逃得再远也逃不过空气里时常散出的腥臭，要活下去就不得不呼吸。高贵的灵魂与求生的欲望在名士们的身心里撕扯着，他们彷徨、压抑、悲悯……阮籍的"穷途之哭"[1]，嵇康的"二十年不见喜怒之色"[2]，都是这种痛苦心境的写照。

如何才能把这痛苦宣泄出来呢？

既然活着已是铁定的了，而现实虽是自身不愿屈从但又无力改变的，他们就选择嘲弄、否定这非人间的一切存在。

他们看透了当时所谓的圣贤王道只是政治强权的遮羞布，所以嵇康在《与山巨源绝交书》中高喊出"非汤武而薄周孔"的响亮口号；他们目睹了忠孝仁义的牌坊下压榨出来的都是麻木的皮囊，所谓的道德礼教只不过是桎梏明净心灵的枷锁，所以嵇康在《养生论》里宣扬"越名教而任自然"的人生信条。

这"自然"指的就是与天地共存的天性真情，名士们的生活举止都折射着"自然"二字。

《世说新语·任诞》记载：阮籍无视"叔嫂不通问"的礼俗旧制，嫂子回娘家，他与嫂子告别，引来众人非议，阮籍却理直气壮地回应——"礼岂为我辈设也"，何等率性！

《世说新语·任诞》还记录：有人指责刘伶酒后裸服，他振振有词地反驳——"我以天地为栋宇，屋室为裈衣，诸君何为入我裈中？"衣冠楚楚的不一定就是"君子"，裸服的也不一定就是某些人眼中的"禽兽"。其实，刘伶就要用裸服的自然"真"礼来抗议那些虚伪俗人拿来标

---

[1] 《晋书·阮籍列传》载：阮籍"时率意独驾，不由径路，车迹所穷，辄恸哭而反。"
[2] 《世说新语·德行》载："王戎云：'与嵇康居二十年，未尝见其喜愠之色。'"

榜自我的欺世"假"礼。

阮籍得知某兵家的女儿才色双绝,但还没出嫁就死了。他从未结识女孩的父兄,却莫名其妙前往哭丧,把心中的哀伤哭尽之后,才自个儿回家。在世俗眼中,阮籍的哭是荒唐的;在阮籍心中,他的哭是真诚的,他为一个不可再得的美的生命的夭折而哀恸,当中又寄寓了多少自身际遇的感喟,这是多么淋漓尽致的哭声!

反过来,那个时代的女性也会因了异性的美而热情澎湃。潘岳在回家的路上,被仰慕他的女子们包围,纷纷向他投掷水果,这就是典故"掷果盈车"的来历。后人说起这段历史,无不赞赏潘安的魅力风度,但是中国两千年封建历史上,曾出现过几次像魏晋女子这般无视虚伪礼教的爽朗举动,敢于大胆表达对美和爱的真实追求?

著名美学家宗白华先生曾在《论〈世说新语〉和晋人的美》中认为:魏晋名士"越名教"的做法才是真正地回归礼法本身。宗先生说,作为中国两千年礼法社会和道德体系的建设者,孔子深知道德的精神在于真,即真的性情、真的血性,扩充之就是所谓"仁"。[①] 虚伪化和形式化了的礼法是孔子不愿见到的,也正是名士们要坚决摆脱的。而名士们"越名教"的最终目的则是要"任自然",就是要把道德的灵魂重新建筑在热情和率真之上,回归人性之本真,这是他们对现世的真正期许!

名士们超脱了功名显贵,也就能超越名教礼法,因此可以恣情任性、自由张扬。在特定的背景下,他们用吃药醉酒、抚琴长啸、痛哭癫笑,甚至用几近扭曲的裸形狂奔向世人昭示:我跟你们一切的存在是这样的不一样,更重要的是,我根本不愿意跟你们一同呼吸。名士们以各种任诞出格的举止言论,坚守着苦痛寂寞的"独清""独醒"和苍凉的尊严。

[①] 宗白华.艺境[M].北京:北京大学出版社,1998:133.

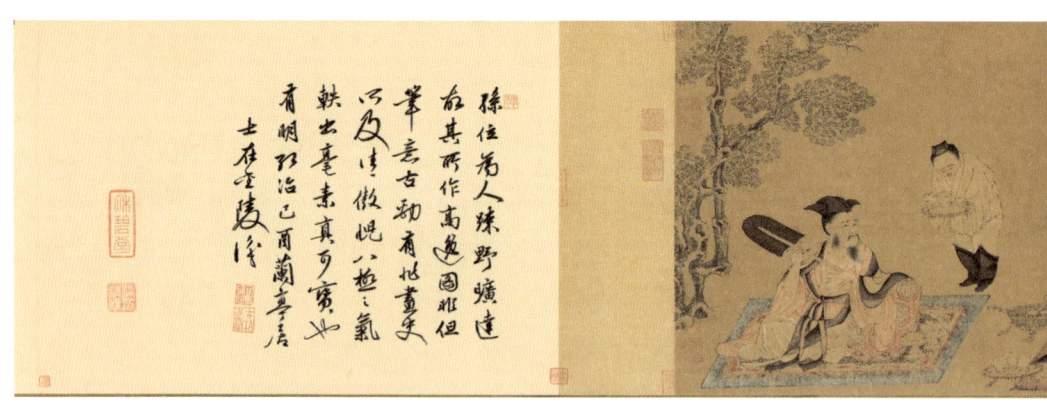

〔唐〕孙位 《高逸图》 绢本设色 45.2cm×168.7cm 上海博物馆藏

此图为唐代画家孙位的传世孤本。孙位擅人物、松石、墨竹及佛道，是密体人物画"高古游丝描"的代表人物之一。北宋黄休复在《益州名画记》中将孙位列为逸品独一人。孙位作画，运笔流畅遒劲，以寸管之力表现生动的主题内容。

由于画卷损毁，原本七贤只余下四贤，据《木雁斋书画鉴赏笔记》描述，"高士四人，童侍四人，凡八人。高士皆席地而坐，下设毡毯，衣冠皆两晋六朝之制，非唐时风尚，或位所作于人物皆有所指，而宣和泛题为高逸图欤？本身无款，前宋绫隔水上有宣和墨题"。

《高逸图》重回"竹林七贤"独树一帜的隐逸风格，展现"竹林玄学"的狷狂、风流与悠然自得。华丽的花毯、精美的器皿以及用皴法画出来的山石和树木，又折射出唐朝的时代特征，是魏晋风度与唐代风尚的融合，可谓是高古放达、逸品神作。

二、乘兴而行兴尽而返：魏晋名士的人生寄托

在著名美学家宗白华先生看来，魏晋名士"越名教"的做法才是真正地回归礼法本身。名士们"越名教"的最终目的则是要"任自然"，就是要把道德的灵魂重新建筑在热情和率真之上，回归人性之本真，这是他们对现世的真正期许！

那么，究竟是什么原因能让那个时代的人对"真"的追求如此热烈？东晋名士王徽之提到了一个"兴"字。他的话出自《世说新语》"雪夜访戴"的典故。故事说的是王羲之的五公子王徽之在一个雪夜独自饮酒吟诗，忽来兴致，竟从山阴家中出发，披蓑泛舟过剡溪，去寻访好友戴安道。待至戴家门口，却转身吩咐泛舟而归，不叩门，不会友。人问其故，王公子潇洒地回答：

吾本乘兴而行，兴尽而返，何必见戴？

（南朝宋·刘义庆《世说新语·任诞》）

好一个"乘兴而行，兴尽而返"！这个"兴"是"真情"的内核，更是"率性"的直接表现，它一度作为名士的生活目的与全部乐趣所在，被广泛提及。王徽之雪中独酌是真感，雪夜访友是真情，兴尽而归更是真意，既然都发乎"真"，便不必计较对错得失、更无须在意世俗眼光，只要自己做得惬意适兴就行了，这种真性情也是对"越名教而任自然"的最好诠释。

王徽之的父亲——书圣王羲之也是一个极其真性情的人。年轻时，他得到太尉郗鉴的赏识并成为郗家的乘龙快婿，就因为当日郗太尉派人去王家考察女婿人选时，王家子弟个个故作姿态，只有王羲之坦腹东床、本色示人，无意中充分展现了名士的自在风流。

而他的《兰亭序》更是深情的"乘兴"之作。那是永和九年（353）农历三月初三，王羲之偕名士好友在绍兴兰渚山下的兰亭边曲水流觞，修禊宴集。他酒后兴怀，饱蘸笔墨，作下这篇《兰亭集序》，后人径称《兰亭序》，被推为"天下第一行书"：

> 永和九年，岁在癸丑，暮春之初，会于会稽山阴之兰亭，修禊事也。群贤毕至，少长咸集。此地有崇山峻岭，茂林修竹，又有清流激湍，映带左右，引以为流觞曲水。列坐其次，虽无丝竹管弦之盛，一觞一咏，亦足以畅叙幽情。
>
> 是日也，天朗气清，惠风和畅。仰观宇宙之大，俯察品类之盛，所以游目骋怀，足以极视听之娱，信可乐也。
>
> 夫人之相与，俯仰一世。或取诸怀抱，悟言一室之内；或因寄所托，放浪形骸之外。虽趣舍万殊，静躁不同，当其欣于所遇，暂得于己，快然自足，不知老之将至；及其所之既倦，情随事迁，感慨系之矣。向之所欣，俯仰之间，以为陈迹，犹不能不以之兴怀，

况修短随化，终期于尽！古人云："死生亦大矣。"岂不痛哉！

每览昔人兴感之由，若合一契，未尝不临文嗟悼，不能喻之于怀。固知一死生为虚诞，齐彭殇为妄作。后之视今，亦犹今之视昔。悲夫！故列叙时人，录其所述。虽世殊事异，所以兴怀，其致一也。后之览者，亦将有感于斯文。

（清·严可均《全上古三代秦汉三国六朝文·全晋文卷六十一·兰亭序》）

《兰亭序》前半部分描绘的大自然是那样圆满灵动："茂林修竹""清流激湍""天朗气清""惠风和畅"，人的生命意识渗透在深邃的宇宙精神之中，彼时彼境，作者心境澄明，世间的一切荣辱毁誉、对错得失仿佛已变得无足轻重，一种超然玄远的意趣让作者的心灵在自然中得到了愉悦。

然而，面对自然的永恒、宇宙的无垠，作者又不由得在《兰亭序》的后半部分感慨生命的短暂、人生的无常："向之所欣，俯仰之间，以为陈迹。"之前从自然界所获得的欣喜和满足感，此刻早已荡然无存，只留下生命的无穷悲慨，所以《兰亭序》里有这样的句子："死生亦大矣。岂不痛哉！"

实际上，从《论语·子罕》里所记"子在川上曰：逝者如斯夫，不舍昼夜"，到曹操在《短歌行》里所咏"对酒当歌，人生几何。譬如朝露，去日苦多"，这种面对时光流逝和死亡的压力与痛苦是人人有之的。

那怎样才能解脱呢？

庄子从"齐物"的观点出发，认为人们应该泯除"生"与"死"的差别，在其《庄子·内篇·齐物论》里提倡"方生方死，方死方生"，唯其如此才能真正摆脱世人对生及长寿之"好"、对死及殇夭之"恶"的心理失衡。从理论上看，庄子的观点十分合理；但从实践上说，庄子所说的这种人生状态却是常人难以做到的。正如王羲之在《兰亭序》里所表达的，

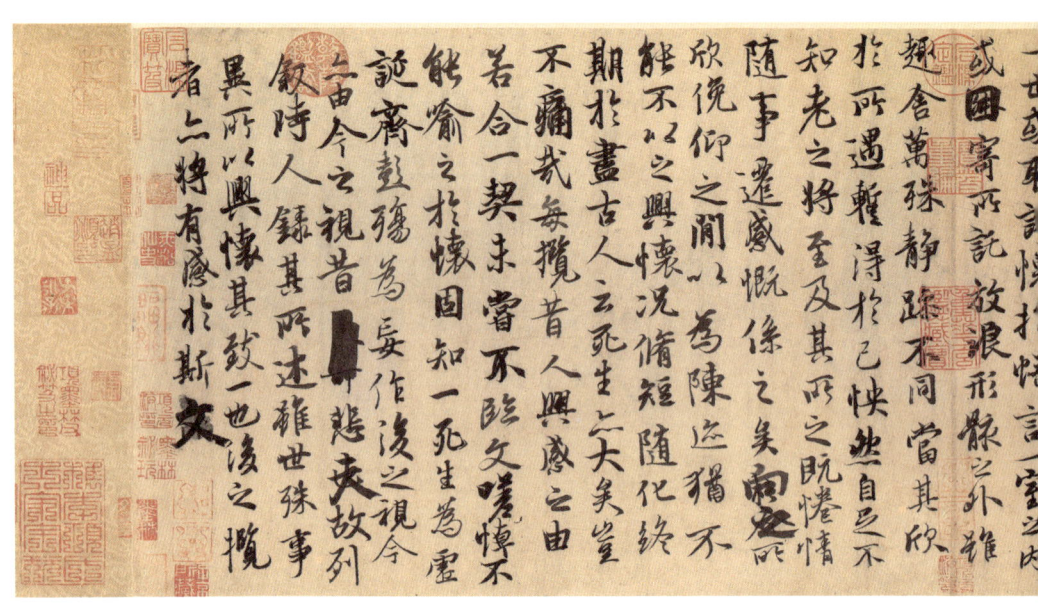

〔唐〕冯承素 《行书摹兰亭序卷》 纸本墨笔 24.5cm×69.9cm 南京博物院藏

作品用楮纸两幅拼接,前纸十三行,行距较松,后纸十五行,行距趋紧。因卷首有唐中宗李显神龙年号小印,故称"神龙本"。后纸明项元汴题记:"唐中宗朝冯承素奉勒摹晋右军将军王羲之兰亭禊帖",后世鉴藏家依此定为冯承素摹本。

本卷前隔水有"唐摹兰亭"四字标题,引首乾隆御题"晋唐心印"四字,后纸有宋至明二十家题跋、观款,钤鉴藏印一百八十余方。作品书面纸质光洁精细,前后左右错落有致,用笔俯仰反复,笔锋尖端锐利,时出贼毫、叉笔,既保留了照原迹勾摹的痕迹,又显露出自由临写的特点,摹临结合,显得自然生动,并具一定的"存真"的优点,在传世摹本中最称精美,体现了王羲之书法遒媚多姿、神情骨秀、自在率性的艺术风格。

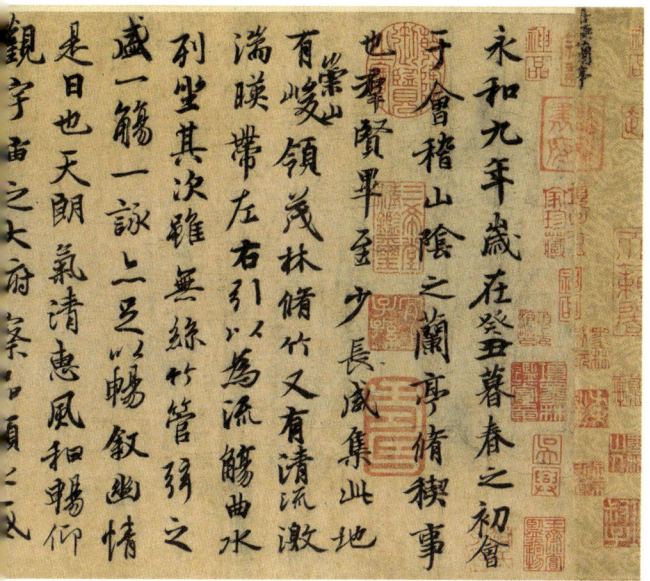

"固知一死生为虚诞,齐彭殇为妄作"。现实中的大多数人都是平凡而又有缺陷的,他们不可能活得像哲人那样时时冷静、处处超脱。这是凡人相比于哲人的无奈与痛苦,但也是凡人比哲人更容易得到简单快乐的源泉。

《世说新语》里还记载了这件事,"竹林七贤"之一的王戎曾因丧子而悲痛不已,好友山简前去劝慰,王戎却说:

圣人忘情,最下不及情;情之所钟,正在我辈!

(南朝宋·刘义庆《世说新语·伤逝》)

"忘情"的圣人是魏晋名士大多做不到的,或许也是不愿意做到的,他们情愿满怀深情地活在现世,做一个普通"人",因为这样的活法更率直、更自然、更有人情味!

〔元〕赵孟頫 《兰亭修禊图卷》 绢本墨笔 32.2cm×375.3cm 美国大都会博物馆藏

赵孟頫一生都倾心于《兰亭序》的品鉴、临习,曾言"古今善书者必以王右军为称首,右军诸帖,当以《兰亭修禊序》为第一"。此图描绘的即是王羲之与友人"茂林修竹"兰亭集会的情景,"天朗气清""惠风和畅"春景无限,和着"曲水流觞"超然意趣的风雅游戏,王羲之在此处写下千古传颂的《兰亭序》书法作品。此幅画作款识延佑七年(1320)秋九月吴兴赵孟頫为湖先生寿。

赵孟頫博学多才,能诗善文,工书法,精绘艺,擅金石,解鉴赏,尤其以书法和绘画的成就最高。赵孟頫以其深厚的学养和功力,提出"作画贵有古意"的主张,用"不求形似"融以"师法自然",如此笔法圆熟、结体严整、画面秀逸、书风遒媚的"魏晋风度"翩翩而来。

正因为这样,王羲之在《兰亭序》里才认为,生命的价值既不是庄子所说的"一死生",也不是俗人所理解的外在功名,而是在于生命过程中的"兴":明明知道兰亭雅集之"所欣"必将成为过去,然而今后再遇到"所欣"之事,王羲之们还会情不自禁"以之兴怀"——"兴"虽是偶然的,"所欣"也是短暂的,但内中所包含的感情是真诚而又深挚的,所以都是他们珍视的。因之,一方面,作者进一步推论,不论"昔人""今人",还是"后人","虽世殊事异,所以兴怀,其致一也",所有生命的意义就是要在这短暂的人生中尽情体验、表达,对生的执着,对存在的领悟,以及珍惜"兴怀"所带来的瞬间快乐;另一方面,王羲之的这种观念又不同于与他同时代的《列子·杨朱篇》中所宣扬的及时行乐。那是因为,王羲之等人所说的"兴"不属于本能肉欲层次,而是生命价值在精神理念上的体验,是魏晋风度在形而上层次上的体现。在王羲之的身上,我们看到了"情之所钟"的名士们对生命价值的高远哲思,"真名士自风流"的境界获得了诗意的抒写!

三、超俗而不绝世：魏晋名士的人格升华

实际上，与以"竹林七贤"为代表的正始名士相比，以王、谢等人为代表的东晋名士在追求"任自然"的人生境界过程中采取了相对温和的手段，在坚守精神个性的前提下，他们大多"隐于朝"或"隐于市"，尽量找到仕与隐、雅与俗、狂与慎的平衡点，寄"兴"于自然宇宙、日常生活和文学艺术之中，又在这当中反复陶冶纯净性情，并最终获得人生升华。这也代表着魏晋名士们在历经百年的生命求索中，终于找到了最合适的自我解脱之法。

而能把"超俗而不绝世"这一人生境界演绎得精彩极致的，当属陶渊明了。

陶渊明在《饮酒·其五》中说"结庐在人境"，在《读山海经·其十》中说"猛志固常在"，这些都是他"不绝世"的深情寄托；陶渊明在《饮酒·其五》里说"心远地自偏"，在《形影神》里说"纵浪大化中，不喜亦不惧"，这些又都是他能够"超俗"的洒脱表现。

同样是面对人生的失意，屈原用诗人式的自沉来绽放生命的挚情，庄子以哲人的妙悟来超脱世俗的羁绊，陶渊明则在屈、庄的基础上，把自己炼造成一个能凭借超俗而不绝世的达观心态来享受现实的"生活爱好家"。

陶渊明是个很接地气的人，曾在《庚戌岁九月中于西田获早稻》中坦言"人生归有道，衣食固其端"，"衣食"是"人生"的重要依托。辞官后没有了官俸的经济来源，但家里的日子还要过下去，所以归隐后陶渊明亲自耕种南山。

大家都读过他写的《归园田居·其三》吧——

种豆南山下，草盛豆苗稀。

> 晨兴理荒秽，带月荷锄归。
> 道狭草木长，夕露沾我衣。
> 衣沾不足惜，但使愿无违。

"晨兴理荒秽，带月荷锄归"是辛劳的，但辛苦的劳作换来的仍旧是"草盛豆苗稀"，则更是让诗人愁烦的。然而，诗人并没有因此消沉气馁，而是对生活充满着憧憬："衣沾不足惜，但使愿无违"，这个"愿"既是对丰收的企盼，更是对"而无车马喧"的悠然田园生活的美好愿景。陶渊明深知，要达到以上的"愿"，他必须付出比躬耕南山更艰辛的努力；同时，他又为靠自力更生而创造出来的美好精神家园而感到欣慰满足。我们可以想象，那日"带月荷锄归"，诗人脸上洋溢着的依然会是自得的笑容。这就是陶渊明式的幸福，他的每一处动作细节、每一个诗文字眼都自然流露出别样的生活艺术！

久困樊笼会麻痹自由的真性，与世隔绝也易使人失却温暖的人间至情。"烟火气"是凡俗的，但这凡俗中又投射出一种生命的真实，这种真实感是每一个中国人都难以抗拒的。

陶渊明不需要"高冷"，在《和刘柴桑》中说："山泽久见招，胡事乃踌躇？直为亲旧故，未忍言索居。"他不愿避世山野，更不愿抛却至亲老友而"索居"。他需要家人的温存、好友的慰藉、犬吠的巷落、丰收的田垄……在《和郭主簿二首·其一》中他赞叹："春秫作美酒，酒熟吾自斟。弱子戏我侧，学语未成音。此事真复乐，聊用忘华簪。"世俗功名只是过眼云烟，亲情至爱才是人世"真乐"。为了与知交相亲，陶渊明甚至特意搬家至南村，其《移居二首·其一》曰："闻多素心人，乐与数晨夕……邻曲时时来，抗言谈在昔。奇文共欣赏，疑义相与析。"真是一幅其乐融融的生活日常图景。

〔元〕钱选 《归去来辞图》 纸本设色 26cm×106.6cm 美国大都会艺术博物馆藏

  此幅以青绿山水绘陶渊明辞官归家、妻儿迎接之事。"舟遥遥以轻飏，风飘飘而吹衣"，五柳先生急欲舍舟，"僮仆欢迎，稚子候门"。远山淡去，水面平阔。"悟已往之不谏，知来者之可追""实迷途其未远，觉今是而昨非"，此刻心境恰与古人相逢。

  画中人物描绘细腻，主人公左手提衣，右手作指引状，将观者视线导向画面左端，那里正是他日思夜想的家园。景色取材自然，景物以方折线勾勒，坡岸院墙皴染均匀，枝叶垂顺，似有微风轻拂。扁舟已近，青山隐没，恍惚沸声冷却，尘归于土。

  整体线条含蓄生拙，敷色清雅温润，转浓烈成淡薄，化鲜明为匀净。虽上溯晋唐，却流淌着悠悠空淡，既非富贵闲华，亦非残山剩水。这即是作者隐逸思想的流露和淡泊心境的展现。

陶渊明之所以要"超俗",是因为当时俗世有太多的肮脏,俗人有太多的伪善,俗名有太多的枷锁;陶渊明之所以不愿"绝世",是因为他感知这人间还洋溢着与他气息相投的真情真意。因此,他坦然选择"结庐在人境",毅然做到"心远地自偏"。

而且,更让我们感动的是,虽然陶渊明一生都伴随着战乱与穷困(这穷困既是时代强加的,也是陶渊明自愿选择的),但他依旧以"生活爱好家"的心态歌颂生活,关切世情,正如他在《癸卯岁始春怀古田舍·其二》里所说:"先师有遗训,忧道不忧贫。"

陶渊明的笔下有欢乐,也有痛苦;他描写丰收,也描写饥馑;歌唱生命,也歌唱死亡。因为这些是每个凡常的人生基本上会经历的,与其自暴自弃,不如欣然面对。这是陶渊明真率人性的体现,他是一个"超俗而不绝世"的"生活爱好家"。

徐悲鸿 《东篱采菊图》 纸本设色 110cm×36.1cm 故宫博物院藏

画面自题:"采菊东篱下,悠然见南山。悲鸿。"钤"东海王孙"白文长方印。右下角钤"戊子"白文方印。

回首、缓步、采菊,清风衣摆,南山脚下,这是陶渊明手持黄菊回首眺望远山,闲恬雅致归隐生活的写照,幽静的田园风景映衬出主人公辞官退隐的淡泊心境。画面中陶渊明身着长袍,修长的身材比例将返归自然、躬耕自资的人物形象生动刻画;画面上部以温润萧疏的笔触描摹了远山,略重的笔墨点苔,笔触间隙与山体前后都留有余白,是气韵生动,更是增加了烟雨迷茫的诗意;画面右下篱笆院落,是陶渊明隐居田园的表达,没有更多具体的描绘,留给观者无限的想象。正如画家徐悲鸿巧妙地采用了人物背影描绘陶渊明,透过背影,留给我们的是陶渊明的高洁品格与通透洒脱的人生态度。

第三章 才子的理想之『真』

【诗意导读】

　　一千三百多年前一个初春的清晨，诗人王湾从江北望着对岸渐亮的晨曦，荡开了缆绳，在南去的船上咏出了一首《次北固山下》。

　　《次北固山下》最经典的两句是："海日生残夜，江春入旧年。"在诗人王湾的笔下：春天、早晨、新年一齐到来，让大唐成为人间最美好的所在；在他的眼中，澄明、博大、生机成了这个时代最亮丽的色彩。后来，宰相张说把王湾的这两句题于政事堂上，以此彰显属于这个时代的才子们对盛世年华的美好期许！

一、盛世气象：大唐才子的时代之幸

在中国的历史上，论疆域唐朝或许不是最大的，论武功唐朝也不是最强的，然而大唐以她开阔的胸襟、磅礴的气度、浪漫的情怀，开创了王维《和贾舍人早朝大明宫之作》所描述的"九天阊阖开宫殿，万国衣冠拜冕旒"的盛世气象，造就了大唐才子真情至性、不负此生的精神气质。

与身处乱世、为了争取自由而不得不与虚伪名教肉搏得身心俱疲甚至头破血流的魏晋名士相比，大唐给予才子们的原本就是开放的平台、多元的文化，他们需要做的就是尽情书写属于自己的生命华彩，真实做人，积极作为，其中李白《将进酒》中称道的"天生我材必有用"就是这个时代最自信的响亮口号。

科举制度的完善，为各阶层知识分子成才提供了广阔的舞台，孟郊《登科后》所记"春风得意马蹄疾，一日看尽长安花"，成为才子们的共同心愿；即使一两次的考场失利，也不可能让他们动摇气馁，杜甫《望岳》里勃发的"会当凌绝顶，一览众山小"，永远是才子们的坚定信仰。其实，唐代科举并不简单，其中尤以进士一科选拔最为严格，既试策论，又考诗赋，所以进士及第者大多是有作为的实干家。

然而，书斋考场不可能也不应该是才子生活的全部，日新月异的时代让才子们深感时不我待，除了读书科举，他们觉得应当找到更快更直接的成才之道，用张爱玲的话来说，就是"出名要趁早，来得太晚的话连快乐都不是那么痛快了"。

于是，才子们纷纷赶赴边塞，去疆场大漠挥洒火热青春，杨炯《从军行》里不是说"宁为百夫长，胜作一书生"吗？就连天生体质不佳的李贺都有一个"从军梦"，在《南园十三首·其五》里高喊："男儿何不带吴钩，收取关山五十州。"这是这个时代有志之士的共同向往，哪怕塞北冰天雪地、生活艰辛，才子们也毫不在乎，岑参《白雪歌送武判官归京》咏道："忽如一夜春风来，千树万树梨花开。"其实塞外何来春风梨花，但那最凛冽的寒风在才子心头吹开的却是春暖花放。

这就是盛世心境，这就是才子情怀。至情至性的大唐才子用诗歌抒写着属于那个时代生命气象！

二、四季唐诗：大唐才子的时代心声

腹有诗书气自华。我不喜欢用"初唐""盛唐""中唐""晚唐"或"现实主义""浪漫主义"这样棱角分明的字眼来给才子和他们的诗贴标签，而更愿意用春夏秋冬的气息来感通他们身上和诗里的气质，因为他们笔下每个字都是那样的有血有肉，他们血液里的生命节奏通连着宇宙的自然节律。

《唐诗三百首》里有一首诗广为流传：

> 打起黄莺儿，莫教枝上啼。
> 啼时惊妾梦，不得到辽西。
>
> （唐·金昌绪《春怨》）

春天的诗人就好像这诗里的主人公，在自己绚烂的幻梦中欢喜着、忧伤着，他们所有的希望与失落都源于对理想的崇拜；他们当然也会哭泣，但我相信他们眼中的泪珠依旧是清亮闪耀的。王勃、陈子昂、王维、李白是春天诗人中的佼佼者。

可是，夏天的杜甫在《赠李白》中对春天的李白却有过这样的忠告："痛饮狂歌空度日，飞扬跋扈为谁雄？"盛夏的酷热，尤其是"安史之乱"

那场风电雷暴笼罩在空气里的闷热和聒噪,让杜甫的同代人已无暇做梦,他们明显觉着身心不再轻盈,连喘气也不那么酣畅:

> 萧条四海内,人少虎狼多。
>
> （唐·杜甫《别唐十五诫因寄礼部贾侍郎》）

> 州小经乱亡,遗人实困疲。
> ……
> 朝餐是草根,暮食仍木皮。
>
> （唐·元结《舂陵行》）

活着是美好的,但活着更是艰难的,夏天的诗人们在关注自我生存的同时,也感同身受地悲悯着那些与自己一样拖着沉重的身心、吃力地喘着气的同胞们,火热的夏让他们的心变得滚热:

> 穷年忧黎元,叹息肠内热。
>
> （唐·杜甫《自京赴奉先县咏怀五百字》）

> 城池百战后,耆旧几家残。
> 处处蓬蒿遍,归人掩泪看。
>
> （唐·刘长卿《穆陵关北逢人归渔阳》）

夏天的诗人正在经受着沧桑世事,内忧外患让他们难以获得长时间的冷静,他们会因酷热而烦躁,脑海中甚至闪现激烈的狂想:

束带发狂欲大叫,簿书何急来相仍。
南望青松架短壑,安得赤脚踏层冰。

(唐·杜甫《早秋苦热堆案相仍》)

然而,活在秋天里的诗人就显得沉着多了,他们对付酷暑的方法不是咆哮和宣泄,而是笃悠悠的"心静自然凉":

何以销烦暑,端居一院中。
眼前无长物,窗下有清风。
散热由心静,凉生为室空。

(唐·白居易《销暑》)

从诗里可以看出,与夏天的诗人杜甫相比,以白居易为代表的秋天诗人更像是沉稳的哲人——他们拥有过幻梦的青春,经历过脚踏实地、为理想和生计而奔波的而立之年,此刻却已动心忍性,气息里更多了些"四十不惑"的成熟智慧:

往事勿追思,追思多悲怆。
来事勿相迎,相迎已惆怅。
…………
忘怀任行止,委命随修短。
更若有兴来,狂歌酒一盏。

(唐·白居易《有感》)

> 山不在高，有仙则名。
> 水不在深，有龙则灵。
> 斯是陋室，惟吾德馨。
>
> （唐·刘禹锡《陋室铭》）

那么，能让秋天的诗人"心静而不惑"的法宝是什么呢？白居易道出了个中真谛，无非"知足"二字：

> 不种一陇田，仓中有余粟。
> 不采一枝桑，箱中有余服。
> ……
> 樽中不乏酒，篱下仍多菊。
> 是物皆有余，非心无所欲。
> 吟君未贫作，同歌知足曲。
> 自问此时心，不足何时足。
>
> （唐·白居易《知足吟·和崔十八未贫作》）

这样的调子或许是正在做着白日梦的春天诗人和正在埋头蹒跚着的夏天诗人难以吟唱出来的。

秋天的诗人"心静"，不代表他们对现世是淡漠的，而是代表他们更能冷静地对待世态之炎凉，理智地处理人生之得失；因为懂得接受现实的不完满，所以能够满足于当前的既得而乐天自适。刘禹锡晚年写过两句诗：

> 莫道桑榆晚，为霞尚满天。
>
> （唐·刘禹锡《酬乐天咏老见示》）

既然年迈老去是难以回避的事实，那我们就试着接受它、拥抱它，以达观的心境去谱写云霞满天的桑榆美景。

同样的境界到了冬天的诗人李商隐眼中，却变成《登乐游原》中的"夕阳无限好，只是近黄昏"。其实，李商隐也因了夕阳的无限美好而感动过，但接下去，一种美之易逝的失落感和缺失感立刻笼罩在他的心头。

如果把冬天的诗人李商隐跟秋天的诗人刘禹锡作个比较的话，我们可以看出：刘禹锡善于把现实生活中的不完满通过心理调节变为易于承受的较完满；李商隐则更喜欢把美好留在过去的追忆里，而把美好即逝或已逝的影像摆在眼前来感喟、唏嘘、惆怅。也许，生活在冬季的诗人们都曾有过这样的咏叹：

> 自恨寻芳到已迟，往年曾见未开时。
> 如今风摆花狼藉，绿叶成阴子满枝。
> （唐·杜牧《叹花》）

> 事随云去身难到，梦逐烟销水自流。
> 昨日欢娱竟何在，一枝梅谢楚江头。
> （唐·温庭筠《西江贻钓叟骞生》）

> 曾伴浮云归晚翠，犹陪落日泛秋声。
> 世间无限丹青手，一片伤心画不成。
> （唐·高蟾《金陵晚眺》）

> 嫦娥应悔偷灵药，碧海青天夜夜心。
> （唐·李商隐《咏月》）

可以说，相比于秋天诗人的"静"，冬天诗人的心上似乎添了几丝因目睹了美的易逝，而心生美难以常驻身边的失望甚至孤"寒"。"心静"者高远，能把眼前的天地看得更宽；"孤寒"者深幽，在心里把世界解读得更细腻。冰天雪地不利于长久室外活动，诗人们便更愿意躲进暖室，把眼光折射在自己深幽的内心世界；而银装素裹的洁白纯净也让诗人的灵魂变得那样单纯敏锐，像李商隐《锦瑟》里所说的"锦瑟无端五十弦，一弦一柱思华年"，自然物候的每一次律动都能在不经意间碰触到他们心里那一块最柔软的地方。

三、青春李白：大唐才子的精神偶像

李白是我最信仰的诗人，我对文学的全部热爱可以说都源于李白。我还清楚地记得那是中考前的一个早晨，我在校园的一角，自得地捧着《唐诗三百首》反复吟读：

> 我歌月徘徊，我舞影零乱。
> 醒时同交欢，醉后各分散。
> 永结无情游，相期邈云汉。
>
> （唐·李白《月下独酌·其一》）

那是文学第一次真正走进我心灵的时刻，从此，这些千百年前的沉寂文字便在我的心底鲜活起来，并生出了根芽。

我相信，也有很多人的青春岁月曾同我一样被李白的诗句激越过，更有许多青春的脉搏曾同我一样因李白的才华而激情跳跃。

那么，李白到底有怎样的魅力，能吸引那么多年轻的生命跟着他一起热血沸腾？就我个人的经验来看，是李白的"梦"——那种属于盛世年华的"白日梦"吸引了我。它是空灵的、热烈的，按现代心理学的研究，适度的白日梦能对绝大多数人形而下的生活状态起到十分重要的支撑和激励作用，能让人产生更多的幸福感和生产力。

李白的诗文，充溢着艺术化了的梦境和狂想，烘托出一个无限光与热要燃烧的李太白。李白的梦实在太多了，表现出来的是他对精神理想的热情追求，他生命的广度和密度也因梦变得如此之大。

当李白在《代寿山答孟少府移文书》中宣称"申管晏之谈，谋帝王之术。奋其智能，愿为辅弼，使寰区大定，海县清一"之时，他高扬的是自负的政治之梦；当李白在《山中答客问》低吟"桃花流水杳然去，别有天地非人间"之时，他陶醉的是对"道"的无上信仰之梦；当李白在《酬王补阙惠翼庄庙宋丞泚赠别》中高唱"学道三十春，自言羲和人"之时，他讴歌的是对"仙"不能自已的执着之梦；当李白在《侠客行》里豪赞"纵死侠骨香，不惭世上英"之时，他自诩的是对"侠"的无比热衷之梦。

李白的这些梦多是与生俱来的，他一生所有的欢乐与悲伤也大多源于这些至纯天然的"白日梦"，这也注定"寻梦"成了他最典型的生命姿态，就像徐志摩《再别康桥》里所歌唱的"撑一支长篙，向青草更青处漫溯；满载一船星辉，在星辉斑斓里放歌"，青春诗人的一生都在寻找那只属于他们自己的、生命初见时的梦，不愿停歇，也从不放弃，更无须计较要寻的梦是否仍旧遥远、何时才能实现，一心只朝着梦闪光的地方前行。因此，李白在《将进酒》里自信"天生我材必有用"，在《行路难·其一》里会自诩"长风破浪会有时"，在《南陵别儿童入京》里更会自豪"仰天大笑出门去，我辈岂是蓬蒿人"，在《宣城谢朓楼饯别校书叔云》还会自夸"俱怀逸兴壮思飞，欲上青天揽明月"。

但浪漫的幻梦与现实之间总存在着差距，而且梦想越是浪漫高尚，这种差距感以及因差距所产生的心理失衡感就越强烈，诗人的内心痛苦就越深沉。而我们今天所能读到的李白之现实痛苦正是因太过浪漫的理想受压抑而产生的。

对于李白来说，他人生的第一要义是"成仙"，这是他做得最得意、最持久，也是最空灵浪漫的一个白日梦了。他在《感兴·其五》中自称"十五游神仙，仙游未曾歇"，而且喜欢自比庄子笔下的大鹏，《上李邕》里有这样的豪言："大鹏一日同风起，抟摇直上九万里。假令风歇时下来，犹能簸却沧溟水。"年轻时，李白在江陵遇见道教宗师司马承祯，司马称他"有仙风道骨，可与神游八极之表"，为此，李白特意创作《大鹏赋》自喻。中年时，李白在长安紫极宫与年逾八十的贺知章相见，据他写的《对酒忆贺监·其一》中回忆："四明有狂客，风流贺季真。长安一相见，呼我谪仙人。"自那时起，李白便拥有了"谪仙"的光环并受到时人仰慕，他成了为数不多的能赢得"身前名"的当世才俊。李白的自负加上外界的认同，让他越来越确信成仙之梦并不遥远，像《焦山望松寥山》所说："仙人如爱我，举手来相招"；甚至在自我陶醉的心理世界中他已飘飘欲仙，《答湖州迦叶司马问白是何人》曰："青莲居士谪仙人，酒肆藏名三十春。湖州司马何须问，金粟如来是后身。"

其实，与"谪仙"的光环相对应，李白还有另一种身份象征，那就是他在《金陵与诸贤送权十一序》里自称的"三十六帝之外臣"。所谓"谪仙"是李白在此现世里的一种角色，而在天上时，他本是神界三十六帝间并无明确隶属关系的一位"外臣"，有点类似后人所说的"方外之臣"。既然在天上是这样，那谪居在人世间，他自然也凭借"外臣"的身份而与君主之间保持着并无紧密隶属的君臣关系。按他在《冬夜于随州紫阳先生餐霞楼送烟子元演隐仙城山序》和《代寿山答孟少府移文书》的说法，这叫"平交王侯""不屈己，不干人"。抱负功名、政治理想虽说是李白想要的，但独立的人格和自由的意志更是李白坚持的,所以他在《梦游天姥吟留别》里感慨:"安能摧眉折腰事权贵,使我不得开心颜!"杜甫也在《饮中八仙歌》里赞叹:"天子呼来不上船,自称臣是酒中仙。"

然而,我们也别忘了,贺知章戴在李白头上的那顶光环还只是一个"谪"仙的名号,李白给自己加封的也不过是个外"臣"的身份,再高贵再独立,谪仙终究还要跟所有的凡人一起挣扎在这世俗人间,他臣子的职分更让他难以超脱人伦礼法的种种规制。

于是,"谪仙"和"外臣"的光环在李白心目中折射出两重矛盾底色:一方面,"仙"的自负和"方外之臣"的自傲让他在梦幻的浪漫中不断追寻着自由的精神和气质;另一方面,眼前极其有限的谪处空间和并不得志的政治生涯又让他不得不忍受天才被压抑的沉闷与无奈。

当李白本人意识到以上矛盾之时,他的痛苦感就变得愈加强烈:

> 大道如青天,我独不得出。
>
> (唐·李白《行路难·其三》)

> 抽刀断水水更流,举杯消愁愁更愁。
> ……
> 人生在世不称意,明朝散发弄扁舟。
>
> (唐·李白《宣城谢朓楼饯别校书叔云》)

幻梦是美好的,而清醒每每令人痛苦。李白什么时候最清醒呢?我的回答是,他醉酒的时候。因为只有这个时候,他才会感到头顶的光环都失效了。他在《拟古·其三》里喟叹"仙人殊恍惚,未若醉中真",在《长歌行》里更是无奈于"富贵与神仙,蹉跎两相失"。

最让李白难以接受的是，他屈居人世之时，他的天赋才华还时常不被世人理解，在《上李邕》和《醉后答丁十八以诗讥予捶碎黄鹤楼》中，李白宣泄出他的苦闷："时人见我恒殊调，见余大言皆冷笑""一州笑我为狂客，少年往往来相讥。"

原本仙路的远阻和君王的相弃已经让他感到失落，如今世情的隔膜更让他体会到身处尘世的寂寞与悲寥，独坐敬亭山中，他的心到底该安放在何处？

众鸟高飞尽，孤云独去闲。
相看两不厌，只有敬亭山。

（唐·李白《独坐敬亭山》）

蓦然间，李白变得平易了、变得充实了。他没能升腾而往，但也没有遁世而去，而是把这颗真心寄托在眼前最真实的自然存在——敬亭山上，深深地吸了一口山里最清新的空气——敬亭山看李白不厌，那是因为李白超然；李白看敬亭山不厌，那是因为李白深情！或许这才是他活着最好的状态。

我们认为，李白的可爱之处并不在于他"仙"的境界，却在于他怀着"仙"的梦想而依然热情地活在世间，那样澎湃、那样跌宕，尽管经历痛苦和忧伤，他的生命仍旧有高度质感，仍旧闪耀着热情的光芒。那是因为诗仙本质不在仙之境，而在仙之人——尊重实在的情感，活在真实的生命和生活中。可以说，这便是李白的诗意信仰。

李白和屈原一样，深爱着世间的一切，就像他在《送蔡山人》中所说："我本不弃世。"他有时产生"俱怀逸兴壮思飞，欲上青天揽明月"（李白《宣州谢朓楼饯别校书叔云》）的念想，也只是对现实不能满足自我美好理想的一种无奈慰藉。

但终究,"诗仙"既没有升仙飞去,也没有自沉毁灭,而是以最本我的姿态活在了世间,并且用他那充沛、昂扬的生命力把每一个平庸、琐细的世俗灵魂激扰得心肠滚热。仍然用李长之先生对李白的阅读体验为代表:

> 说真的,他的人生和我们一般人的人生并没有太大的悬殊,他有悲,我们也有悲;他有喜,我们也有喜。并且他所悲的、所喜的,也正是我们所悲的、所喜的,然而有一个不同,这就是他比我们喜、喜得厉害,悲、悲得厉害,于是我们就不能不在他那里得到一种扩展和解放了,而这种扩展和解放却又是在我们心灵的深处,于种种压迫之余,所时时刻刻地在期待着,在寻求着的。
>
> (李长之《道教徒的诗人李白及其痛苦》)

青春李白是盛唐最伟大的时代歌手,之后不久的唐文宗即诏以李白歌诗为大唐"三绝"之首。

青春李白也是古老华夏文化之梦作得最灿烂、最美好的一段时光。

如果要让我找一个能够常葆青春的法宝,那就是永远爱着李白和他的光辉诗篇!

[南宋]梁楷 《李白行吟图》 纸本墨笔 81.2cm×30.4cm 日本东京国立博物馆藏

此幅作品是南宋梁楷的减笔人物画传世杰作，亦应是最得李白神采之作，正所谓"减虽为减，神气完备"。整幅画面没有任何背景，仅以简单数笔，勾勒出李白游吟飘然潇洒的神情，笔触以少胜多，寓意悠然深远，遐想无限令人寻味。

画中李白一身布衣，侧身而立，仰面于天，面部刻画眺望远方，目光如炬、炯炯有神，头部发丝、眉宇与胡须用细线轻巧刻画，衣袍鞋履则淡墨洒脱游走，线条虚实结合、浓淡变化、抑扬顿挫、呼应有致，中国的笔墨本身就是一首诗，也只有这样未经雕琢的笔墨线条才能巧妙地将飘然独立于天地之间的李白、惊世才情洒脱浪漫的李白，笔简而意远地表达出来。而画家梁楷与李白天性一样，草草逸笔不仅是笔墨，更是内心情感的寄托和象征，"萧萧数笔，神仙中人也"。

第四章 学人的气度之「真」

【诗意导读】

两宋是华夏文明史上又一个伟大的时代，国学大师陈寅恪曾在《邓广铭〈宋史职官志考正〉序》中说："华夏民族之文化，历数千载之演进，造极于赵宋之世"，法国史学家谢和耐则在《中国社会史》里把宋朝称作"东方的文艺复兴与经济革命时代"。

这个时代成就了一大批"道德""文章"兼备的学人，他们懂得如何用人生的大智慧来增添生命的厚度。

一、红杏枝头春意闹：两宋学人的"美好存在"

在宋代这个中国历史上少有的"不抑商"朝代，经济空前繁荣，城市一派繁华，"柴米油盐酒酱醋茶"在南宋吴自牧的《梦粱录》里已然成"人家每日不可缺者"，市民阶层生活殷实有序，幸福感达到最高值。

在这个以文治国、宽容开明的王朝，文人享有极高的政治地位和生活待遇，既不必似魏晋名士那样佯狂自保，也无须如唐末五代士人那样仰仗军幕鼻息，更不会像后来的明清文人那般遭遇文字狱的血光之灾：中国古代知识分子的自由度达到最高值。

在这个文人的天堂，文学、哲学、科技、艺术等领域百花齐放、成就斐然，中国传统文化的发展达到巅峰值。

然而，文化昌明的问题远不是靠数据的堆砌和人名的列举就能让人信服的，那是因为，文化的根本还是在于人，一个时代的优秀文化折射出的必然是那个时代高尚思想的精髓和美好人性的光彩。

现今台北故宫博物院藏有一幅宋人的佚名画作（如右图所示），画中主人优雅地坐在榻上，手持书卷，凝思推敲。主人身后《江渚野趣》的屏风上高悬着的是他的"自画像"，画中人神色恬然而又宁静，画中人与画外人相得益彰、相看不厌。

我们知道，自画像在西方艺术史上出现是文艺复兴以后的事了，是所谓"人文主义"的体现。而中国人在宋代时就流行在居室里悬挂自画像以供自赏，并不是挂神佛像以供膜拜，不得不说中国的"人文主义"要比西方成熟得早。华夏文明里向来存在人文主义的优良基因。人的自觉，就意味着不是把人的生存希望寄托在天神或超自然的力量上，而是把眼光放在对自身存在价值的关注上。

就像上述画作里的主人欣赏自画像一样，不同时代，具有"人的觉

〔南宋〕佚名 《无款人物画》 绢本设色 29cm×27.8cm 台北故宫博物院藏

醒"① 精神的人们因对自我的存在有一种心旷神怡的满足感，大有用艺术手法表达这种"美好的存在"者，代代相传。因而，在人文主义光芒的照耀下，华夏文明的每个时代都拥有属于它的美好光彩。

然而其具体形态，每每因时代而别。就拿唐代和宋代来说，盛唐的"美好存在"是恣意汪洋、尽气尽才的才子激情；宋人的"美好存在"则是平和圆融、通情达理的学人心智。用李白的话来形容，大唐才子多属"清水出芙蓉"（《经乱离后天恩流夜郎忆旧游书怀赠江夏韦太守良宰》）型的，富才气、讲天赋；而两宋学人多是集官员、文士、学问家于一身的"复合型"人才，他们讲究功力，更讲究历练，正如欧阳修《梅圣俞诗集序》所称道的"穷而后工"和张载《西铭》所倡导的"玉汝于成"。

于是，宋人身上便添了几重火候，增了几分内敛——既秉持崇高的人格，又负有纯良的性情；既蕴含内心的深沉，又表现举止的潇洒；既展示成熟的理智，又流露清婉的情思。整体来看，"情"和"理"这两大要素在两宋学人的身上得到较完美的体现。宋人怎能不为这一"美好的存在"而陶然自得？

接下来一个问题，宋人是怎样获得这种"美好存在"的呢？

我们认为，儒释道三大思想体系对他们的影响是最主要的。大家知道，唐宋两代的思想氛围是相对宽松开明的，较少出现一家之言独尊天下的时期。但相比之下，唐代儒道释三家并行发展的势头比较明显，而宋代儒道释三家交汇合流的趋势则更加显著。因而我们才会看到，在唐人里，杜甫的儒家色彩浓了些，李白的道家气息强了些，王维的佛家味道则重了些；然而，在宋人身上却很难品出哪一家的味道重，哪一家的味道淡，或许可以这样说，宋人特别善于中和吸收儒道释三家思想中的有益养分并内

---

① 鲁迅.而已集·魏晋风度及文章与药及酒之关系[A].鲁迅全集：第 3 卷[C].北京：人民文学出版社，2005：523.

化于自身血脉气息之中，并受用终身。

学人们从"修身齐家治国平天下"的儒家正统中汲取营养，让他们有毅力始终保持济世为民的政治热情和日省吾身的道德修为，欧阳修《新五代史·伶官传序》中所告诫的"忧劳可以兴国，逸豫可以亡身"，俨然成为一代代学人坚定的人生信条。

学人们又从任自然、轻去就的道家精神，以及讲究自我解脱和物我两忘的佛禅妙悟中汲取营养，使他们有胸襟能超然于现实之得失，能旷达于个人之忧喜，范仲淹《岳阳楼记》里所领悟的"不以物喜，不以己悲"，俨然成为一代代学人崇高的精神追求。

总的来看，在儒释道三家并济的文化影响下，两宋学人大都思想自由却不散漫，价值多元却不盲目，精神独立却不孤僻。

在宋代，中国文人完成了对"穷则独善其身，达则兼济天下"的传统士大夫理想的重新整合和诠释。在两宋学人的心目里，内在修为是重要的，外部事功更是不可缺少的，士大夫承担时代责任和社会义务的同时也不能放弃对自由和理想的追求。

二、寄至味于淡泊：学人的高品位

唐宋两代出现过两种最具代表性的艺术品：唐三彩和宋瓷。前者绚烂，后者平淡。

"三彩"并不专指三种色彩，而是"多彩"之意，所谓"入窑一色，出窑万千"。唐人并不刻意求精求善，看似随意地挥洒涂抹，却造就了异色纵横、奇光灿烂的三彩艺术，为世人所惊叹。

而宋瓷在唐三彩的浓墨重彩之后，走出了属于自己的清雅之路。现存台北故宫博物院的北宋汝窑青瓷无纹水仙盆，通体天青色，极素、极雅，没有一点花边，没有一点火气，却很美、很通透。相传它源于宋徽宗"雨过天青云破处，这般颜色做将来"的境界描述。传说也许失真，但它所代表的宋瓷韵味，与宋代文人的精神，无疑有相同的肌理。

唐人绚烂而不凌乱，宋人平淡而不乏味，两者都达到了"美"之极致。

一方面，绚烂从平淡中造出，但唐人造得不做作、不刻意，严羽《沧浪诗话》称之为"羚羊挂角，无迹可求，透彻玲珑，不可凑泊"，唐人的"绚烂"胜在"浑然天成"。另一方面，绚烂至极，终归于平淡，但宋人的平淡中见出精巧的布局、深微的思虑，苏轼《书黄子思诗集后》称之为"发纤秾于简古，寄至味于淡泊"，更可谓"看似寻常最奇崛，成如容易却艰辛"。宋人认为，功是肯定要用的，但必须用得得心应手，达到虽经雕琢但不见斧凿痕迹的效果，那就称得上"巧夺天工"了。曾巩《与王介甫第一书》曰："孟韩文虽高，不必似之也，取其自然耳"，这可以代表宋人对于作文的主张；苏轼《南行前集序》又曰："非能为之为工，乃不能不为之为工也"，则代表宋人对于作诗的主张。

浑然天成的"绚烂"之境难造，巧夺天工的"平淡"之境更是难至，北宋梅尧臣曾在《读邵不疑学士诗卷》中感慨："作诗无古今，惟造平淡难。"难就难在这里所指的"平淡"不是常人所说的平淡无奇，更不是平庸散漫，而是一种从感性体知上升到理性意识的平静和谐之美，是一种经几番艰苦求索后唯求自然纯真的老练艺术境界，是一种历尽沧桑后超越忧患荣辱、返朴归真的纯熟人生智慧。

黄庭坚的《书陶渊明诗后寄王吉老》里提到自己读陶渊明诗的经历："血气方刚时读此诗，如嚼枯木"，年轻气盛时读陶诗，感觉索然无味；"及绵历世事，知决定无所用智，每观此篇如渴饮水，如欲寐啜茗，如饥啖汤饼"，非要等他历尽人事，才会真正读懂陶诗里平淡字句背后并不平淡的真滋味。那是因为，陶诗表面上看似平淡，实际内涵丰富。就像苏轼

《与苏辙书》里所说的，没有充实阅历和生活实感的人，确实读不懂更写不出陶诗里那种"质而实绮，癯而实腴"的耐人寻味境界。

宋人并不回避艺术创作的绚烂之美，但随着人生阅历的增加，他们会越来越珍惜平淡意境的获得，正如苏轼《竹坡诗话》所说："大凡为文当使气象峥嵘，五色绚烂，渐老渐熟，乃造于平淡。"

《庄子·刻意》曰"虚静恬淡……万物之本也"，洗尽铅华，才能返朴归真。"平淡"成为有学识、有阅历、有气度的宋人对美的一种普遍追求。书画家米芾在《画史》里将"平淡"与"天真"并提，诗人梅尧臣《赠杜挺之诗》则说："平淡而到天然处，则善矣。""平淡"与"天真"互为表里，"平淡"是一种心态，是超脱世俗的精神境界；"天真"是一种状态，是真实自然的外在表现。"淡"的内核和归宿是"真"心和"真"情，来不得半点矫揉造作。

就拿陆游六十三岁时写的那首怀念唐婉的诗来说：

少日曾题《菊枕》诗，蠹编残稿锁蛛丝。
人间万事消磨尽，只有清香似旧时。

（南宋·陆游《余年二十时尝作〈菊枕〉诗，颇传于人，今秋偶复采菊缝枕囊，凄然有感·其二》）

诗人过了大半辈子，该拥有的、不该拥有的爱情都经历过了；能够爱的、不能爱的人也都在生命里出现过了。此时，他已抚平了壮年作《钗头凤》时"错错错""莫莫莫"的痛悔和深责，他对唐婉仍旧抱着李隆基对杨玉环般的绵绵长情，下笔却不像《长恨歌》那样浓墨重彩、惊天泣地。也许，已过耳顺之年的诗人对"爱"的理解已从感性慢慢上升到了理性，所以少了些许冲动和怨怼，但又没有完全抛离感性，在感性和理性的交融中将对"爱"的感知化入对那件最平常、最真实的生活小事——缝菊枕的回忆里。

"缝菊枕"的情境分为两段：一是眼前最真切的、妾室杨氏缝菊枕之事，二是心中最真挚的、前妻唐婉新婚缝菊枕之境。这两段情境虽有虚实之别，却不存在明显的情感差别。眼前的杨氏之爱是诗人珍惜的，心头的唐婉之爱也是诗人惦念的，因为两份爱都有"真"的内核。那又是什么把两段"缝菊枕"和两份真爱串联起来呢？是那缕拂过鼻尖、愀然又上心头的"清香"。四十三年过去了，人间世事几经变幻，只有这菊枕的"清香"未变，诗人对爱的期许未变。这"清香"虽平淡，却实在——既叫人感知，又让人触动，似有似无间它所牵系着的是陆游对两份真爱久而弥笃的深情。这首记叙生活点滴的诗歌，正因为充溢着真挚的情，才显出不寻常，这就是宋人所说的"寄至味于淡泊"。

朱熹在《朱子语类·卷第十九》中说："甚平淡，然意味深长。"具备了"天真"的要质，"平淡"才不至流于浅俗，似淡而实美，愈嚼愈有味。

当然，宋人也明白，意境的平淡是由心境的淡泊造就的，因此宋人将"平淡"提高到了人生修养的高度，做到"不以物喜，不以己悲"。据沈括《梦溪笔谈》记载，欧阳修就曾感慨艺术创作和欣赏中平淡美的把控是很难的，不具备淡泊之心的创作者和鉴赏者都是很难领会其中真正妙意的："萧条淡泊，此难画之意，画者得之，览者未必识也。故飞走迟速，意浅之物易见，而闲和严静之趣，简远之心难形。"

两宋学人对平淡美的推崇，体现的是中国文人审美心理的成熟和升华。经由庄、禅哲学及理学的过滤与沉淀，宋人的审美已把对外部世界的认知转向了自我心性的反省，其创作和鉴赏已由发自内心的感性愉悦转向气质修为的精神涵养，从而将真情真性的人生境界提升至极为天真纯净的平淡之境。

三、蓄道德而能文章：学人的大智慧

江南有两处很"宋朝"的城市，一是杭州，一是扬州。杭州的"宋朝"是它曾作为南宋皇城的历史基因注定的，而扬州的"宋朝"则是平山堂里的"欧公柳"无心插就的，而曾亲手种下这棵柳树的就是被历代扬州人称道的"文章太守"欧阳修。

或许，欧阳修来之前，扬州已经是三月烟花满地、二分明月无赖，朦胧氤氲；欧阳修来后，扬州也变得闲雅沉稳起来了……

从瘦西湖景区北门出来，有一条绵延蜀冈的大道，叫作平山堂东路。走到道路对面，拾阶登上蜀冈中峰，平山堂就在大明寺景区之内。欧阳修在此骋目远望，江南诸山，历历在目，似与堂平，"平山堂"因此得名。

据沈括《扬州重修平山堂记》记载，欧阳修当年修建的平山堂可不像今日所见的这样气派轩昂，只不过是由一处欹斜倒歪行将散架的僧房改建而成的临时办公用房，十多年后便"朽烂剥漫，不可支撑"了。如此寻常之所，为什么会引来诸多名流的流连与诗赞，并像叶梦得《避暑录话》所说，"壮丽为淮南第一"呢？沈括在《扬州重修平山堂记》中认为，这完全是"文章太守"的人格感召："不在于堂榭之间，而以其为欧阳公之所为也。"

"文章太守"因"文章"而感人，更因"道德"而动人——"蓄道德而能文章"是学生曾巩在《寄欧阳舍人书》中对老师的精妙评价。作为北宋文坛领袖，欧阳修为后辈学人树立了垂世典范。但"德"不是一日养成的，"道"更不是轻易悟透的，从伦常的、有限的"德"升华到本源的、无至的"道"也许是大半辈子或是一辈子的事；"蓄道德而能文章"，一个"蓄"字生动体现了一代学人身上厚积薄发的人生淬炼。

欧阳修移镇扬州，已经年过四十，经历了两次大波折，人格修为上也渐入"不惑"的佳境了!

回望三十岁时,他义愤填膺,写下《与高司谏书》,力挺贤官范仲淹,直陈谏官非君子之所为,因此受累遭贬夷陵。从中原大地来到江边小城,经历的第一个春天并不是那么温暖,写给好友丁元珍的《戏答元珍》里说:"春风疑不到天涯,二月山城未见花。"年轻气盛的挫败感加重了身心的疲倦,但不可能把他击败,诗的最后他自宽道:"曾是洛阳花下客,野芳虽晚不须嗟。"

《浪淘沙·把酒祝东风》一词中,欧阳修回想起当年初仕洛阳三年,"把酒祝东风""游遍芳丛",已是够满足、够惬意的了,那目前在夷陵山城晚见几日野花能有什么可以嗟叹的呢?所以,他在被贬山城的日子里生活照过、酒照喝!欧阳修在另一首写给丁元珍的《戏赠丁判官》里乐观地说:"须信春风无远近,维舟处处有花开!"他的愁容完全展开了!

更可贵的是,在夷陵任上他没有因为个人失意而荒废政务,他把这次遭遇当作了可贵的历练,其《与焦殿臣》说:"某再为县令,然遂得周达民事,兼知宦情,未必不为益。"据《宋史·欧阳修传》载,他从旧卷宗里翻检出很多"枉直乖错"的冤假错案,深感治事之糜乱,此后为官以"遇事不敢忽"为自警,一改"洛阳花下客"的闲官做派,"政事"渐渐成为他跟友人们谈论最多的话题,因为他认定:"文章止于润身,政事可以及物",夷陵成为欧阳修人格成长的重要起点。

四年后,欧阳修被召还京复职。三十九岁时,他因助范仲淹推行"庆历新政"而遭反对派借事弹劾,被贬滁州。两起两落,再度出京的欧阳修在政治上成熟多了:他的抱怨少了,忧虑却更深沉了——因为这次他忧的不只是一己得失,而是天下兴废、新政难行。

带着这种深沉,欧阳修来到滁州,于丰山建丰乐亭,于琅琊山建醉翁亭,留下两篇代表作——《丰乐亭记》和《醉翁亭记》:

今滁介江淮之间，舟车商贾、四方宾客之所不至，民生不见外事，而安于畎亩衣食，以乐生送死。而孰知上之功德，休养生息，涵煦于百年之深也。

修之来此，乐其地僻而事简，又爱其俗之安闲。既得斯泉于山谷之间，乃日与滁人仰而望山，俯而听泉。掇幽芳而荫乔木，风霜冰雪，刻露清秀，四时之景，无不可爱。又幸其民乐其岁物之丰成，而喜与予游也。因为本其山川，道其风俗之美，使民知所以安此丰年之乐者，幸生无事之时也。

（北宋·欧阳修《丰乐亭记》）

环滁皆山也。其西南诸峰，林壑尤美，望之蔚然而深秀者，琅琊也。山行六七里，渐闻水声潺潺而泻出于两峰之间者，酿泉也。峰回路转，有亭翼然临于泉上者，醉翁亭也。作亭者谁？山之僧智仙也。名之者谁？太守自谓也。太守与客来饮于此，饮少辄醉，而年又最高，故自号曰醉翁也。醉翁之意不在酒，在乎山水之间也。山水之乐，得之心而寓之酒也。

若夫日出而林霏开，云归而岩穴暝，晦明变化者，山间之朝暮也。野芳发而幽香，佳木秀而繁阴，风霜高洁，水落而石出者，山间之四时也。朝而往，暮而归，四时之景不同，而乐亦无穷也。

至于负者歌于途，行者休于树，前者呼，后者应，伛偻提携，往来而不绝者，滁人游也。临溪而渔，溪深而鱼肥。酿泉为酒，泉香而酒洌。山肴野蔌，杂然而前陈者，太守宴也。宴酣之乐，非丝非竹，射者中，弈者胜，觥筹交错，起坐而喧哗者，众宾欢也。苍颜白发，颓然乎其间者，太守醉也。

已而夕阳在山，人影散乱，太守归而宾客从也。树林阴翳，鸣声上下,游人去而禽鸟乐也。然而禽鸟知山林之乐,而不知人之乐;人知从太守游而乐,而不知太守之乐其乐也。醉能同其乐,醒能述以文者,太守也。太守谓谁?庐陵欧阳修也。

(北宋·欧阳修《醉翁亭记》)

滁州虽非大邑,却是"民生不见外事,而安于畎亩衣食"的"小确幸"城市。欧阳修日益体验这座小城"幸生无事之时""乐其岁物之丰成""从太守游而乐"的简单快乐而感动,更在"与民同乐""太守之乐其乐"中找到了快乐的源泉。来滁州半年多,欧阳修出色完成了范仲淹《岳阳楼记》所说的从"居庙堂之高"到"处江湖之远"的角色转变,千秋"醉翁"应时而出。

欧阳修算是古代文人中为数不多的小酒量了,《醉翁亭记》里就自嘲"饮少辄醉",故号"醉翁"。但"醉翁"二字的含义是否真像字面那样直白吗?事实上,欧阳修在写了《醉翁亭记》的同时,还题了一首诗——《题滁州醉翁亭》,开头说:"四十未为老,醉翁偶题篇。醉中遗万物,岂复记吾年。""醉中遗万物"似乎道出了一个不太会饮酒的人却喜欢酒的初衷:酒能让他暂时忘记俗世万物,痛快的、悲伤的,包括年华的流逝、仕途的沉浮……然而,欧阳修的心头始终没有被"举杯消愁愁更愁"的阴霾笼罩,他更不愿意像诗仙李白在《将进酒》和《宣城谢朓楼饯别校书叔云》里所说的"但愿长醉不复醒",或是索性"明朝散发弄扁舟"那样,他还要醒来,他还想尝遍这俗世的喜怒悲欢,因此《题滁州醉翁亭》的最后说:"惟有岩风来,吹我还醒然。"让自己从懵懂的醉乡清醒,回归惨淡的现世,需要勇气;让自己清醒地活在现世,不仅活得不颓唐,还要活得自得其乐,更需要出众的智慧。

欧阳修《醉翁亭记》曰:"醉能同其乐,醒能述以文者,太守也。"醉翁亭内外,山、泉、鸟、亭,众色皆醉;太守、宾客、滁人,众人皆醉。

醉中最乐者，非欧阳修莫属，因为他的"醉"已非迷迷糊糊的酒醉，而是渐醒时的"陶醉"了——陶醉于美酒，陶醉于山水，陶醉于当日之游，陶醉于宾主之欢，陶醉于滁人之谊、陶醉于与民同乐，陶醉于在滁州度过的每一天、陶醉于自我当前的美好存在……

在滁州，欧阳修比在夷陵时更加勤勉于政事。他在《江休复墓志铭》说，要奉行"为政所以安民"之道，专注吏治，兴修水利，表奏为民减赋，深得百姓爱戴。他在写给好友梅尧臣的《与梅圣俞·第二十通》中描述自己如何陶醉于滁州的生活："某此愈久愈乐，不独为学之外有山水琴酒之适而已，小邦为政期年，粗有所成，固知古人不忽小官，有以也。"可见，滁州给予他的不仅是文学家应有的审美享乐，更是他作为政治家而造福一方的成就感。

这种"自我陶醉"的快乐靠的不是酒精的外部干预，而是自我身心的一种适度满足。这是"醉"的另一层境界，在这一境界中，我们看到了一个自得、自在、自然的真"醉翁"！

其实，"醉翁"的基本面是学人们血液里流淌的那种"独清独醒"的屈原精神，它属于"德"的品性层面，是不为酒所蘸、不为时所迷、不为物所役的一种修为和坚守。欧阳修先后为范仲淹、为新政鸣不平，《与高司谏书》《论杜衍范仲淹等罢政事状》写得义正词严，祸之将至却无碍他对真理正义的信仰；欧阳修早知宋主对"朋党"二字心存芥蒂，偏在保守派诬造革新派"结党"之时，非把自己推到风口浪尖，在《朋党论》一文中向皇帝直陈"朋党之说，自古有之"，关键是要明辨"同道"的"君子之朋"与"同利"的"小人之朋"的根本区别，他用一身正气将小人之谤止于千里之外；尽管被贬出京，他还是不忘安邦治民，《宋史·欧阳修传》评价，他以"宽简而不扰"的政绩造福一方。这就是欧阳修在《论尹师鲁墓志》所说的"仁义大节"，是无论"处穷达，临祸福"，都不容屈就旁弃的。

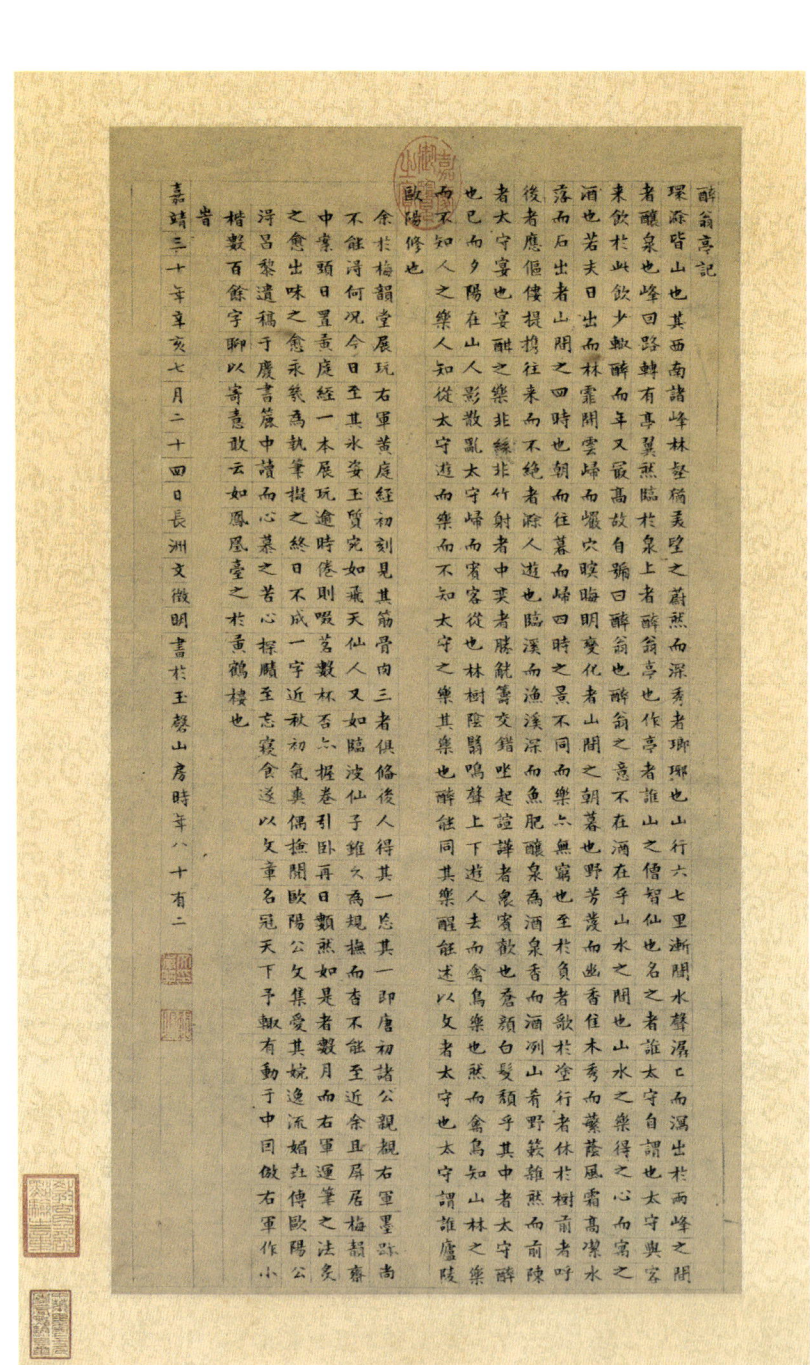

〔明〕文徵明 《楷书醉翁亭记》 纸本墨书　53.5cm×28.6cm　台北故宫博物院藏

文徵明的楷书《醉翁亭记》是其晚年的代表作之一，充分展示了他深厚的书法功底和艺术造诣。

这幅作品全文共计四百余字，笔笔如君子，毫无凡尘之气，美得"独清独醒"。卷中小楷清秀灵动高古质朴，与早年相比，不论点画墨色，还是形态力道，都更加刚健沉着。用笔一丝不苟，多以中锋行笔，提按顿挫痕迹清晰，结字奇异生动，宽窄气势连贯，厚浑章法有度，尽显端庄不凡，为文徵明晚年力作。

此外，文徵明在创作这幅作品时，深受王羲之书法的影响，追求如不食人间烟火的仙人一般冰清玉骨的质感。他在八十二岁高龄时，依旧笔耕不辍，用心创作，使得这幅《醉翁亭记》小楷成为其艺术生涯中的瑰宝。

因此，欧阳修很看不惯那些"达"时高谈阔论、"穷"时牢骚满腹的庸人文章，在夷陵写的《与尹师鲁第一书》中说道："每见前世有名人，当论事时，感激不避诛死，真若知义者；及到贬所，则戚戚怨嗟，有不堪之穷愁形于文字，其心欢戚不异庸人。"一位高义的"名士"之所以沦为自扰的"庸人"，正是因为他把一时之荣枯、一己之得失看得太重，身心完全受外物摆布，从而失却了精神的自主。

其实，要真正做到范仲淹《岳阳楼记》里倡导的"进亦忧，退亦忧"的"先天下之忧而忧"真不是一件容易的事！要做到这点，宋人认为必须在人生的反复历练中渐渐参悟"穷通之理"，达到"不以物喜，不以己悲"的平和。这属于由"德"而"道"的哲性层面，是"蓄道德"的过程中更重要的环节，也是成就"醉翁之乐"的关键要素。就像欧阳修在《答李大临学士书》中说的，"能达于此（进退穷通之理）而无累于心，然后山林泉石可以乐"，无论为官还是处世，"通（达）"不是一辈子的，"穷"也不会"穷"到底；也像后来的苏轼《水调歌头·明月几时有》所说的"月有阴晴圆缺，人有悲欢离合"，因而没有必要纠缠于一时。心胸放开了，不再患得患失，自然容易把握眼前唾手可得的快乐。

滁州三年任满，醉翁迁任扬州，入住平山堂。他在扬州不满一年，但这一年不太平，春季蝗害，秋季洪涝，仿佛老天爷都在考验这位新到任的父母官。欧阳修凭着他的责任心和行政经验，一次次替扬州百姓化险为夷。据儿子欧阳发的《先公事迹》回忆，欧阳修在扬州爱民如子，"凡死罪非已杀人而法可出入者，皆全活之"，扬州人为他建生祠纪念，这在当时是不多见的。然而，欧阳修却不十分在意，功与过、迁与谪，都是他经受过的了，对他来说也就不是最重要的了。他只是在做着自己想做和应该做的！

如果说，夷陵、滁州时的欧阳修还曾有过得与失的纠缠、醒与醉的执迷，还曾需用理智、靠修为才让自己达到"不以物喜，不以己悲"，那么，在扬州他就没有那么劳神用心了，一切都自然而然，一切都发自醉翁之心，他醉心于眼前一切美好的存在——无双亭的琼花、平山堂的垂柳、扬州的政通人和……

离开扬州七年后，欧阳修写下《朝中措·平山堂》：

平山栏槛倚晴空，山色有无中。手种堂前垂柳，别来几度春风。

文章太守，挥毫万字，一饮千钟。行乐直须年少，樽前看取衰翁。

在欧阳修看来，山色"有"是一种美，山色"无"也是一种美，山色"若有若无"更是一种美，一切都取决于醉翁不在意得失、不纠结穷通的达观心境。

因此，心境是最重要的，若是心里充实平和了，便能安之若素，不忧不惧。用欧阳修最得意的门生苏轼《定风波·南海归赠王定国侍人寓娘》里的话来说，那叫"此心安处是吾乡"。

法国作家罗曼·罗兰在《米开朗琪罗传》里写道："世界上只有一种英雄主义，就是认清生活的真相之后，依然热爱生活。"罗曼·罗兰所言的"英雄主义"内涵未必是中国文化推崇的，但其对米开朗琪罗一生的概括却契合中国人对高尚而又平凡人格的追求。能认清现实，独清独醒地活着是不容易的，所以我们敬佩屈原式的诗人；活得清醒又不痛苦，还要活得寻常、活得自然、活得就像一个普通人，就更是难得了，因此我们景仰像陶渊明一样"结庐在人境"、像白居易一样知足乐天、像欧阳修一样乐其所乐、像苏东坡一样心有所安的"生活爱好家"们！

生活的经验告诉两宋学人：生命是要历经磨砺和锤炼的——像哲人那样成就"由凡入圣"的升华是需要智慧的，而接下去要再完成由哲学家到生活家的回归，那种"由圣入凡"的沉淀则更需要大彻大悟的大智慧。

生活在中国传统文化成熟期的两宋学人们身上大多闪烁着这种智慧的光芒，或许它并不光彩夺目，并不炫人耳目，实实在在地化于日常的点滴中，体现在最平常的举动中，这就是中国式的"大智慧"，一种生活的智慧。

拿苏轼的例子来说，从"聪明"到"智慧"是一种历练，而要从"高处不胜寒"的痛苦中再找回那种"起舞弄清影，何似在人间"的脚踏实地的快乐，更需要经历多少次跌倒、多少次重新爬起！这真正是生活的勇者、生活的智者。

"世路如今已惯，此心到处悠然。"（南宋·张孝祥《西江月·问讯湖边春色》）这也许是对宋人心境最恰如其分的描述了。

第五章 赤子的性灵之"真"

【诗意导读】

人言"诗庄词媚","媚"成了温庭筠之后晚唐五代词的主流色彩。但历史造就了大词人李煜,《虞美人》里那句"问君能有几多愁,恰似一江春水向东流",仿佛三月的东风,把整个词坛都吹得清亮起来;后来,一位名叫纳兰性德的词人,其《木兰词》里那句"人生若只如初见",与李煜回眸相望,共同惊艳了几百年的时光,让我们又重温了那股词里的清风。

我们不是李后主,但每个人生命的点点滴滴都会像江水从身边滚滚流淌而去;我们不是容若公子,但人生如初见的欢喜与感伤却是人人都见证和亲历了的。

这就是赤子的"真"性灵,它不经意间打动每一颗真诚的心灵。

一、人生如初见：纯粹的赤子之心

如果要问李煜和纳兰性德有什么本领，那就在于：他们笔下写的是一个人的悲哀和欢喜，心头流露出的却是人类共同的悲哀和欢喜。

他们仿佛不需要太用力，随意向你心坎那汪清池里投下一枚石子，漾起的层层涟漪就能把你的心窝静静铺满，那种充溢全身的审美满足简直是难以言表的。

为什么李煜和纳兰性德能够做到这样？那是因为，他们写文章虽不用力，却十分用心，而且用的都是那颗最纯粹的真心。王国维在《人间词话》里把这颗"真心"称作"赤子之心"，认为"词人者，不失其赤子之心者也"。

其实，不光是词人，所有感情真挚、人格完满的人都葆有一颗赤子之心，早在先秦，《孟子·离娄下》便说："大人者，不失其赤子之心者也。"老子的《道德经·第五十五章》更把这份纯真之心看作"厚德"之本："含德之厚者，比于赤子。"

"赤子"即儿童，但赤子之心并不等同于儿童之心。儿童未经世事，展现的是天然的单纯；赤子之心者绵历世情，九九归真的才是那份人之初的至情至善。

李煜的一生经历了王子、太子、君王、阶下囚的沉浮巨变，他天赋异禀、通晓诗词却错生帝王家。他在《渔父·浪花有意千里雪》里歌咏"一壶酒，一竿身，快活如侬"，他多么向往这样的闲逸生活，却因生了一幅"骈齿重瞳"的帝王相而遭嫌忌，无奈卷入政治漩涡。

既然没能躲开承继帝位的命数，他便打算当好这个皇帝，还把自己的名字由"从嘉"改为"煜"，希望能以自身之热量光辉普照南唐万民，但窘迫的时势已不给他任何施展抱负的机会，他无力回天，颓唐自弃。

他明知不是赵匡胤的对手，便真诚奉上《即位上宋太祖表》，主动称臣，希望用小孩子犯错讨饶般的举动来博得同情，求得一亩三分地的苟安。谁知政治野心家是不容许谈条件的，一句"卧榻之下，岂容他人鼾睡"彻底摧毁了他的清梦。

亡国被囚，他没有慷慨玉碎的壮举，因为还留恋此生；他也没有卧薪尝胆的义举，因为已享惯了富贵，让他不愿拒绝赵宋的"优厚待遇"。然而，他也没有在温柔乡里真的"乐不思蜀"，更不愿因为寄人篱下而低头、去隐忍，他偏要发牢骚，偏要闹别扭。常与前来探视的故臣唏嘘往事，他与小周后抱头痛哭。四十二岁生日那天，他在《虞美人》里不假伪饰地吟诵"故国不堪回首月明中"，他的"故国"是金陵的风月，是宫廷的浮华，是岁月的自由，仅此而已。这是李煜的"赤子之心"，但别有用心者却将它过度诠释为"政权"和"权欲"，最终为他引来了杀身之祸。

与李煜相比，纳兰性德的一生平稳多了。作为大清名臣纳兰明珠的长公子，他妥妥地走着"学而优则仕"的人生之路：十八岁中举，二十二岁赐进士出身，担任康熙御前一等侍卫直至病逝。但所有的"平稳"似乎都是事先安置好了的，纳兰身处其间，无所适从——他的悲剧正在于一辈子都过着命运安排给他的生活！

御前侍卫看似权位高贵，实则是无自由、失自我的帝王仆从，伴君如伴虎的日子反而让他济世之志难酬。据徐学乾《通志堂集序》所载，纳兰性德时常"惴惴有临履之忧"，在《拟古》里，纳兰性德也表达了这种苦恼："我本落拓人，无为自拘束。"

纳兰性德要的是自由的身心，要的是放开手脚大展宏图，但现实只给予他身外浮名，只允许他在安稳的富贵中虚度光阴，背负着不能自主的躯壳，所以他在《踏莎行》里感叹："倚柳题笺，当花侧帽，赏心应比驱驰好……金殿寒鸦，玉阶春草，就中冷暖谁知道！"

更让纳兰性德苦恼的是，他生来鄙薄权贵，命运却安排他托身豪门，每天不得不目睹和经历着鲜衣怒马背后的丑陋，在《金缕曲·赠梁汾》里他自言"德也狂生耳！偶然间，缁尘京国，乌衣门第"，他无奈甚至嫌恶自己的豪门出身。

连父亲纳兰明珠都纳闷：已经给了这孩子那么多，为什么他还不快活？他为什么还在《浣溪沙》里自称"我是人间惆怅客"？

然而，世上就有纳兰性德这样的人，所拥有的东西越多，他们越惆怅——因为这一切都不是他们自己想要的；被给予的越多，他们越感到一无所有；越身处繁华，他们越感到孑然一身、落寞寂寥。所以他只好在《金缕曲·赠梁汾》里唏嘘："身世悠悠何足问，冷笑置之而已。"

明珠府邸是真正的朱门高第，仅占地就六万多平方米，但纳兰性德偏偏要在里面修建几间茅草屋，目的就是招待久未谋面的挚友顾贞观，希望他能不嫌"朱门酒肉臭"，来府中相会。纳兰性德还特意写了《寄梁汾并葺茅屋以招之》，诗云："三年此离别，作客滞何方？随意一尊酒，殷勤看夕阳。世谁容皎洁，天特任疏狂。聚首羡麋鹿，为君构草堂。"但茅屋依旧筑在朱门中，纳兰自由的心仍旧逃不脱俗物的牵累。

纳兰性德有一方心爱的闲章，曰"自伤多情"，这是赤子纳兰性德最好的心理写照。他一生忠诚的是发自肺腑的那份真"情"——真的爱情，真的亲情，真的友情、真的君臣情……这些才是他真正需要的，却是这个世界最难给予他的：

明月多情应笑我，笑我如今。辜负春心，独自闲行独自吟。

（清·纳兰性德《采桑子》）

人到情多情转薄，而今真个悔多情。又到断肠回首处，泪偷零。

（清·纳兰性德《摊破浣溪沙》）

一个多情种在人情凉薄的世界里没个安排处!

二、愁似春江水：深绵的赤子之情

李煜和纳兰性德，一个是亡国之君，一个是豪门之后，虽身世经历不尽同，但都是这世上活得最纯粹的人，所以都能凭着与生俱来的那种纯真与率意，随时喷薄出对身边点点滴滴最敏感细致的感触，并用那最真实的一点感觉、一点滋味、一点情愫打动所有人心尖最柔软的地方。他们见的是寻常物，说的是平常事，但因为用的是真切心，所以那"一点一滴"的感染力才会无比绵长。

李煜的《相见欢》："林花谢了春红，太匆匆"，前面写的是寻常景，后面的"太匆匆"三个字把每个人的人生都举重若轻地概括进去了，这就是李煜的本领。

纳兰性德的《浣溪沙》："被酒莫惊春睡重，赌书消得泼茶香，当时只道是寻常"，这是纳兰悼念亡妻卢氏时写的词，"酒醉春睡""赌书泼茶"本是恩爱夫妻间的寻常事，却体现着爱的双方相濡以沫的真"情"和兴味横生的真"趣"。纳兰性德笔下的两件寻常事把有爱的婚姻里的"温馨"和"生机"都妥妥地囊括了，这就是纳兰性德的天赋。

再来看李煜的一首亡国词：

四十年来家国，三千里地山河。凤阁龙楼连霄汉，玉楼琼枝作烟萝，几曾识干戈？

一旦归为臣虏，沈腰潘鬓消磨。最是仓皇辞庙日，教坊犹奏别离歌，垂泪对宫娥。

（南唐·李煜《破阵子》）

"仓皇辞庙日",是李煜从"几曾识干戈"的温柔天堂跌入"归为臣虏"的悲惨地狱的重要关口。在这一关口,他依然在教坊声离歌声中与宫娥挥泪惜别,苏轼的《东坡志林》对此颇有微词:"后主既为樊若水所卖,举国与人,故当恸哭于九庙之外,谢其民而后行,顾乃挥泪宫娥,听教坊离曲!"苏轼觉得李煜应当在亡国之际有些感天动地的大举动,没想到斯人仍旧是"垂泪对宫娥"的小格局,实在有些荒唐!

其实,小格局依然可以产生大震撼,重要的是,是否填充了"真"的基石。

根据李煜词作的大意,我们可以推想:宋军兵临城下,金陵岌岌可危之时,那些终日里唱着"忠君爱民"高调子的伪君子们不是早作鸟兽散了,就是躲在犄角旮旯痛骂"昏君无道""生不逢时",哪里还会有人赶来与李煜一同辞庙?

李煜惊魂失措,孤立无助,他将要永远离开这生于斯长于斯的金陵宫苑。就在此时,他的耳畔传来熟悉的教坊曲调,回首再望,身后是那群朝夕相伴的宫娥在为他演唱送别的《离歌》,他怎能不感动、怎能不落泪?此时他深深体会到:世上多的是虚情假意,只有眼前这群女人的心才是真心。所以,他在词里便郑重其事地把这"真心"记录了下来。李煜需要的不是杀身成仁,而是用"真意"来换"真心"!

郑振铎先生就对李煜与宫娥之间的这种真心真意十分理解,他说:"此正后主至情流露处。他心里不愿哭庙谢民,便不哭庙谢民。此种举动,实胜于虚伪的做作万万。好的作品,都是心里想什么,便写什么的。"[1]

李煜不会在亡国之际刻意做出哭庙谢民的举动来减少些骂名,也不愿在追悔之时搜肠刮肚地写点冠冕堂皇的文字来博得后人的同情,他是当

---

[1] 郑振铎.郑振铎古典文学论文集:上册[M].上海:上海古籍出版社,1984:268.

时想怎么做就做了，怎么做了事后就怎么写在词里了，一切都这样顺理成章，一切都这样水到渠成，这就是赤子之所为。

讲完了李煜，再来讲讲纳兰性德，他有一首《减字木兰花》，词曰：

相逢不语，一朵芙蓉著秋雨。小晕红潮，斜溜鬟心只凤翘。
待将低唤，直为凝情恐人见。欲诉幽怀，转过回阑叩玉钗。

（清·纳兰性德《减字木兰花》）

据女学者苏雪林考证，这首词的背后还有一个动人的故事：纳兰性德曾与青梅竹马的表妹初恋，后来表妹被征入宫，纳兰性德终日相思，愁苦不已。清代《赁庑笔记》里记载："容若愁思郁结，誓必一见，了此凤因。会遭国丧，喇嘛每日应入宫哱经，容若贿通喇嘛，披袈裟，居然入宫，果得彼妹一见。而宫禁森严，竟不能通一语，怅然而出。"

为了这段感情，纳兰性德甘于乔装改容，敢于犯禁闯宫，有幸的是能与表妹在廊榭偶遇相逢，不幸的是见了面也不能说上一句话，连四目含情对视都不敢——因为"直为凝情恐人见"。其实，明知道不能在一起的两个人还要再见上面，或许是更大的不幸，正如范成大《鹊桥仙》所说："相逢草草，争如休见，重搅别离心绪。新欢不抵旧愁多，倒添了、新愁归去。"

然而，纳兰性德和表妹不愿这样草草别去，就在两人擦肩而过将成永别之际，回阑处响起几声叩玉钗的声响，旁人也许不会在意（即使听到也只以为是无意所为），但在纳兰性德和表妹的心里却是彼此一点通的灵犀，这是表妹特意要传达给纳兰性德的心声。"叩玉钗"的小举动，"玉钗声"的轻声响，能在每一个纳兰性德迷的心中留下永恒的回响，用纳兰性德《画堂春》里的词句来说，正在于纳兰性德和表妹之间"一生一代一双人"的真爱真情。

　　无论是初恋的表妹,还是结发的卢氏,抑或丧妻后出现的沈宛,纳兰性德一旦爱上,就会拼尽全身的气力去爱,毫无保留。他曾在《致严绳孙简》里对好友说:"弟胸中块垒,非酒可浇,庶几得慧心人以晤言消之而已。沦落之余,久欲葬身柔乡,不知得如鄙人之愿否耳?"可见,纳兰性德已把"慧心人"当作灵魂的伴侣、生命的归宿!

　　纳兰性德对朋友也是情意深重。虽然出身豪门,他结交的朋友却大多是落魄才子,比如因被磨勘^①而失业的秦松龄、因言事获罪的姜宸英、屡受排挤的顾贞观、无意科考的严绳孙等。然而,纳兰性德却甘心为这些穷朋友出头奔走。

　　纳兰性德因读了顾贞观所作《金缕曲二首》,答应替顾贞观设法救回因罪流放宁古塔的好友吴汉槎,并允诺"此事三千六百日中,弟当以身任之,不俟兄再嘱也"。尽管如此,顾贞观仍觉得十年时间太长,说"人寿几何?请以五载为期",要求纳兰性德五年之内就完成救人。虽然为难,纳兰性德却没有推脱,慨然应允。为了朋友的朋友,纳兰性德多方求助,花费大量人财物力,使吴汉槎在五年后获赎还乡,不辜负他在《金缕曲·赠梁汾》里对顾贞观"然诺重,君须记"的旦旦信誓。

　　唐圭璋先生在《纳兰容若评传》里称,纳兰性德"待人真,作词真,写景真,抒情真,虽力量未充,然以其真,故感人甚深。一种凄惋处,令人不忍卒读者,亦以其词真也。"

　　赤子之心写就赤子之情,靠的就是这种天然的真爱真情。王国维《人间词话》说:他们"以自然之眼观物"——观的是真物,他们"以自然之舌言情"——言的是真情。

---

①　磨勘,指对乡试、会试试卷进行复核。

傅雷先生对"赤子之心"有过这样的解读,他说:

> 所谓赤子之心,不但指纯洁无邪,指清新,而且还指爱……这个爱绝不是庸俗的、婆婆妈妈的感情,而是热烈的、真诚的、洁白的、高尚的、如火如荼的、忘我的爱。
>
> (傅雷《傅雷家书》)

赤子真诚地爱自己、爱他人、爱自然、爱江山、爱万物……他们的生命虽然短暂,但他们的人生是完满而又充盈的!

〔明〕仇英 《桃源仙境图》 绢本设色 175cm×66.7cm 天津博物馆藏

　　这幅画作是明代仇英的代表作之一，取材于陶渊明《桃花源记》，作者巧妙地刻画出人们心中的世外桃源之景。图中以高远构图，青绿浅绛着色，山石矗立，虬松盘绕，描绘三高士于桃源仙境雅集。人物闲雅，山川清丽，云烟缥缈，疏密对比强烈。三位文人雅士临流而坐，或抚琴、或聆听、或沉思，周边溪流清澈，桃树盛开，整幅画作展现出一种超然物外的闲适与和谐，将观者带入一个远离尘嚣、宁静致远的人间仙境。

　　透过画中仙，看尽凡间客。作者借"桃花源"表达了自己心中的美好愿景，这也是当时文人心中的理想图景。

第二编 经典文学里的『爱』人生

【诗意导读】

从中国传统思想中『爱』生命的先导者庄子谈起,通过讲述历代『爱』人生的代表人物及经典作品,帮助读者理解并培养从爱己到爱人、爱物进而爱天下的情怀及情操,并充分感受当下生活的幸福充实。

第一章 先哲的生命之「爱」

【诗意导读】

在充满艰辛的生命历程中，如何摆脱生命的束缚安身立命？如何实现旷达无羁的人生获得幸福快乐？如何以有限融入无限，从而享受逍遥适性的诗意人生？庄子的生命诗学，回答了如何看待生命、如何看待生死等生命问题。他对生命问题的深入思考，更解答了人应该如何在世界上安身立命、如何拥有自我、如何让生命的存在具有诗意等一系列问题。

〔明〕周臣 《北溟图》 绢本设色 28.3cm×135.9cm 美国纳尔逊-阿特金斯艺术博物馆藏

  周臣以横轴手卷向观者徐徐展开了庄子笔下《逍遥游》之"北冥",画卷构图右侧以大篇幅画面描绘了"层波叠浪""云舒浪卷"的北海水面波浪,以繁密交织、沉稳细腻的笔触,画出了北海的浩瀚烟波与大气磅礴;画卷左侧则临岸密实布置了丛树、山石、土坡、阁楼、小桥、悬泉等,阁楼有高士闲坐观潮,桥上有士人策杖缓步,桥边有童仆身后随行,小径通幽处,仰见茅亭旁,葱郁茂盛,悬泉隐现。整幅图卷严整精到,笔实神凝,清秀明澈,技巧娴熟。

  周臣凭借北溟浩瀚、青林蔚然的博大意境,将画面中的静与动、虚与实相互交织,笔触气韵间洋溢着浪漫主义精神,又寄托了内心世俗与幻想、现实与理想的相互碰撞,使得画面极富自由精神与自由向往的"可读性"。

一、生死齐一：庄子诗意的生命情怀

相对于浩渺天空和无垠大地，人生只不过是沧海一粟。孔子凝望着泗水的绿波，发出"逝者如斯夫"（《论语·子罕》）的慨叹。在庄子看来，"人生天地之间，若白驹之过隙，忽然而已"（《庄子·知北游》。相对于苍茫宇宙，个人生命太匆匆，就像电闪火花，一晃而过；也似落花流水，转眼即逝。春去春又来，花谢花会开，人生无返，生命无价。

在古代中国，奉行集体主义价值观的儒墨之家，倡导"杀身以成仁"（《论语·卫灵公》）、"舍生取义"（《孟子·告子上》），甚至"赴火蹈刃，死不旋踵"（《淮南子·泰族训》），主流思想强调道德对生命而言，具有天然合理性和价值优先权，并没有对生命本身给予足够的重视和关怀。庄子则继承和发展了道家学说重视个体利益、将生命价值视为至高无上的原则，唱出了"爱生命"的最强音。

庄子生活的时代，兼并战争和社会动荡比春秋时期更为频繁和激烈，战国游士纷纷奔走于诸侯之门，以期一朝得志。《史记》记载，庄子"其学无所不窥"，学富五车却无意仕途，只在不长的时间里做过管理漆园的小吏，随后即辞官归隐。庄子尽管家住陋巷，以织草鞋为生，有时甚至无米下锅，要向人借粮糊口，还是不为楚威王国相之位所动：

> 庄子钓于濮水，楚王使大夫二人往先焉，曰："愿以境内累矣！"庄子持竿不顾，曰："吾闻楚有神龟，死已三千岁矣。王巾笥而藏之庙堂之上。此龟者，宁其死为留骨而贵乎？其生而曳尾于涂中乎？"二大夫曰："宁生而曳尾涂中。"庄子曰："往矣！吾将曳尾于涂中。"
>
> （《庄子·秋水》）

庄子以为失去自由和生命的骸骨无论如何被尊崇，也抵不上身处"涂中"的鲜活生命自由可贵。他即便是穷居陋巷，箪瓢屡空，仍然超然物外，珍爱自由，珍爱生命，宁可似乌龟拖着尾巴在泥浆中自在生活，也不愿为国者所羁，楚王的盛情相邀只换来他的淡然谢绝，濮水之边，翩然而去，仅留下楚使的瞠目与叹息。

在庄子看来，就算统治天下这种最尊贵的地位和最重大的权力，也不能妨碍或替换生命：

> 夫天下至重也，而不以害其生……天下大器也，而不以易生。
>
> （《庄子·让王》）

庄子高扬生命旗帜，强调珍视生命、尊重生命，明确表达了"两臂重于天下；身亦重于两臂"（《庄子·让王》）的生命宣言。

人类从走出原始的蒙昧有了自我意识以来，就知道生命有限，生命短暂、岁月飘忽令人生出难以解脱的忧惧。人应该怎样活着？什么是生活的重心？怎样对待生老病死？这些从来都是人们反复追问的论题。

战火纷飞、命若蝼蚁的生存际遇，使庄子在人生向度上的思考更加深邃，他以生命为起点来考量整个人生旅程。在他看来，名利、权势，乃至知识、道德都是身外之物，只有生命才是属于人自己的最宝贵的东西。"吾生也有涯，而知也无涯，以有涯随无涯，殆已！"（《庄子·养生主》）庄子认为，人生在世，最重要的就是保全自然赋予人的天性，自然地完成生命，不被外物所伤，从而"尽其天年而不中道夭"（《南华真经副墨·杂篇外物第二十六》），即所谓"全生"。《庄子》书中记载了这样一个故事：

> 庄子妻死，惠子吊之，庄子则方箕踞鼓盆而歌。惠子曰："与人居，长子老身，死不哭亦足矣，又鼓盆而歌，不亦甚乎！"
>
> 庄子曰："不然。是其始死也，我独何能无概然！察其始而本无生，非徒无生也而本无形，非徒无形也而本无气。杂乎芒芴之间，变而有气，气变而有形，形变而有生，今又变而之死，是相与为春秋冬夏四时行也。人且偃然寝于巨室，而我噭噭然随而哭之，自以为不通乎命，故止也。
>
> （《庄子·至乐》）

庄子的妻子去世了，好友惠子去吊唁，却看到庄子不泣反歌，于是质问庄子。庄子很平静，他说：妻子在天地间安安静静、踏踏实实地睡觉呢，自己为啥要号啕哭泣？面对亲人的离开，庄子从开始的悲痛难过到后来的坦然面对，是参透了生命的真谛：生和死是生命两种不同的表现方式，生死循环是生命的自然回归，生命的寂灭是归根和回家，所谓"万物芸芸，各复其根"（《庄子·在宥》）。

"方生方死，方死方生"（《庄子·齐物论》），生如夏花之绚烂，死如秋叶之静美，花开花落，生灭变化，都是人生美好的本然状态。庄子抱着达观的态度看待死亡，认为生命不过是大道的一种寄寓，生死是一体的存在，没有绝对意义上生命的终结，从而"以'生死齐一'为指导，落脚于心理转变上完成对死亡的超越"①。这种超越生死的境界给了人们情感上的满足和精神上的慰藉，诗意地探求并阐发生命之美、生命的永恒。

二、与天为徒：返朴归真的诗意生存

庄子生活的战国中期，周王的势力逐渐衰弱，诸侯群雄纷争天下，政治失序，道德失范，人与人之间、国与国之间为了一己之利尔虞我诈、你争我夺，导致战火连绵、百姓乱离，社会进化发展带来的人性的异化和功名利禄对人心的扭曲，使得个体生命原初葆有的纯真自然的本性几近处于丧失殆尽的边缘。对此，庄子感到莫名的悲痛，"庄子最是深情，人第知三闾之哀怨，而不知漆园之哀怨有甚于三闾也。盖三闾之哀怨在一国，而漆园之哀怨在天下；三闾之哀怨在一时，而漆园之哀怨在万世。"②

面对生命所面临的现实困境，孔子及其门徒为拯救天下而席不暇暖、汲汲奔波，主张通过"立德、立功、立言"来实现人生的价值。

太上有立德，其次有立功，其次有立言，虽久不废，此之谓不朽。

（春秋·左丘明《左传·襄公二十四年》）

---

① 海波. 从"重生轻死"到"生死齐一"[J]. 北京：哲学研究，2008(1)：72.
② 〔清〕胡文英. 庄子独见[M]. 上海：华东师范大学出版社，2011：6.

孔颖达疏：立德，谓创制垂法，博施济众……立功，谓拯厄除难，功济于时，立言，谓言得其要，理足可传，其身虽没，其言犹存。

（晋·杜预注，唐·孔颖达疏《春秋左传正义》）

庄子尊重生命、珍爱生命，面对世人的生命困顿，他不仅忧心忡忡，更用他的生存智慧，提出了"法天贵真"的生命诗学核心命题：

真者，精诚之至也。不精不诚，不能动人。故强哭者虽悲不哀，强怒者虽严不威，强亲者虽笑不和。真悲无声而哀，真怒未发而威，真亲未笑而和。真在内者，神动于外，是所以贵真也。

（《庄子·渔父》）

面对生命的困境，庄子乘物游心、与时俱化，努力探寻生命的真谛，呼吁人们走出对待生命的误区，唤醒"充沛淋漓"的原初生命，让生命"复归于朴"（《老子·二十八章》）。庄子强调通过凸显和回归人的自然属性，来消解和摆脱社会异化对人性的扭曲与戕害，期盼帮助人们在乱世中保全生命，更进一步为个体生命建构起可以安顿下来的栖居之地。

道家思想有尊重自然、顺应自然的传统，道家把"天"看作天然、自然，强调珍爱自然、与自然万物和谐共生。庄子提出"天地与我并生，而万物与我为一"（《庄子·齐物论》），将人和自然看成一个有机统一的整体。不管你喜欢不喜欢、承认不承认，自然万物都是齐而为一的：

其一与天为徒，其不一与人为徒。天与人不相胜也，是谓之真人。

（《庄子·大宗师》）

在庄子看来，"人"和"天"在本质上都是本于自然的，认可万物齐一，就是师法自然本性，即"与天为徒"；否认万物齐一，就是师法与自然本性相对立的人为性，即"与人为徒"。庄子倡导的"法天"，就是崇尚自然，因顺自然，融于自然，达到"天与人不相胜"的状态，让人与自然和谐共生、互相成全，落实到人自身就是要保全和涵养人的自然本性，按照自己的天性来生活，而从达到"真人"的生命理想目标。

"真"在庄子笔下，是一个与"天"相关，又有自身独特内涵的生命诗学范畴。"真者，所以受于天也；自然，不可易也。故圣人法天贵真，不拘于俗"（《庄子·渔父》）。"真"是无饰无伪、形质统一、表里如一，是禀受于自然而不可改变的本然之性。"贵真"就是尊重万物和人自身的本性，保持自然纯朴的本真天性，反对为了满足一己之欲而扭曲自身或他人的天然本性。

> 昔者海鸟止于鲁郊，鲁侯御而觞之于庙，奏《九韶》以为乐，具太牢以为膳，鸟乃眩视忧悲，不敢食一脔，不敢饮一杯，三日而死。此以己养养鸟也，非以鸟养养鸟也。夫以鸟养养鸟者，宜栖之深林，游之坛陆，浮之江湖，食之鳅鲦，随行列而止，委蛇而处。
>
> （《庄子·至乐》）

> 马，蹄可以践霜雪，毛可以御风寒。龁草饮水，翘足而陆，此马之真性也。虽有义台路寝，无所用之。及至伯乐，曰："我善治马。"烧之，剔之，刻之，雒之，连之以羁馽，编之以皂栈，马之死者十二三矣！饥之，渴之，驰之，骤之，整之，齐之，前有橛饰之患，而后有鞭筴之威，而马之死者已过半矣！
>
> （《庄子·马蹄》）

庄子反对干预自然，反对人力破坏事物的自然状态。比如，鲁国国君爱鸟，他像敬奉祖先一样，给海鸟听《九韶》之乐，准备丰盛的"太牢"大餐，结果弄得海鸟"眩视忧悲，不敢食一脔，不敢饮一杯，三日而死"。又如伯乐善于治马，他用"烧之，剔之，刻之，雒之，连之以羁馽，编之以皂栈"的驯马技术，导致"马之死者十二三矣"；接下来又用"饥之，渴之，驰之，骤之，整之，齐之，前有橛饰之患，而后有鞭筴之威"的驯马手段，反而造成"马之死者已过半矣"的结果。

庄子用"鲁侯觞鸟"和"伯乐治马"的寓言故事从反面告诫人们：自然性是世间万物的根本属性，不要人为去毁灭事物的自然禀性，要用"以鸟养养鸟"的方式来对待鸟，让鸟栖息于树林，游弋于江湖；要让马儿自由自在地表达自己的真性情，"龁草饮水，翘足而陆""喜则交颈相靡，怒则分背相踶"（《庄子·马蹄》）。在庄子看来，只有"法天贵真"，因任自然，与天为徒，才能回归生命本色，达到真的生存、自然生存、自由生存的生命状态。

从漆园到濮水，庄子与天为徒，荡迹山林，抛却名利，率性而为，虽然一生贫穷，却活得自然而然、自由自在。"山林与，皋壤与，使我欣欣然而乐与"（《庄子·知北游》），庄子笔下的世界散逸着山泽林野自由清新的气息，充盈着徜徉于自然、与自然万物惺惺相惜的快乐，也渗透着庄子对生命超脱尘世、复归于朴的眷恋。

庄子所构建的魅力无限、生机盎然的生命世界，成为人们心仪的精神家园。千百年来，人们在寻求诗意生存的漫漫长路上不停地跋涉，描绘生命风景，抒写诗意人生，有"采菊东篱下，悠然见南山"（陶渊明《饮酒·其五》）的怡然自得，有"相看两不厌，只有敬亭山"（李白《独坐敬亭山》）的孤寂傲岸，有"会当凌绝顶，一览众山小"（杜甫《望岳》）的壮志豪情，有"明月松间照，清泉石上流"（王维《山居秋暝》）的怡然自适……在山野林泉、江河湖泽中，诗人们从烦扰的尘世中解脱出来，在对自然的审美观照中，舒卷了压抑的心灵，获得了生命的温暖，从而诗意地栖居在大地上。正如海德格尔所说："诗人的天职是还乡……还乡就是返回与本源的亲近。"[①]

走向自然的庄子完全是诗的庄子，其"与天为徒"的诗意生存方式和人生理想，正是为了祛除生命的障碍遮蔽，使生命畅通无滞，从而保全人类纯真素朴的天性，让生命回归生命本身，这种返朴归真是向生命原初诗意的回归。同时，这种本真生命的回归，不仅使人的现世生命存在获得了诗性，栖居于诗意的快乐，更让恢复本真感性的人们获得了生命、精神的安顿之所，寻得守候心灵的栖息地。

三、无待逍遥：现世生命的诗意绽放

庄子生活的时代，周王室衰微，诸侯纷争、欲谋求霸主地位，一些人为了建功立业、任相封侯，"丧己于物，失性于俗"（《庄子·缮性》），沦为物欲或权利的奴隶。"名与身孰亲？身与货孰多？得与亡孰病？"（《道德经·第四十四章》）在老子看来，名利、财货，都不是生命所必需的，然而很多人尽管没有把名利看得高于生命，但为了获得名利、财货不择手段，甚至不惜付出生命的代价，从而致使个体生命处于物欲、命运的樊篱中。老子的"三问"，问出了世人的病态人生追求和生命窘境。

庄子对人们在生命存在中受役于外物或无所觉察、或深陷其中不能自拔的情形感到切肤的悲悯，他看到了生命的荒诞，并且发出人不能简单苟活于乱世的想法和探寻生命更高境界的愿望。面对现世人生的种种羁绊，

---

① ［德］海德格尔.人，诗意地栖居[M].郜元宝，译.北京：北京时代华文书局，2017：100-101.

他逆风而歌，超然独立于霸业纷争、功名利禄之上，过着"日出而作，日落而息，逍遥于天地之间而心意自得"（《庄子·让王》）的悠然恬淡生活，不仅启迪人们保全生命、回归生命本真的诗意生存，也鼓励人们突破生命局限、否定在此沉沦，追求一种逍遥无忧的人生，实现更高层次的生命境界。"诗意是一种自在的境界、自由的境界。"① 庄子呼唤的诗意生存是一种自在生存和自由生存的逍遥境界，是一种摆脱生命桎梏所获得的心灵解放和超越。

相对于生命所拘泥的物理时空的有限性而言，庄子更看重人的精神时空的无限性。在深刻理解社会人生百态的基础上，庄子通过"鲲鹏之变""蜩与学鸠""汤之问棘""列子御风"等系列寓言故事，演绎出"乘天地之正，而御六气之辩，以游无穷"的"逍遥游"的人生理想境界：

> 有冥海者，天池也。有鱼焉，其广数千里，未有知其修者，其名为鲲。有鸟焉，其名为鹏，背若泰山，翼若垂天之云，抟扶摇羊角而上者九万里，绝云气，负青天，然后图南，且适南冥也。斥鷃笑之曰："彼且奚适也？我腾跃而上，不过数仞而下，翱翔蓬蒿之间，此亦飞之至也。而彼且奚适也？"此小大之辩也。
>
> ……
>
> 夫列子御风而行，泠然善也，旬有五日而后反。彼于致福者，未数数然也。此虽免乎行，犹有所待者也。若夫乘天地之正，而御六气之辩，以游无穷者，彼且恶乎待哉？故曰：至人无己，神人无功，圣人无名。
>
> （《庄子·逍遥游》）

---

① 鲁枢元.生态文艺学[M].西安：陕西人民教育出版社，2000：166.

"逍遥游"是一种无拘无束、无牵无绊的生命状态,在庄子眼里,无论是"水击三千里,抟扶摇而上者九万里"的大鹏,还是"腾跃数仞"就算"飞之至"、在"蓬蒿之间"的蹦跶就算"翱翔"的蝉和斑鸠,都离"逍遥"有很远的距离。就是乘风而行、飘然自得的列子,还是"犹有所待"——需要有所依凭,也没有达到"逍遥"之境。庄子认为,真正的"逍遥",是"恶乎待",也就是"无所待"。所谓"逍遥无待"不仅仅指肉体不受内外条件的制约,更指摆脱了尘世的一切枷锁和劳碌,实现精神上无待、无累、无患的遨游飞翔,是无条件的自由自在和心灵的彻底解放。"精神四达并流,无所不极,上际于天,下蟠于地"(《庄子·刻意》),这种无待、无畏、无悲的精神遨游和心灵逍遥,忽略了物质困扰,超越了时空局限,正是庄子追求和憧憬的生命理想王国。

　　王先谦云:"无所待而游于无穷,方是《逍遥游》一篇纲要。"①庄子所谓的"逍遥",不仅以身体运动获得时空自由,而且以心灵的遨游力图摆脱道德、是非、知识的遮蔽,进入"至人无己,神人无功,圣人无名"的澹明通透境界,摆脱一切外物之累,从"有待"达"无待",体会真正的"逍遥游"。对此王夫之阐释说:

> 无待者:不待物以立己,不待事以立功,不待实以立名。大小一致,休于天钧②,则无不逍遥矣。③

　　个体生命一旦摆脱了物、事、名等外部因素依赖,摆脱了"身为物累""心为形役"的困顿,忘己、忘功、忘名,无视物我之别,与自然化而为一,

---

① 〔清〕王先谦.庄子集解(诸子集成本)[M].北京:中华书局,1996:3.
② 《庄子·寓言》:"万物皆种也,以不同形相禅,始卒若环,莫得其伦,是谓天均。""天均"意为自然界万物及其运动变化。
③ 〔清〕王夫之.庄子解:卷一[M].王孝鱼点校,北京:中华书局,1964.

从自己的"小我"中走出来，走向"天地与我并生，而万物与我为一"（《庄子·齐物论》）、"独与天地精神往来"（《庄子·天下》）的"大我"，过上"不知有汉，无论魏晋"（陶渊明《桃花源记》）、"山中才一日，世上已千年"的神仙逍遥日子。表面上的封闭、退让，最终却导向心灵的最高解放，导向精神的无限自由，导向生命的还乡，最终实现至乐无极的诗意栖居。

"逍遥游"是以"无"为基础的诗意人生观，"无待逍遥"是不拘时间、不囿于空间，没有欢乐、没有悲哀，一起任情适性的"诗意"。庄子在自己虚构的艺术境界里，通过诗人式的浪漫想象，"乘物以游心"，不依赖、不等待，实现了放浪形骸、海阔天空的精神之旅。闻一多先生评价，庄子是"最真实的诗人……他的思想本身便是一首绝妙的诗"[①]。

从"委蛇其形"的处世之道，到"逍遥其心"的精神超越，庄子以悲观情绪观察人生，以达观情绪超脱人生，以乐观情绪走向诗意人生。庄子追问人生，立足人性，探索心灵，求得生命永恒价值的超越。当然，这种超越不是消极逃避和无情抛弃，而是在对社会现实"知其不可奈何而安之若命"（《庄子·人间世》）基础上的一种处世智慧，是整个生命投入之后的腾跃蜕变，是面对世俗生活的一份从容淡定和执着向往。

"逍遥"的身影，总是来去无踪，沿着中国千年的历史长河，人们找寻回家路的脚步却从来未曾停歇。坐忘无待，逍遥其心，庄子"无待逍遥"的游世畅享，为芸芸众生投射出一道希望的曙光，为中国人开辟了"修身、齐家、治国、平天下"（《礼记·大学》）之外的另一条道路——那"遗世而独立"的桃花源，那"连山接海隅"的终南山，那"四面竹树环合"的小石潭……幽山静水，不单是隐逸文人的栖身之所，更是他们心灵舒展、精

---

① 闻一多.古典新义[A].闻一多全集：第二册[C].北京：生活·读书·新知三联书店，1982：280-281.

神回家的栖息地,寄托了一种生活态度、生存智慧和生命的诗意追求。

四、沉潜飞动:诗化生命与诗意人生

庄子在《逍遥游》的开篇,便驰骋想象,入地上天,描述了鲲"化"而为鹏的传奇故事。他说在深不可测的北海,有一条大鱼叫作"鲲",它非常巨大,不可见不可知不可量。这条大鱼静静地深潜在海底,突然有一天,"鲲"腾跃出水、一怒而飞,变成搏击长空、翱翔天际的大"鹏"。

> 北冥有鱼,其名为鲲。鲲之大,不知其几千里也。化而为鸟,其名为鹏。鹏之背,不知其几千里也。怒而飞,其翼若垂天之云。
>
> (《庄子·逍遥游》)

与在世间立下不朽功名相比,庄子认为逍遥地活着才是理想的人生境界,他用鲲鹏展翅的故事,启示人们摆脱物理世界的物质束缚,追求一种闲适自得的悠游人生,在对精神自由的无尽探索中,找到让自己生命飘逸洒脱的真正自由。但是,庄子的这种闲适自在、悠然自得并非消极遁世、无所事事,而是生动地体现了庄子生命诗学中向内寻求、超越自我、积极向上的一面,所谓"怒而飞",正是经过重重压、充分积蓄生命力量之后的惊鸿一跃。南怀瑾先生则将庄子的鲲鹏之"化"具体阐释为"沉潜飞动"[1]。

"只有海底之地,才会知道海的分量。"[2] "沉潜"与"飞动"是生命存在的两种不同状态,是不被外物所困扰的生活态度,也是自强不息、超越

---

[1] 南怀瑾.南怀瑾选集:第3卷[M].上海:复旦大学出版社,2013:16.
[2] 冯骥才.灵性[M].北京:生活·读书·新知三联书店,2009.

自我的人生观、价值观。厚积才能薄发,"沉潜"是修养心智、道德、品行以及抗干扰、耐挫折能力的过程,"沉潜"是人生厚重的积累,其目标是通过"沉潜"的量变,获得"飞动"质变的巨大人生能量,最终实现生命无所执着、无所依赖的逍遥境界。

沉潜,是一种甘于寂寞的品格。"夫虚静恬淡寂寞无为者,万物之本也。"(《庄子·天道》)庄子以为,寂寞是万物的根本,人也只有在寂寞中,才能更好地保持自我、感受生命。庄子婉拒楚王盛情邀约,宁愿"曳尾涂中",无论是在濮水边静看游鱼,还是编草鞋维持生计,甚至有时穷得去借粮食,这些都不妨碍庄子在寂寞生活中获得自足和快乐。其实,享受寂寞,就是保全生命;享受寂寞,就是享受自由;享受寂寞,就是享受人生。

> 独往独来,是谓独有。独有之人,是谓至贵。
>
> (《庄子·在宥》)

庄子所主张的"独有"是指在精神上能特立独行,它让人与众不同、志行高洁,让人超拔脱俗、生命饱满。享受孤独,是庄子的精神在世俗生活中的"沉潜"。在他之后,陶渊明高唱"归去来兮"躬耕田园,阮籍、嵇康放浪形骸纵歌于竹林,王维寄情辋川别业"晚年唯好静,万事不关心"(《酬张少府》),刘禹锡身居陋室仍然坚守"惟吾德馨"(《陋室铭》)……"古来圣贤皆寂寞"(李白《将进酒》),古代知识分子遭遇人生挫折时,他们以庄子"知其不可奈何而安之若命"(《庄子·人间世》)的人生策略,寄身山林和诗酒,悠然吟唱独善其身的"逍遥游",在寂寞孤独中"沉潜"生命、保全生命,积蓄厚积薄发的力量。"宠辱不惊,闲看庭前花开花落;去留无意,漫随天外云卷云舒"(肖峰《小原笔记》)。他们静守自己的一方天地,耐得住寂寞,守得住芳华。他们以孤独沉淀人生,以寂寞成就人生，完成破茧成蝶、大鹏展翅的"飞动"升华，最终将"失意人生"转化为"诗意人生"。

最深刻的生命是心灵，庄子一生追求心灵的自由，追求精神"自由"与"逍遥"的生命状态，庄子眼里的世界超越了生死，超越了是非，超越了时空，超越了喜怒哀乐。千百年来，庄子所营造的精神世界成为世人失意人生的心灵家园。北宋诗人、散文家王禹偁被贬为黄州刺史时，在黄冈城西北角的城墙坍塌、草木丛生之地，建了两间省工价廉的小竹楼：

> 夏宜急雨，有瀑布声；冬宜密雪，有碎玉声。宜鼓琴，琴调虚畅；宜咏诗，诗韵清绝；宜围棋，子声丁丁然；宜投壶，矢声铮铮然：皆竹楼之所助也。
>
> （北宋·王禹偁《黄州新建小竹楼记》）

公务结束后，诗人回到小竹楼，披上鹤氅，头戴华阳巾，"焚香默坐，消遣世虑"，或潜心于诵读《周易》，或陶醉于沙鸟竹树，或沉溺于醇酒名茶，诗人远离尘嚣，独处静观，在"送夕阳，迎素月"中体验谪居生活的自得其乐、诗意盎然。

无独有偶，同样被贬黄州的还有苏轼，虽然"沙洲寂寞"，但这只"孤鸿"依然襟怀磊落，依然"拣尽寒枝不肯栖"（苏轼《卜算子·月缺挂疏桐》）。他蜗居在狭小的"临皋亭"，尽管生活日以困匮，依然泛长江、吊赤壁、建雪堂[①]，煮"东坡羹"，做"东坡肉"，酿"东坡酒"，写下了《前赤壁赋》《后赤壁赋》和千古绝唱《念奴娇·赤壁怀古》。苏轼一生几经贬谪，从繁华的京都到此时的黄州，后又被贬到千里之外的岭南惠州和

---

① 苏轼被贬黄州期间，在东坡地头建成了五间草屋。落成之日，恰好天降瑞雪，苏轼非常兴奋，在草堂壁间画满了雪花，将屋子命名为"雪堂"。

蛮荒之地的海南岛，但他不断调整自己的心态，从容面对生活中的得失进退，诗人跳出自我，始终用一种审美心胸和眼光看待世界，体验生命的无限情趣和美好意味，从而享受"当下"、厚爱生命，成就了"一蓑烟雨任平生"（苏轼《定风波·莫听穿林打叶声》）的诗意人生，所谓"审美的人生就是诗意的人生、创造的人生、爱的人生"[①]。

你可以不是一个诗人，诗意却可处处润泽你的生活。诗意生存的本质，是人们对美的一种向往和呼唤，诗意生存是一种最简单、最真纯的人生态度，是一种超越物质、超越功利的生活方式。这种审美人生态度，既是超然世外的，又是极其注重现实人生的。庄子通过"沉潜"蛰伏生命，除了获得人生"飞动"腾跃的能量，更重要的是以"诗意"的方式，为人们，尤其是为苦难中的人们，创造了还乡的方式，"青箬笠，绿蓑衣，斜风细雨不须归"（张志和《渔歌子》、"此心安处是吾乡"（苏轼《定风波·南海归赠王定国侍人寓娘》）。心灵安定的地方，便是故乡；而有故乡的人，永远都有回家的路。

我们以庄子为原点，感受生命的律动，倾听心灵的呼唤。爱是喜欢，是珍惜，是给予，是奉献，爱是人类最美好的语言。在爱的世界里，有同学，有老师，有朋友，有亲人……但千万不要忘记，在爱的世界里，还有最最重要的一个，就是自己，学会爱自己，才能更好地爱别人。

正是因为生命如白驹过隙般短暂，所以更应该加倍珍惜；正是因为生命难免被压抑被扭曲，所以要回归"与天为徒"的生命本真；正是因为生命之路充满樊篱羁绊，所以要无待逍遥实现生命的绽放；正是因为承受了生命的寂寞苦难，所以才最终成就了沉潜飞动的诗意人生。

---

① 叶朗.精神世界与审美人生[N].中国艺术报，2015-7-31(1).

第二章 唐人的知音之「爱」

【诗意导读】

《列子·汤问》记载了锺子期和俞伯牙的故事,"子期死,伯牙谓世再无知音,乃破琴绝弦,终身不复鼓"。

"知音"原指通晓音律,此后喻指心心相印的朋友。中国传统文人普遍具有渴求知音的情愫,然而"不惜歌者苦,但伤知音稀"(《古诗十九首·西北有高楼》),朋友易得,知音难觅。在诗意盎然的大唐,有一群诗人以诗会友,以水寄情,在一场场人生悲欢离合中,演绎了如流水般包容、柔和、纯净、绵延的知音之爱。

一、寄情于流水：唐代文人的诗友人生

早在两千五百多年前，孔门弟子在编纂《论语》的时候，开篇就说："有朋自远方来，不亦乐乎？"说明将远方朋友来访看作人生一大乐事，古已有之。古人把友情看作包括父子、君臣、夫妇、兄弟、朋友等亲密关系的"五伦"之一，朋友在中国文化中占据着重要地位。"嘤其鸣矣，求其友声"（《小雅·伐木》），《诗经》以幽谷的鸟寻求和鸣来比兴人类呼唤朋友，中国文学在滥觞之际便关注到友谊对人生的重要意义。

20 世纪初，著名美学家朱光潜先生对中国古诗有深入的研究，他在《中西诗在情趣上的比较》中指出："中国叙人伦的诗，通盘计算，关于友朋交谊的比关于男女恋爱的还要多，在许多诗人的集中，赠答酬唱的作品，往往占其大半。苏李，建安七子，李杜，韩孟，苏黄，纳兰成德与顾贞观诸人的交谊古今传为美谈。"① 他进而指出，中国古诗中叙友朋乐趣的诗较西方为胜。

唐朝，是一个充满文明诗意的国度，酝酿和孕育了巨大的"人类群星闪耀时"。唐诗，代表了中国古代诗歌文化的最高峰，其灿若银河，闪耀在中华文化广袤而悠长的历史夜空。诗人的浪漫与情怀充盈整个时代，"济苍生""安社稷"的共同理想志向，以及诗歌创作的彼此欣赏、倾慕，使很多文人墨客互为挚友，如沈佺期与宋之问、王维与孟浩然、李白与杜甫、王昌龄与高适、韩愈与孟郊、刘禹锡与柳宗元、元稹与白居易……无数段知音佳话流传史册，千年而下，依然温暖着人们的心田。唐朝诗人通过诗友间的唱和、赠答、送别、怀远之诗作，叙述友朋乐趣，让生活诗意盎然，让人生有诗、有友、有远方。

---

① 朱光潜.中西诗在情趣上的比较[J].中国比较文学，1984（01）：38.

传统友情诗在唐朝蔚为大观。送别诗是一大类型,我们来读一首送别诗:

> 荆吴相接水为乡,君去春江正淼茫。
> 日暮征帆何处泊,天涯一望断人肠。
>
> (唐·孟浩然《送杜十四之江南》)

诗歌描写的是孟浩然的朋友杜晃要离开荆襄到东吴,诗人为友人送行的情景。作品先未言及离情,而是通过渺茫春江之壮阔与孤舟一叶之渺小的强烈对照,进而引出深情一问——"征帆何处泊",对友人的惜别之情和关切之意跃然纸上。诗人遥望渐行渐远的行舟,极目天涯,直至不见,不禁情如春江,悠然不尽。

在古代,由于交通条件所限以及文人游历所好,人们出门远行多借助于舟船,友人之间的送行、离别多发生在水边。长久以往积累的情感因素,让"水"承载上了离别的文化意蕴。同时,"水"也成为人们相互之间深情厚谊的见证者。

在杨花飘絮的时节,李白即将离开金陵前往扬州,在江南水村山郭的一家小酒店里,诗人与前来送行的友人把酒话别,面对美丽的江南风物和朋友们的盛情挽留,诗人依依不舍,于是乘兴而发:

> 风吹柳花满店香,吴姬压酒唤客尝。
> 金陵子弟来相送,欲行不行各尽觞。
> 请君试问东流水,别意与之谁短长。
>
> (唐·李白《金陵酒肆留别》)

诗人将满怀的殷殷别意和滔滔江水作比,反问中答案不言而喻,东流之水绵延不绝，诗人与友人间的情谊，也"寄情与流水，但有长相思"（李白《泾川送族弟錞》）。"杨花落尽子规啼，闻道龙标过五溪"（李白《闻王昌龄左迁龙标遥有此寄》）、"孤帆远影碧空尽，惟见长江天际流"（李白《送孟浩然之广陵》）……水生情，情寄水，水长流，情常在，水长，情更长……

老子曰："上善若水。水善利万物而不争，处众人之所恶，故几于道。"（《道德经·第八章》）这里实际说的是做人的方法，即做人应如水，水滋润万物，但从不与万物争高下，这样的品格才最接近"道"。水是万物之源，纯真的友谊是人生的动力之源，"君子之交淡如水"，真正的友情如水一样，包容、柔和、清澈、纯净、绵延、持久。有唐一代，诗人们用自己的真心与炽情，描绘出一幅友情如水的美丽画卷：唯如水友情，才能滋养人生；唯如水友情，才能相知相契。

二、思君若汶水：李杜间的深知与深爱

在长歌浩气的唐诗天下，李白和杜甫，一个诗韵光照乾坤，一个诗风沉郁顿挫。唐玄宗天宝三载（744），李白与杜甫在洛阳梁园会面了，这是中国历史上两位伟大诗人不同凡响的相遇，是中国文学史上最为激动人心的一刻。一千多年以后，闻一多将李白与杜甫的这次见面，比作"两曜"[①]相遇，也就是太阳和月亮的相会。

李白和杜甫，从相遇到相交，中间的时间并不长，实际上的交往据史料记载仅有梁园相遇、同游梁宋和共历齐鲁3次，而且每段交往的时间也不长。对于这一段不灭的友情，李白和杜甫都有诗作留念，现存李白送杜甫的诗有3首，杜甫记李白的诗有15首。据此有人说李杜相轻，也有人说杜甫是李白的"粉丝"，对此我们不敢苟同。

---

① 闻一多.唐诗杂论[M].傅璇琮导读,上海：上海古籍出版社,1998：143.

那么，两位光耀中天的伟大诗人，到底如何相交相契，演绎了一段千古绝唱？我们认为，解读李杜友情的关键密码在"人"，即人世、人心和人情。

在中国古代诗人中，能被誉"仙"的有两人，一个是"诗仙"李白，一个是"坡仙"苏轼，李白飘荡不羁，飘逸如仙；苏轼逸怀浩气，天风海雨。李白和苏轼"仙"气的重要不同在于，李白是"人而仙者"，东坡是"仙而人者"。李白在杜甫心中是什么印象？比李白小十二岁的杜甫这样记述：

> 昔年有狂客，号尔谪仙人。
> 笔落惊风雨，诗成泣鬼神。
> 声名从此大，汩没一朝伸。
> 文彩承殊渥，流传必绝伦。
> 龙舟移棹晚，兽锦夺袍新。
> 白日来深殿，青云满后尘。
> 乞归优诏许，遇我宿心亲。
> 未负幽栖志，兼全宠辱身。
> 剧谈怜野逸，嗜酒见天真。

（唐·杜甫《寄李十二白二十韵》）

当年贺知章见李白一袭白衣，仙风道骨，才华横溢，亲切地称李白为"谪仙人"，自此，李白有了"仙"的光环。然而，贺知章在"仙人"前加了一个"谪"字，意为李白是从天上被贬谪到人间的仙人，也就是说，"仙"只是李白头顶上的一个光环，他以"仙"的傲岸狂狷和飞扬恣意，热情、执着地活在"人世"，这种人生存在的方式，注定了李白的卓然不群、激情荡漾，同时也注定了天才坠落人世难以避免的苦痛挣扎。

求仙学道不仅是李白不羁天才之向往、之梦想，而且是他进入朝堂的一条"终南捷径",同时也是他实现功成身退、拂衣而去人生理想的潇洒途径。李白曾高歌自诩:"我本楚狂人,凤歌笑孔丘。"(李白《庐山谣寄卢侍御虚舟》)而实际上"天生我材必有用"(李白《将进酒》)用的"用世"之心、"济世"之志,在李白飞腾跳跃的人生旅程中一刻也未曾被忘怀。"仕"与"隐"是唐代诗人们内心之中的一个"情结",李白表面看"尚道",实则其以不羁之才深怀用世之念,并为此一次又一次地寻觅、努力、挣扎、幻灭、挫伤、落寞……李白的一颗"仙心",始终系于"人世",始终怀有"人"的侠骨热肠!

杜甫作为盛唐诗坛另一颗光焰万丈的巨星,他与李白的不同,是他两脚始终坚实地踏在现世人生;但是,对家国命运的大悲大恸,对功业难成的自叹自怜,对万物苍生的至性至情,则是他们在相异外表下蕴含的一种生命与心灵上的相通。也只有以杜甫的高才和深情,才能洞察天才李白的心灵世界,理解李白"古来圣贤皆寂寞"(李白《将进酒》)那样的无可皈依之情:

秋来相顾尚飘蓬,未就丹砂愧葛洪。
痛饮狂歌空度日,飞扬跋扈为谁雄。

(唐·杜甫《赠李白》)

杜甫眼中的李白,就像凄凄秋风中一棵随风飘荡、落拓无依的蓬草。李白的隐逸求仙,既是他追求人生之不朽和永恒的天真执念、天才狂想,也是他被现世拘束、困顿失落后的自我释放和自我抚慰。天才的世界只有天才能懂,唯其能懂所以倾倒赏爱,唯其能懂所以悲悯慈爱,唯其能懂所以深知深爱。

事实上,率真的李白并非一个能够弃世忘情的人,即便到花甲之岁,李白仍不忘请缨从军,希望实现壮士暮年的雄心壮志!仙落人间,注定了李白一生在现世与仙境之间的腾越挣扎,也注定了天才李白在现世和仙境的双重失败与失望。

> 不见李生久，佯狂真可哀。
> 世人皆欲杀，吾意独怜才。
> 敏捷诗千首，飘零酒一杯。
> 匡山读书处，头白好归来。
>
> （唐·杜甫《不见》）

"狂歌痛饮"是李白失望于人世，又复灭于神仙之后的浇愁抒泄方式，在"飞扬跋扈"的外表下，难以掩饰的是李白寂寞的希冀、寂寞的张扬、寂寞的苦楚和寂寞的陨落。"世人皆欲杀，吾意独怜才"，杜甫对这位痛饮狂歌的天才诗人表现了浓浓的赏爱和痛惜，对身处逆境甚至绝境的李白表示了深深的理解和牵挂。

与李白一别后，杜甫用半生时间来回忆李白，思念李白，解读李白，捍卫李白：

> 凉风起天末，君子意如何？
> 鸿雁几时到？江湖秋水多。
> 文章憎命达，魑魅喜人过。
> 应共冤魂语，投诗赠汨罗。
>
> （唐·杜甫《天末怀李白》）

杜甫不仅欣赏李白的恣肆飘逸，更能体味李白醉酒狂歌后的孤独凄凉；不仅痛惜李白所受的挫伤折辱，更能勇敢地用诗歌来为李白辩护。"乞归优诏许，遇我夙心亲"（杜甫《寄李十二白二十韵》），当年，考场失意的杜甫第一次遇到官场失意的李白,感觉就像是上辈子认识一样万般亲切,"剧谈怜野逸,嗜酒见天真"(杜甫《寄李十二白二十韵》),两人酒逢知己,千杯恨少。杜甫说李白很能理解自己的"野逸",即洒脱不羁;自己也很欣赏李白的"天真",即胸怀坦荡。李白和杜甫,仿佛彼此找到了另一个自己,他们为此心潮激荡,携手同游,同醉共眠,由相识相吸,到相知相得。

面对性情深挚的杜甫,李白的心灵仿佛找到了可以歇息的港湾,当与杜甫分别,飞扬不羁的李白心头留下一片深深的怅惘和万种离怀。

> 醉别复几日,登临遍池台。
> 何时石门路,重有金樽开。
> 秋波落泗水,海色明徂徕。
> 飞蓬各自远,且尽手中杯。
>
> (唐·李白《鲁郡东石门送杜二甫》)

> 我来竟何事,高卧沙丘城。
> 城边有古树,日夕连秋声。
> 鲁酒不可醉,齐歌空复情。
> 思君若汶水,浩荡寄南征。
>
> (唐·李白《沙丘城下寄杜甫》)

当李白独自旅居沙丘城,怅然孤独的他生出种种离情别绪,由于杜甫不在身边同游,"齐歌"引不起李白的感情,"鲁酒"也提不起他的酒兴,思友之情就像永不停息的汶河水,见证着李白对杜甫的深情与依恋。

在李白、杜甫的诗意人生里,他们用生命最深处的共鸣触摸心灵,用生命最绚烂的光彩肝胆相照,彼此倾慕,彼此关怀,彼此眷恋,彼此辉映,从惺惺相惜,走向心心相印,成为彼此深知与深爱的一对知己。

三、悠悠愚溪水:刘柳同道胶漆的深情

在唐朝诗人中,有这样一对朋友以俞伯牙和锺子期自比,他们就是刘禹锡和柳宗元。刘禹锡是柳宗元一生不相离弃的挚友,两人之间的生死相依的患难深情至今还在时空里回荡。

柳宗元生于唐代宗大历八年(773),小刘禹锡一岁,他曾用"二十年来万事同"(《重别梦得》)来描述他与刘禹锡命运相连、休戚与共的情谊:贞元九年(793)二人同榜考中进士,少年才子、意气风发,同步踏入仕途;贞元十八年(802)刘禹锡任监察御史,贞元十九年(803)柳宗元任监察御史里行——相识十年后二人由同学变为同事,由于才华相当、政见相近,自此结下情谊;贞元二十一年(805)二人同倡"永贞革新",革新失败后一个被贬朗州,一个被贬永州;在经历十年的荒蛮贬谪生活后,元和十年(815),他们同时被朝廷"以恩召还",当年相见各青春,再见时青丝成霜鬓。

刘禹锡与柳宗元怀着大展宏图的憧憬,回到阔别十年的长安,时值春日,他们与友人同游玄都观,江南的堤岸上一派桃红柳绿,满眼望去,陌上尽是人来人往的看花之人。于是,刘禹锡兴起,戏赠看花诸君子:

> 紫陌红尘拂面来,无人不道看花回。
> 玄都观里桃千树,尽是刘郎去后栽。

(唐·刘禹锡《玄都观桃花》)

不承想"桃花诗"触怒权贵,返京仅仅一个月,二人再次被贬。

"十年憔悴到秦京，谁料翻为岭外行"（柳宗元《衡阳与梦得分路赠别》），元和十年（815）三月，刘柳再次离京，远赴贬所，来路短，去路长。柳宗元被贬至柳州，刘禹锡被贬至播州（今贵州遵义），播州当时被称为"恶处"。

> 其召至京师而复为刺史也，中山刘梦得禹锡亦在遣中，当诣播州。子厚泣曰："播州非人所居，而梦得亲在堂，吾不忍梦得之穷，无辞以白其大人；且万无母子俱往理。"请于朝，将拜疏，愿以柳易播，虽重得罪，死不恨。遇有以梦得事白上者，梦得于是改刺连州。呜呼！士穷乃见节义。今夫平居里巷相慕悦，酒食游戏相征逐，诩诩强笑语以相取下，握手出肺肝相示，指天日涕泣，誓生死不相背负，真若可信。
>
> （唐·韩愈《柳子厚墓志铭》）

柳宗元想起羸弱的母亲陪自己"独钓寒江雪"，十年前客死永州谪居之地，成为永远无法释怀的伤痛，他想把亏欠自己母亲的儒者之孝义补偿给另一位母亲，绝不能让自己的悲剧在刘禹锡身上重演。于是，柳宗元斗胆上奏，愿意用柳州换播州，这就是著名的"柳宗元易播州"的故事。此事幸得宰相裴度帮助，刘禹锡改授连州（今广东清远）刺史。柳宗元舍己为人，勇赴艰难，以柳易播，彰显的不仅仅是一体同心的惺惺相惜，更有情同骨肉的脉脉深情。

暮春三月，二人收起满身的伤痛，怀着深深的失望再度离开长安。他们一路行来，互诉衷肠，互相抚慰，一直到了湖南衡阳。两位饱经忧患的老友就要天各一方了，他们彼此凝望着渐渐染满霜花的两鬓，无声的目光里满是依依惜别之情。面对古道风烟、茫茫前程，他们相约，期待着辞官归家后左右为邻、朝夕相守，同做田舍翁共度晚年。

> 二十年来万事同，今朝岐路忽西东。
> 皇恩若许归田去，晚岁当为邻舍翁。
>
> （唐·柳宗元《重别梦得》）

> 弱冠同怀长者忧，临岐回想尽悠悠。
> 耦耕若便遗身老，黄发相看万事休。
>
> （唐·刘禹锡《重答柳柳州》）

然而，柳宗元失约了。

元和十四年（819），刘禹锡护送母亲灵柩回乡，途经昔日二人分手的衡阳，他见到柳宗元的使者，以为他的朋友要来践行约定，没想到却收到柳宗元去世的噩耗，一时间百哀攻中，涕泪并落，痛心疾首到惊号大叫，"如得狂病"。"千里江蓠春，故人今不见"（刘禹锡《重至衡阳伤柳仪曹》），刘禹锡惊悲交加，放声大哭，"呜呼子厚！卿真死矣！终我此生，无相见矣！"（刘禹锡《祭柳员外文》）从此，世间再也不复"二十年来万事同"的同道胶漆。

半生飘零客，一世断肠人。刘禹锡和柳宗元本为清如春泉的文人雅士，却被裹挟在政治漩涡里无奈地随波逐流，颠沛浮沉。当刘禹锡听到来自永州的僧人言及柳宗元所居愚溪现今之寂寞无主时，不禁哀从中来，悲不能自胜：

> 溪水悠悠春自来，草堂无主燕飞回。
> 隔帘惟见中庭草，一树山榴依旧开。

> 草圣数行留坏壁，木奴千树属邻家。
> 惟见里门通德榜，残阳寂寞出樵车。
> 柳门竹巷依依在，野草青苔日日多。
> 纵有邻人解吹笛，山阳旧侣更谁过。

（唐·刘禹锡《伤愚溪①·其一》）

溪水悠悠，芳草萋萋，春来燕回，主人已去，庭中荒草蔓生，榴花静静开放。刘禹锡虽然没有亲临过愚溪，但愚溪始终在他眼里、心里，在他对柳宗元缱绻不忘的深情里。

柳宗元故去后，刘禹锡与韩愈、崔群等一起担负起抚养柳宗元子嗣的责任，并亲自将柳宗元的小儿子培养教育成人。同时，刘禹锡始终没有忘记对朋友的承诺，寒来暑往，孜孜不懈，终成《柳河东集》，全书45卷，外集2卷，全面梳理编辑了柳宗元的政论、人物传记、山水游记、诗歌、寓言等遗稿，作为对志同道合、患难与共友人的最诚挚、最深痛的悼念和最庄重、最永恒的纪念。《江雪》《渔翁》《捕蛇者说》《三戒》《永州八记》等经典诗文得以留存于世，被一代代人称颂、吟咏，凝结和见证了刘柳患难与共的知己之情。

孟子云："老吾老，以及人之老；幼吾幼，以及人之幼。"（《孟子·梁惠王上》）刘柳之间的同道胶漆的友谊，不仅体现在他们仕途上相濡相呴、哲学上相切相磋、诗文上相忆相戏，更体现在他们对双方家人的相亲相爱。

"结交在相知，骨肉何必亲"（汉乐府《箜篌谣》），刘禹锡、柳宗元彼此不曾被辜负的友情，让我们再一次沉甸甸地认识到：有一种朋友，叫知音；有一种朋友，叫兄弟！

---

① 愚溪，在湖南省永州市西南，本名冉溪。唐柳宗元谪居于此，改其名为愚溪，并结茅树蔬，筑堂而居。此诗作于柳宗元去世三年后。

四、交情淡若水：白居易真而淡的友谊

《周易·兑卦》云："君子以朋友讲习。"孔颖达疏："同门曰朋，同志曰友。"所谓同门，是在同一个老师门下学习的人，所以"朋"就是我们现在所说的同学；所谓同志，指志趣相投、能合得来的人，所以"友"，才是我们现在的所说的"朋友"的概念。朋友相交，关键在志趣相投、志同道合，能和与自己志不同甚至不同道的人做朋友，不由得使人略感诧异，而这一点白居易做到了。

据考证，白居易有名有姓的朋友有八十余人，可谓唐代朋友最多的诗人之一。他的朋友不仅人数众多，而且背景、个性、政见、党派、志趣各异，但白居易大多能与之和谐相处，不得不说白居易在对待友情上是个情商、智商俱高的人。

在中晚唐时期，牛李党争激烈，此升彼降，势如水火，士人各有取舍，趋避为难。党争不但影响到中晚唐政治格局、政治文化的演变，也影响和改变了当时很多诗人的命运。对于牛李党争，白居易的态度是自称朝隐，尽量规避，保持中立，但由于他和牛党领袖牛僧孺的师生关系，以及他的妻子杨氏家族成员多为牛党，加之他与李党党魁李德裕关系糟糕，所以，从白居易的社会关系和利益归属来看，他在政治上的进退一般还是被归属于牛党的。细观白居易众友人，元稹、李绅、裴度，均属李党成员，刘禹锡虽与牛僧孺有诗作唱和，但他与李德裕才真正关系密切，是莫逆之交。而在白居易的世界里，他却与这些所谓的"政敌"维持了亲密和谐的友情关系。

白居易和元稹在前往长安参加考试的途中相识定交，"死生契阔者三十载，歌诗唱和九百章"（白居易《祭微之文》），正是他们一生友情、诗情的真实写照。

远信入门先有泪，妻惊女哭问何如。
　　寻常不省曾如此，应是江州司马书。

（唐·元稹《得乐天书》）

　　把君诗卷灯前读，诗尽灯残天未明。
　　眼痛灭灯犹暗坐，逆风吹浪打船声。

（唐·白居易《舟中读元九诗》）

　　由于职位的变动，三十年来二人始终聚少离多。每次收到白居易的书信，元稹还没打开就激动得泪眼婆娑；白居易每次收到元稹的书信，简直奉为珍宝，要一遍遍阅读，直到看到眼睛干涩、红肿才肯罢休。

　　党争风雨和宦海沉浮割不断元稹和白居易的友情，二人友情之所以经久不衰，在于彼此心意相合、精神共通。

　　不为同登科，不为同署官。
　　所合在方寸，心源无异端。

（唐·白居易《赠元稹》）

　　正是在这个基础上，他们诗篇唱和千余首，以诗相交，切磋提高，共开"元和体"创作诗风，成为中唐时期新乐府运动的倡导者和中坚力量。白居易在元稹的助力下，更是提出了"文章合为时而著，歌诗合为事而作"（白居易《与元九书》）的著名主张，建立了他的现实主义诗歌理论体系。同样，他与刘禹锡相识四十年，诗交达三十四年，留《刘白唱和集》以鉴相知。

　　在唐代新乐府运动中，还有一位领袖，就是我们大家熟悉的《悯农》诗的作者——李绅。通过元稹引荐，白居易和李绅相识，两人由于年纪相仿、志趣相投，很快成为好友。三人交往甚欢，经常杯酒相酬、诗文唱和，共同致力于文学改革，一起携手造就了文学史上著名的新乐府运动。他们志趣相同，后来，李绅与元稹、李德裕形成派系，同为李党，由于牛李党争，白、李在政治上渐行渐远。白居易在牛李之争中非"牛"非"李"，而李绅是李党重臣，但这并未影响到他们一生的交往。从交往时间看，在白居易的好友中，他与李绅的交往时间最长，尤其是元稹去世后，白居易与李绅对彼此间的友谊更为珍视，虽然相距遥远，但诗文、书信往来异常频繁，到晚年"中隐"后仍与李绅饮酒作赋，重叙友情。尽管"万里烟霄中路分"，在历经宦海沉浮、人生沧桑后，二人境遇不同、地位悬殊，但在白居易看来，二人仍"百年胶漆初心在"（白居易《予与山南王仆射、淮南李仆射，事历五朝，逾三纪，海内年辈，今唯三人；荣路虽殊，交情不替。聊题长句，寄呈之、公垂二相公》），友情丝毫没有因地位、志趣的变化而受影响，一直互相问候、互相帮助、互相劝慰，成为彼此生活的一道温暖的阳光。

　　白居易另外一位同属李党的朋友是裴度。裴度是中晚唐之际的名臣重臣、一代良相，是对藩镇斗争的旗帜和元和中兴的功臣。元、裴虽同为李党一派，但由于个人恩怨，二人渐生嫌隙，加之政治见解不同逐渐交恶，又由于元稹夺相矛盾走向公开化。但白居易与元稹的关系，并未影响他和裴度的情谊，他赞誉裴度：

战袍破犹在，髀肉生欲圆。

襟怀转萧洒，气力弥精坚。

（唐·白居易《题裴晋公女几山刻石诗后》）

裴度晚年留守东都洛阳，筑绿野堂，与白居易、刘禹锡等借吟诗、饮酒、弹琴、书法以自娱自乐，友谊从年少到白头。

《庄子·山木》云："君子之交淡若水，小人之交甘若醴；君子淡以亲，小人甘以绝。"君子之间的交情淡得像水一样清澈纯洁、不含杂质，君子之交虽然平淡，但心地亲近。我们推断，白居易能获得诸多友谊的原因：一方面，是他对待友谊的用情之"真"、白居易写给朋友的诗作非常多，他一直以积极的姿态维护着、加深着朋友间的情谊，在他的友情世界里，没有猜忌，没有怨恨，没有责备，没有愤怒，有的是一份份真挚的问候、关怀和相知相属的自在自得；另一方面，是白居易维持友谊不为利而交的"淡"，他与朋友交往不看中地位的高低变化，而是更珍惜心灵的相知相契。

白居易与年长于他、诗文成就和官职地位都略逊于他的诗人张籍交往了四十余年。长庆三年（823），张籍把自己创作的二十五首新诗抄写寄给白居易，探讨新乐府诗的创作。白居易得诗后非常兴奋，竟在郡楼月下，吟玩通夕，并在二十五首诗后，题诗一首，一并寄给时在浙东任职的元稹：

秦城南省清秋夜，江郡东楼明月时。
去我三千六百里，得君二十五篇诗。
阳春曲调高难和，淡水交情老始知。
坐到天明吟未足，重封转寄与微之。

（唐·白居易《张十八员外以新诗二十五首见寄，郡楼月下，吟玩通夕，因题卷后，封寄微之》）

白居易在诗中描述，他与张籍的交往是如水一样平淡、清澈的君子之交，友情里不掺杂任何权钱、势利、名利的杂质，性淡为友，愈老弥醇。"非淡泊无以明志，非宁静无以致远"（诸葛亮《诫子书》），古人把淡泊明志作为交友、修身、齐家、治国的高尚志趣和人生哲理，白居易与人交往中，始终抱着旷达的心态，始终追求淡泊的友情，他们的友情是不关乎名利的，注重精神上的相通，友情如水，淡泊宁静，却绵远流长……这才是白居易友情观的大智慧。

我们梦回大唐，再次聆听唐代诗人们对友谊的深情呼唤，他们站在时代精神的高峰，用诗歌抒发他们宽广博大的襟怀，用诗歌见证他们永不褪色的友谊，用诗歌描绘他们盎然诗意的人生。这种友谊告诉我们：虽然自古有文人相轻者，但更有相亲者。他们或沧海横流、风尘共蹈，或廉夫重义、同赴急难，或痛饮狂歌、醉眠共被，或寂寞深悲、心灵相依，互相给予人世间最宝贵的力量。这力量跨越了生死界限，穿透了历史尘埃，化作一段段友谊佳话，在诗歌的天空中熠熠闪光！

〔明〕沈周 《京口送别图》 纸本墨笔 30.0cm×125.5cm 上海博物馆藏

图卷描绘沈周七十一岁时送好友吴宽赴京复职，途经丹阳吕城停泊时深情话别的场景。浓情奕奕的送别之情，衬托着"近岸杂树楼阁，泊船依依话别，夹岸长堤横亘，平远水域开阔"。画面笔墨近似董源、巨然等五代诸家皴染笔法，正所谓自近坡而望远坡之平远构图，线条刚柔相济，墨色浓淡相生。

"君子之交淡如水。"小舟上，吴宽与沈周，两位白发苍苍的老人相对而坐、依依话别……

第三章 情圣的至亲之『爱』

【诗意导读】

杜甫"情圣"一说，始见于梁启超于 1922 年 3 月 25 日编就的于清华学校的长篇演讲稿《中国韵文里头所表现的情感》一文，梁氏评价杜甫说："后人上杜工部的徽号叫做'诗圣'，别的圣不圣，我不敢说，最少'情圣'两个字，他是当得起。他有他自己独到的一种表情法。前头的人没有这种境界，后头的人逃不出这种境界。"①

1922 年 5 月 21 日，梁启超在清华学校诗学研究会上做《情圣杜甫》的演讲时说："杜工部被后人上他个徽号叫做'诗圣'。诗怎么样才算'圣'，标准很难确定，我们也不必轻轻附和。我以为工部最少可以当得起情圣的徽号。因为他的情感的内容，是极丰富的，极真实的，极深刻的。他的表情方法又极熟练，能鞭辟到最深处，能将他全部完全反映不走样子，能像电气一般，一振一荡的打到别人的心弦上。中国文学界写情圣手，没有人比得上他，所以我叫他做情圣。"②

"情圣杜甫"是梁启超对杜甫的认知定位，他认为杜甫是一位由内在深厚情感支配，而又善于表达这种情感的诗人。"情"是杜甫及其诗作的内核，杜甫不仅把他的大爱深情给予了社稷苍生，也用他的至性亲情温暖了家人和一代又一代的读者。

---

① 梁启超.中国韵文里头所表现的情感[A].饮冰室合集·文集之三十七[C].北京：中华书局，1936.
② 梁启超.情圣杜甫[A].饮冰室合集·文集之三十八[C].北京：中华书局，1936.

一、孝悌恩情：崇儒尚孝的家风

鲁迅先生曾经说过："无情未必真豪杰，怜子如何不丈夫"（《答客诮》），告诉人们，柔软的情感和丈夫的豪气并不矛盾，懂得爱的人可能更加懂得勇气和担当，而成为真正的男子汉大丈夫。梁启超先生称杜甫为"情圣"，不仅因为杜甫是"安得广厦千万间，大庇天下寒士俱欢颜"（《茅屋为秋风所破歌》）的忧国爱民诗人，也是因为他把至诚至真的情感倾注给了朋友和家人。中国古典诗歌写友情的极多，但以深情写家庭、写妻儿、写弟妹的只有杜甫一人。走进杜甫的亲情诗，让我们认识一个更加平易、真实的"情圣"杜甫。

在梁启超之前，对杜甫评价影响力极大的还有清代"性灵派"代表袁枚。他以"情"为标准，把评论文学的视线从传统诗歌转向诗人本人，其评论最多且评价最高的诗人是杜甫，其云："人必先有芬芳悱恻之怀，而后有沉郁顿挫之作。人但知杜少陵每饭不忘君，而不知其于友朋、弟妹、夫妻、儿女间，何在不一往情深耶？"[①] 认为杜甫是有情之人，其作品都是真情的自然流露，除了忠君爱民，杜甫对朋友，尤其是对家人同样深情款款。

杜甫出生在河南巩县（今河南巩义），出身于一个官宦世家，其祖上在周朝时被周成王封地于杜城，汉代时杜城改名为京兆杜陵县，因此杜家提起郡望皆曰"京兆杜陵"，杜甫也自号"少陵野老"。杜家家世显赫，世代"奉儒守官"（杜甫《进〈雕赋〉表》），上溯十几代基本上是于朝廷拜官的：

吾祖也，我知之。远自周室，迄于圣代，传之以仁义礼智信，

---

① 〔清〕袁枚.随园诗话：卷十四[M].北京：人民文学出版社，2006.

列之以公侯伯子男。

(唐·杜甫《唐故万年县君京兆杜氏墓志》)

杜甫的十三世祖杜预为晋朝名臣,其祖父杜审言是初唐时期的著名诗人,及杜甫父亲杜闲一代,虽然未及先人显赫,也曾任兖州司马、奉天县令。杜甫常常为出身于这样的家庭而引以为豪,杜家世代"奉儒守官"之传统,为其从小接受良好的教育和儒学思想的熏陶提供了保证。

杜家是个世代仕宦家族,杜甫的母亲更是出自名门。杜甫的外祖父,是与其祖父杜审言并称"文章四友"[①]之一的崔融,崔融的母亲是唐高祖李渊的孙女[②];杜甫的外祖母,是唐太宗李世民的重孙女[③]。尽管杜甫与李唐皇室的这种亲属关系相当疏远,但杜甫颇以此为傲。"血浓于水",杜甫的父系和母系家族都培养了他深厚的家族观念,他对亲人始终怀有非常淳朴、真挚的深情。

出身于这样一个世代读书仕宦的名臣巨儒家族,加上先祖"传之以仁义礼智信"的传统家风,使得杜甫自幼自觉接纳的儒家文化熏养深刻地融入他的性格中,并且终生不移。清人刘熙载《艺概·诗概》:"少陵一生却只在儒家界内。"他在祭祀远祖杜预时表示:"不敢忘本,不敢违仁。"(《祭远祖当阳君文》)"仁"是杜甫安身立命之根本,"仁"的核心含义是"爱人",杜甫对儒家"爱人"思想的笃行实践,不仅体现在他匡时济世、关爱苍生的社会政治层面,也体现在他骨肉至亲、心系家人的家庭伦理层面。

儒家提倡以"孝悌"为基础的伦理观念,强调"孝悌也者,其为仁之本欤"(《论语·学而》),认为一个人只有懂得孝敬自己的老人,爱护自己

[①] 初唐诗人杜审言、李峤、崔融、苏味道并称"文章四友"。
[②] 冯至《杜甫传·家世与出身》:"杜甫外祖的母亲又是舒王李元名的女儿。李元名是高祖的第十八子,太宗的弟弟。"
[③] 杜甫的外祖母是唐太宗第十子纪王李慎之次子义阳王李琮的女儿。

的兄弟，才有可能推己及人，做到"老吾老以及人之老，幼吾幼以及人之幼"（《孟子·梁惠王上》）、"亲亲而仁民"（《孟子·尽心章句上》）。试想，一个连自己的亲人都不关爱的人，又怎么对其他人有仁慈博爱之心呢？杜甫由己及人的仁者情怀和先人后己、舍己为人的境界，都是与这种"亲亲而仁民"的内在思想源泉分不开的。

杜甫出身名门可谓幸运，而他一生的经历又是相当坎坷不幸的。幼年丧母，父亲续弦，他被寄养在姑母家长大。杜甫青少年时代居住在巩县、偃师和洛阳一带，三十五岁长安应举落第，困居长安十年。安史之乱后，杜甫人至中年，家国罹难，历经沧桑，颠沛流离，自陇之蜀，漂流巴蜀、江湘长十余年，最后在潭州至岳阳的一条船上去世。在这深重的苦难里，亲情给了他温暖的归宿，是寒夜里难得的慰藉。杜甫虽然与家人聚少离多，但他的生命与家人的命运始终紧紧地系在一起，就是迫于生计不得不奔波在外，他也始终深深眷念、情牵家人，亲情成为他人生旅途中的主要寄托和生命动力的重要支点。

《礼记·大学》云："心正而后身修，身修而后家齐，家齐而国治，国治而后天下平。"杜甫与其他古代知识分子一样，有修齐治平的情怀，"致君尧舜上，再使风俗淳"（《奉赠韦左丞丈二十二韵》）。当代学者莫砺锋在谈到杜甫的亲情表现时说："杜甫的仁爱之心完全来源于内心情感的真实流露……他对别人的爱都是发自内心的，毫无任何伪饰的成分，也毫无任何虚矫或浮夸。杜甫一生中始终与家人同甘共苦，他对妻子、儿女的爱是他的仁爱之心的逻辑起点。"[①] 杜甫一生漂泊，早年漫游四方，中年遭遇安史之乱，晚年流落西南，与家人聚少离多的生活际遇，更激起了他对亲情的渴望和珍视，并通过诗作"直写真情至性"[②]。

---

① 莫砺锋.论杜甫的文化意义[J].杜诗研究学刊，2000（4）：14-15.
②〔清〕仇兆鳌辑注.杜诗详注：卷二十[M].北京：中华书局，1979

二、手足温情：离散中深切守望

伦理是儒家仁义思想的基础。在儒家文化中，"孝"指报答父母的养育之恩，"悌"指兄弟姐妹之间的关爱，"孝"为人伦之本，"悌"为人伦之基础，"孝悌"之情教导人们做人做事不仅要孝敬父母，而且要尊重爱护兄弟姐妹。

杜甫排行第二，弟弟杜颖、杜观、杜丰、杜占和嫁给韦氏的妹妹，都是继母卢氏所生，就是与杜甫年龄差距最小的杜颖，也要小杜甫十岁左右。由于父亲仕宦在外，胞兄不幸夭折，实际上杜甫在家庭中扮演着"长兄如父"的角色。杜甫常年漂泊在外，尤其是安史之乱爆发后，杜甫与弟妹绝大多数时候天各一方，难有见面机会，"骨肉恩书重，漂泊难相遇。犹有泪成河，经天复东注"（杜甫《得舍弟消息》）。因此，源自血缘天性的手足之情，凝结为杜甫心头对弟妹们萦绕不去的深切忧虑和深沉思念，"中原有兄弟，万里正含情"（杜甫《村夜》）。杜甫记录他与弟妹们的骨肉情深的诗作，不经意充分展示了一个深情兄长的形象。杜甫一生身世飘零，居无定所，尝尽了世事的磨难和艰辛，但不论身在何处，不论处境如何，他心里始终装着弟妹，时常惦念、牵挂他们，心系他们的安危，渴望与他们团聚。

乾元二年（759）秋，杜甫弃官携家流寓秦州（今甘肃天水）。秦州地处边塞，形势更为紧张，除了最年幼的弟弟杜占跟在他身边，其他弟妹被迫分散在各地。战事阻隔，音信不通，引发了他强烈的担忧：

> 戍鼓断人行，边秋一雁声。
> 露从今夜白，月是故乡明。
> 有弟皆分散，无家问死生。

寄书长不达,况乃未休兵。

(唐·杜甫《月夜忆舍弟》)

这首诗作于白露节,题目提及"月夜",诗人却没有从月夜写起,而是首先描绘了一幅边塞秋景图——"戍鼓断人行,边秋一雁声",路断行人,写出所见;戍鼓留声,写出所闻,耳目所及乃一片战争带来的凄凉萧瑟景象。在白露节的夜晚,诗人望月思亲,由眼前的月光联想到家乡的明月,也勾起了他对流离失散、生死未卜的兄弟的绵绵思念。

这一年的冬天,杜甫转赴同谷(今甘肃成县),一路颠沛流离,穷困潦倒,不仅生活陷入困顿,濒临冻饿而死的边缘,更为煎熬的是三个弟弟仍然音信全无。诗人写下了长歌当哭的"同谷七歌":

有弟有弟在远方,三人各瘦何人强?
生别展转不相见,胡尘暗天道路长。
东飞鴐鹅后鹙鸧,安得送我置汝旁?
呜呼三歌兮歌三发,汝归何处收兄骨?

(唐·杜甫《乾元中寓居同谷县作歌七首·其三》)

在兵荒马乱的年代,满目都是战马腾飞的烟尘,到处都是战争引起的流离失所。与弟弟们辗转不得相见,杜甫不禁独自悲伤,哀叹唏嘘,甚至萌生了担心走到生命尽头兄弟也聚会无期、抱憾终身的悲叹,怀乡念弟之情沉郁顿挫、凄楚不堪。

除了牵挂几个弟弟,更让杜甫牵肠挂肚的是他唯一的妹妹——她嫁给韦氏,跟随丈夫生活,乱离中兄妹两人更是很少见面。杜甫作为长兄,很挂念她的生活境遇,并专有两首诗写给妹妹,兹录其一:

近闻韦氏妹,迎在汉钟离。
郎伯殊方镇,京华旧国移。
春城回北斗,郢树发南枝。
不见朝正使,啼痕满面垂。

(唐·杜甫《元日寄韦氏妹》)

至德二年(757),杜甫因安史之乱困居长安,在感伤长安的沦陷时,也担心着远方的妹妹。听说她在洛阳沦陷前随家被接到了钟离郡(今安徽凤阳),杜甫既为妹妹的暂时安全感到欣慰,又为妹妹远离家乡、亲人而忧心忡忡。正月初一的夜晚,被押解在长安的杜甫更加思念着远在南国的妹妹,战乱导致的音信阻断更加剧了他对妹妹的思念,他非常想写封信托人带给妹妹,却因为京城沦陷无法寄出而不能实现,不禁悲从中来,泪流满面。

远嫁他乡,远离故土,丈夫早逝,独自带着几个孩子生活的韦氏妹妹,始终是杜甫心头无法释怀的牵挂:

有妹有妹在钟离,良人早殁诸孤痴。
长淮浪高蛟龙怒,十年不见来何时?
扁舟欲往箭满眼,杳杳南国多旌旗。
呜呼四歌兮歌四奏,林猿为我啼清昼。

(唐·杜甫《乾元中寓居同谷县作歌七首·其四》)

由于战乱和自己长期漂泊异乡,兄妹时空相隔十年,不知道什么时候才能够相见。他好想乘一叶扁舟,去南国探望妹妹,却因为战乱难以成行,望眼欲穿,唯有悲歌当泣。杜甫以家写国,以小见大,将家愁、国难融为一体，也反映出安史之乱中人民饱经忧患丧乱的普遍遭遇。

"梅花欲开不自觉，棣萼一别永相望"（杜甫《至后》）。棣萼相连的手足之情，时而是对弟弟的积极引导，时而是对弟妹的蔼然叮咛，时而是对妹妹的牵挂心疼……杨伦曰："公寄弟忆弟诸诗无不佳，以其从真性情流出也。"① 通过这些诗篇，我们看到的是一个有博大胸怀并倾注无限深情的兄长杜甫，感受到的是他的至真至情。

三、舐犊深情：言之殷殷的父爱

"家国天下"意识是中华文明长期延续的观念基础，儒家素来倡导"修身、齐家、治国、平天下"的生活理想和人格模式，其中"修身"是"治国、平天下"的思想基础，"齐家"是"治国、平天下"的行为基础。然而，杜甫的一生，在对家庭的经营和照顾上，并不能算成功的，他没有给家人创造幸福的物质生活，甚至连儿女们最起码的安定和温饱都不能保障。作为父亲，杜甫看在眼里，疼在心上。他努力在精神层面，以更深厚、更宽广的父爱弥补自己对儿女生活上照顾不足的缺憾。

杜甫在诗文中有记载的孩子有五个。长子宗文，次子宗武，以及在《自京赴奉先县咏怀五百字》一诗中提到的"入门闻号啕，幼子饥已卒"——因饥饿而夭折的幼子。另外，在《北征》一诗中，杜甫写到"床前两小女，补绽才过膝"，由此可知杜甫还有两个可爱的女儿。杜甫是一位对儿女疼爱有加的父亲，家庭生计的艰难和骨肉经常分离的生活，使得他对儿女们格外怜惜。杜甫对儿女的呵护之至、眷恋之深，从诗中他对儿女的称谓可见一斑。

---

① 〔唐〕杜甫.杜诗镜铨[M].〔清〕杨伦，笺注.上海：上海古籍出版社，1980：542.

杜甫在诗中经常用"娇儿"形容和称谓自己的爱子,《羌村三首·其二》记录了战乱中杜甫与家人悲喜交集的重逢场景:"娇儿不离膝,畏我复却去。"孩子们围绕着久别归家的父亲,生怕父亲回家不几天又离开家、离开他们,父子间依恋之情力透纸背。安史之乱爆发第二年,诗人回鄜州探家,与孩子们见面:

> 平生所娇儿,颜色白胜雪。
> 见爷背面啼,垢腻脚不袜。
> （唐·杜甫《北征》）

平时娇养的宗文、宗武因为饥饿,面色比雪还要苍白,尽管已经是深秋,还打着赤脚没有袜子穿,满身垢腻,衣衫褴褛,见到父亲后忍不住背着脸暗暗哭泣。避难于四川成都草堂时,尽管家人团聚,杜甫一家的生活窘境也并未得到改善:

> 布衾多年冷似铁,娇儿恶卧踏里裂。
> （唐·杜甫《茅屋为秋风所破歌》）

诗人写到在四川的茅屋安身时布被子因盖了很多年又冷又硬,孩子们不愿意躺进去睡觉胡乱蹬踏,把(本不结实的)被里都踢破了。"娇儿恶卧"的生动细节,把懵懂任性的小孩子不肯钻进冷被窝的稚气活画出来,也再现了作为父亲的杜甫对小孩子的行为没有一点责备,反而是百般怜惜心疼。

除了"娇儿"的字眼在杜诗中反复出现,杜甫对女儿则常常称呼为"痴女"。诗人回到鄜州家中,除了看到"颜色白胜雪"的"娇儿",也以自

己钟爱的小女儿为摹写对象，写到小女儿最爱做的一件事情——学化妆：

床前两小女，补绽才过膝。
……
瘦妻面复光，痴女头自栉。
学母无不为，晓妆随手抹。
移时施朱铅，狼藉画眉阔。

（唐·杜甫《北征》）

女儿们的衣服补了又补，既破又短，刚刚盖过膝盖[①]。没有靓丽的衣衫，却不能泯灭女孩子爱美的天性，她们自己梳理头发，并且模仿着母亲的样子胡乱涂抹粉黛，却因年纪太小而弄巧成拙，用"朱铅"把眉毛画得一片"狼藉"。"痴"字不仅刻画了小女儿活泼可爱的童趣和天真无邪的娇蛮，更把父亲对女儿的宠溺、怜爱生动传达出来，表达了离乱中家人重逢的弥足珍贵。

杜甫一生携妻将雏，屡屡迁徙，为家庭的安全和衣食奔走四方。入仕后仍无力养家糊口，愧为人夫、人父的心情常常折磨着杜甫。为了家庭生计，他在同谷寒冷的冬日到野外挖野菜摘野果为家人充饥；为了家庭生计，他不惜个人情面，向亲朋好友索求生活用品；为了家庭生计，他甚至不得不委曲求全，对权宦们献诗逢迎，来换得对家庭经济上的帮助。然而，杜甫为家庭所做的一切，并没有从根本上改变家庭的生活状况，贫困和饥饿还是时常侵扰威胁着他的家庭，甚至让女儿也经受食不果腹的痛楚：

---

① 唐代女性的衣服一般要垂到底面，才过膝盖是很不得体的。

> 痴女饥咬我，啼畏虎狼闻。
> 怀中掩其口，反侧声愈嗔。
>
> （唐·杜甫《彭衙行》）

为躲避兵燹，杜甫拖儿带女全家逃难行走在山野之间，平时娇宠的小女儿饥饿难忍，趴在他肩头又咬又哭。在荒山野岭中，杜甫怕虎狼闻声而来，赶紧将孩子搂在怀里遮掩其口，然而幼小的女儿在饥饿感的啃噬下，怎么了解父亲的苦衷，反而又踢又闹，奋力挣扎，啼哭得更加厉害。诗人对幼女的怜惜与无奈流露在字里行间，也传达出父亲深深的自责和愧疚之情。

尽管一家生活难继，但不能因为没有给孩子们提供富足的物质条件就否定作为父亲的杜甫的默默付出，实际上杜诗中时时处处都可见他的殷殷深情。一声声"娇儿""痴女"浓缩了杜甫对孩子真挚深沉的父爱，有时候诗人更是直抒胸臆，如"遥怜小儿女，未解忆长安"（《月夜》）、"熊儿幸无恙，骥子最怜渠"（《得家书》）、"骥子好男儿……世乱怜渠小"（《遣兴》）等诗句，笔端频频出现"怜"字，足见杜甫对儿女们饱含的舐犊深情。杜甫与子女们通过不同的互动方式给予了彼此温情的慰藉，尤其是在特定的动荡时代中，亲子之情越发让诗人感到欣慰和满足。

四、夫妇柔情：终生唯一爱老妻

袁枚《答蕺园论诗书》云："且夫诗者，由情生者也，有必不可解之情，而后有必不可朽之诗。情所最先，莫如男女。"杜甫约在开元二十九年（741）三十岁时娶了年方十九、出身官宦之家的杨氏为妻，五年后离家求仕途，在长安困居十载。之后，杜甫虽然有几次入仕的机会，并且多次得到过好友的资助，但仍然无力养家糊口，不能给家庭提供安稳的生活。源于战乱,迫于生计,苦于宦途,杜甫常与妻子时聚时散,长期漂泊无依,直到生命的最后一刻。

妻子杨氏在杜甫生命中有着举足轻重的作用,三十载相依为命、风雨与共,她不仅为杜甫生儿育女,更跟他一起经历了多年颠沛流离的磨难,始终不离不弃、无怨无悔地为整个家庭奉献了一生。杨氏不仅是杜甫的贤内助,更是他的心灵港湾,杜甫对妻子既敬又爱,终其一生始终恪守夫妻职分,保持着对妻子的情深厚爱。杜甫诗中不仅有很多述及妻子的诗句,而且也有一些专咏妻子或表达思念妻子的诗篇。

今夜鄜州月,闺中只独看。
遥怜小儿女,未解忆长安。
香雾云鬟湿,清辉玉臂寒。
何时倚虚幌,双照泪痕干。

(唐·杜甫《月夜》)

《月夜》是天宝十五载(756)八月杜甫写给妻子的一首表达相思的诗,也是唯一描绘妻子美好形象的抒情诗。安史之乱后,杜甫携家逃难,安家于鄜州后,即只身投奔在灵武的肃宗,中途被叛军拘押在长安。虽然距离鄜州不远,但相见遥遥无期,长安秋夜月明之际,诗人望月思亲,联想到妻子带着少不谙事的儿女过着动荡不安、忧心忡忡的生活,只能在月夜夜深人静的时候伫立长思。"月"是杜甫与妻子对望相思的传情媒介,月夜衬托下妻子"香雾云鬟""清辉玉臂"的美好形象凸显了杜甫对妻子的美好感情,抒发了离乱中对妻子的深切思念和牵挂。"公本思家,偏想家人思己,已进一层。至念及儿女不能思,又进一层"[1],诗人将"一种相

---

[1] 〔明〕王嗣奭.杜臆[M].上海:上海古籍出版社,1983.

思，两处闲愁"抒发得淋漓尽致。梁启超评析《月夜》："这种缘情旖旎之作，在集中很少见，但这一首已可证明杜工部是一位温柔细腻的人。"[①]

细读杜甫写给妻子的相思寄语之作，比如《月夜》《客夜》《江月》等作品，有两个特点：一是物象上多对月感怀，明月之夕对月怀人，更能勾起诗人身在异乡、远离亲人的无奈和思念；二是时间上多作于夜半且多作于秋季，也有一首作于寒食节的月夜：

> 无家对寒食，有泪如金波。
> 斫却月中桂，清光应更多。
> 仳离放红蕊，想像颦青娥。
> 牛女漫愁思，秋期犹渡河。
>
> （唐·杜甫《一百五日夜对月》）

《一百五日夜对月》可视为《月夜》的续篇，作于寒食节。诗人于上年冬至离妻出门，默默计数已离冬至一百零五天，足见离家之久、时日难熬和对妻子的眷恋之深。杜甫写这首诗时仍然被困在沦陷的长安，不知在鄜州的妻儿生死，用"吴刚伐桂"的神话故事借明月传达自己对妻子的深切思念，用"青娥长恨"想象妻子因思念自己而忧伤蹙眉的愁颜，并借用牛郎织女尚且"秋期犹渡河"，表达自己不能与妻子团圆的悲苦及与妻子团聚的强烈愿望。

杜甫提到妻子，除了用"妻子""瘦妻""故妻"等称呼外，更多地以"老妻"来形容自己的妻子。他困居长安时，"老妻寄异县，十口隔风雪"（《自京赴奉先县咏怀五百字》），过着挨饿受冻的穷苦日子；后来几经辗转移居成都草堂，度过了四年短暂的安定生活，然而好景不长，由于四川兵

---

① 梁启超.情圣杜甫[A].饮冰室合集·文集之三十八[C].北京：中华书局，1936.

乱，后来甚至连草堂也难以久居，只好"偶携老妻去，惨淡凌风烟"(《寄题江外草堂》)。他在严武府中任职时，"老妻忧坐痹，幼女问头风"(《遣闷奉呈严公二十韵》)，妻子牵挂他的病体，担心他的下肢麻痹症，更精心地照顾百病缠身的丈夫。"入门依旧四壁空，老妻睹我颜色同"(《百忧集行》)，面对长久以来的家徒四壁，杨氏淡然处之，不攀比不抱怨，安于贫困。杜甫晚年仍漂泊在外，他给妻子写几纸书信，"老妻书数纸，应悉未归情"(《客夜》)，让妻子知道自己由于什么无法回家，自己的艰难处境也只有和妻子诉说。杨氏知书达理、善解人意，在苦难磨砺下仍然保持着一颗热爱生活的初心，她善于排遣生活的烦恼，营造生活的诗意氛围，"昼引老妻乘小艇，晴看稚子浴清江"(《进艇》)，"老妻画纸为棋局，稚子敲针做钓钩"(《江村》)，妻子相伴，儿女嬉戏，让苦难生活中的诗人仍能享受天伦之乐，家庭的温暖更成为他在人生痛苦遭遇中巨大的精神慰藉。"何日干戈尽，飘飘愧老妻"(《自阆州领妻子却赴蜀山行三首·其二》)，诗人希望早日天下太平，给妻子一个稳定的生活，弥补对妻子的歉疚。

从丈夫对妻子的称呼，一定程度上可以看出夫妻之间的地位与关系。比如李白称呼自己的妻子为"内""妾"，白居易称呼自己的妻子为"妻""君"，而杜甫则终生唯一爱"老妻"。这个"老"显然不是形容杨氏的外貌和年龄，岁月的打磨和生活的艰辛将一个妙龄少女变成老妇人，"老妻"道尽了与杜甫同甘共苦的妻子饱经风霜，道出他作为一家之主而不能为妻子排忧解难的感伤和愧疚，更道尽了夫妻间历经岁月积淀的相濡以沫、相知相惜之情。

"中国言夫妇之情最好者，莫如处乱离之世如杜甫，处伦常之变如陆放翁等之所作。"[1] 杜甫和同时代的许多诗人不同，他一生只有一个妻子，

---

[1] 唐君毅.中国文化之精神[M].台北：中正书局，1981：23.

一生专于情、忠于情、深于情,他与妻子的爱情与亲情融合在一起,既深沉又真挚,遭遇了多年动乱浮沉的磨炼,经受了艰难困顿的考验和生活的洗礼,却终能夫妻同心,厮守始终,做到了忠贞不贰、生死不渝。

闻一多先生指出,杜甫是"四千年文化中最庄严、最瑰丽、最永久的一道光彩"(《唐诗杂论·杜甫》)。作为"情圣"的杜甫,极富人情味、人性美,纵观其一生,除了忧国忧民之外,对于家人同样怀有热烈而真挚的爱。他是孝顺的儿子、敦厚的兄长、慈爱的父亲、笃情的丈夫……他始终将自己的生命与家人的命运紧密连接在一起,表现出对父母长辈、兄弟姐妹和妻子儿女的拳拳深情。杜诗中,悲凉中见温暖,惨淡中寓热忱,血浓于水的亲情给了诗人人生寒夜中难得的安慰和温暖的归宿,也让我们看到了一个更加平易、立体的至情至性的伟大诗人。

第四章 情种的伊人之『爱』

【诗意导读】

华夏民族也许是最早品尝到爱情滋味的民族。

三千多年前的《诗经》,翻开第一首就是情诗——《周南·关雎》。

母亲河的岸边,一对水鸟的和鸣声,激荡起优雅君子对采荇女的热恋,不禁唱出"关关雎鸠,在河之洲。窈窕淑女,君子好逑"的心曲,曲子激荡着启蒙于大自然的最纯真爱情和"寤寐求之"的温暖长情……

秦观《鹊桥仙》曰:"两情若是久长时,又岂在朝朝暮暮。"

汤显祖《牡丹亭·题词》曰:"情,不知所起,一往而深。"

元好问《摸鱼儿·雁丘词》曰:"问世间情为何物,直教生死相许。"

一、至爱的凝眸：所谓伊人在水一方

解读《诗经》时代的爱情，"天然""自由""平等"成了关键词。

《卫风·木瓜》曰："投我以木瓜，报之以琼琚。匪报也，永以为好也。"女子的主动，男子的珍视，成就了一段美好恋情，而其信物只是最天然的木瓜和随身佩戴的玉佩。

《邶风·静女》曰："静女其姝，俟我于城隅。爱而不见，搔首踟蹰。"女子与恋人相约在城墙角见面，却故意躲起来捉弄他。女子的天真，男子的痴情，让一场三千年前的幽会摇曳生姿。

那时，礼制的束缚还不是太强势，据《周礼·地官·媒氏》记载，当时还出现过"仲春三月，令会男女"的开明政令。比如，《郑风·溱洧》就描述了溱洧河边男女相会，互赠芍药："维士与女，伊其相谑，赠之以芍药"；《郑风·野有蔓草》则讲述了在春草滋蔓的郊外，男女青年一见钟情，互致爱意："有美一人，清扬婉兮。邂逅相遇，适我愿兮。"

纯真年代，平等自由的爱情因为有了真诚的内涵才不会流于荡佚。

《王风·君子于役》写道："君子于役，不知其期。曷至哉？……君子于役，如之何勿思！"这是女子对远行丈夫的深切挂念。《郑风·出其东门》写道："出其东门，有女如云。虽则如云，匪我思存。缟衣綦巾，聊乐我员。"这是一男子对"缟衣綦巾"的女子的依恋，尽管美女如云，他的心永远陶醉于他所钟情的唯一那个人。

爱就是爱，不爱就是不爱。上古的可爱男女们用诗歌表达着互不辜负的真心真意。

《召南·摽有梅》写到一位待嫁女子的心声："摽有梅，其实七兮。求我庶士，迨其吉兮。"正值青春的女子对美好爱情的渴望之情跃然纸上，这是天然自由的心声，是任何礼法都难以约束的。

《召南·野有死麕》曰:"野有死麕,白茅包之。有女怀春,吉士诱之。"诗中的男主角是个猎人,他以刚猎得的小鹿为赠,还特意用洁白的茅草作包装,真诚地表达对少女的爱,多么纯情,多么温暖。

所有伟大的爱情都需要温情的滋润,平凡而又长情,如门前涓涓的小溪,天天见面却从不厌倦。你听,大约三千年前一个静悄悄的黎明,无边的旷野,自由的风中,一对新婚夫妇的对话足以温暖每一天操劳的身心:"女曰鸡鸣,士曰昧旦。子兴视夜,明星有烂。将翱将翔,弋凫与雁。弋言加之,与之宜之。宜言饮酒,与子偕老。琴瑟在御,莫不静好。"(《诗经·郑风·女曰鸡鸣》)

《诗经》的时代,周公之礼初具。男女交往在西周还比较自由,但到了春秋战国,男权强化,男女之防就逐渐严格了。父母媒妁之言虽不像后来那样严格,但也对当时男女青年的爱恋产生了些许影响。然而,受压抑下仍未熄灭的拳拳爱意,更显示了人们对爱情初心不改的信仰。

《鄘风·柏舟》云:"汎彼柏舟,在彼中河。髧彼两髦,实维我仪。之死矢靡它。母也天只!不谅人只!"少女抗议父母的无端干涉,誓死不变心中挚爱,这是爱得热烈的表现。

《王风·大车》云:"穀则异室,死则同穴。谓予不信,有如皦日!"少女向犹豫不决的恋人表明心迹——她可以为他俩的爱情不顾一切,至死不渝,这是爱得坦诚的表现。

《郑风·将仲子》云:"将仲子兮,无踰我里,无折我树杞。岂敢爱之?畏我父母。仲可怀也,父母之言,亦可畏也。"女子因为家庭的管教和邻里的舆论,劝诫恋人不要做出过多因爱而生的越轨举动,这是爱得理智的表现。女主人公并没有屈服于家规和舆论,而是希望他俩能够爱得合情合理,在"发乎情,止乎礼义"的正常轨道上走到爱情的圆满!这或许是礼制渐紧的现实中,青年男女处理爱情关系的较合适做法吧。

《诗经》里还出现了一部分弃妇诗，这也是男权日盛的社会产物。《卫风·氓》就是一篇典型的作品。她深怨负心汉的背德："女也不爽，士贰其行。士也罔极，二三其德"，骂得痛彻，实是爱得深切；脑中又浮现起与他相爱时的温馨场景："总角之宴，言笑晏晏。信誓旦旦，不思其反"；最后虽以"亦已焉哉"来自宽，告诉自己要从此忘记这个负心汉，但真的做得到吗？

　　每一场真爱对于恋爱双方来说都是惊天动地，都是旷世奇缘。但这惊天动地并不代表着一帆风顺、天长地久，它或许十分脆弱、十分单薄，偶然的一次错过，无意的一个误会，无关的一句流言……都有可能把彼此的美好期许捶得粉碎。从古至今，越是真挚的爱情，往往越要承受无边的痛苦！某种程度上说，这也体现了文明对爱情的规约。

　　就像胡适所说的："爱情的代价是痛苦，爱情的方法是忍受痛苦。"这"痛苦"是绵长的，却散发着甜蜜的滋味；在承受痛苦的过程中不断坚定对"爱"的信仰和希冀，"直教生死相许"！

　　于是，从爱情诗的角度来看，《秦风·蒹葭》里的那对情侣变成华夏民族最经典的恋爱形象：

　　　　蒹葭苍苍，白露为霜。所谓伊人，在水一方。
　　　　溯洄从之，道阻且长。溯游从之，宛在水中央。

　　　　蒹葭萋萋，白露未晞。所谓伊人，在水之湄。
　　　　溯洄从之，道阻且跻。溯游从之，宛在水中坻。

　　　　蒹葭采采，白露未已。所谓伊人，在水之涘。
　　　　溯洄从之，道阻且右。溯游从之，宛在水中沚。

（《诗经·秦风·蒹葭》）

诗的主人公可以是男子，也可以是女子。无论作何种理解，他们的爱情对象即"伊人"，总在那并非遥不可及但也不是唾手可得的"远方"，深情凝眸，默默等待着他们。他们便愿为自己的这份真爱苦心孤诣、历尽艰辛地追寻着。虽然伊人每次只在"水中央""水中坻""水中沚"，但他们在追寻的过程中永不言弃，用一次次真情的付出找寻爱情的真谛，用一趟趟满怀希望的上下求索散发生命的热度，"所谓伊人，在水一方"或许就是爱情最唯美的一种意境吧！

大约七百年后的一个黄昏，陈思王曹植在洛水边上作了一场美梦，神思缥缈间他与心中的"伊人"——洛神相见，洛神的美是无以言表的：

> 翩若惊鸿，婉若游龙。荣曜秋菊，华茂春松。仿佛兮若轻云之蔽月，飘飖兮若流风之回雪。远而望之，皎若太阳升朝霞；迫而察之，灼若芙蓉出渌波。
>
> （三国·曹植《洛神赋》）

曹植则托水波以传意，寄玉佩以定情。他们互相倾慕、相互感动着。但终因人神殊途，无奈惜别，洛水边上只留下陈思王独自徘徊的身影。

其实，不光是爱情，世上美好的东西大多是理想中的"伊人"或"洛神"，也许最终并不一定能被追寻到或者修成正果，人们却愿意为它付出十二分的热情，在通向"在水一方"的路途中享受着生命的美好赠予。

二、深情的守望：理想中的现实爱情

两汉以降，封建体制不断强化，宗法礼教日益顽固，它们如巨石一般压抑着人们对爱情的自由追求，但永远不可能摧毁人们对爱情的信仰。

"伊人"的凝眸依然闪耀,虽然追寻的过程"道阻且长",压力要比《诗经·蒹葭》的时代大得多,而且这当中非双方情感因素的阻力也越来越强。然而,险阻越多,越让人们感受到"伊人"的真切,意念越发坚定,精神越发振奋,真挚的爱情在现实礼教的禁锢中不断争取着生存空间。

《上邪》曰:"我欲与君相知,长命无绝衰。山无陵,江水为竭。冬雷震震,夏雨雪。天地合,乃敢与君绝!"这是迄今所见最轰轰烈烈的爱情誓言了,热恋中的女子就是这样不顾一切,只求天长地久,这份爱情至真、至性、至烈!

《有所思》曰:"有所思,乃在大海南。何用问遗君?双珠玳瑁簪",拥有的时候,爱得浓烈而又细腻;"闻君有他心,拉杂摧烧之……从今以往,勿复相思,相思与君绝",失去的时候,恨得决绝而深沉,但所有的恨都来自曾经的深爱,所有的怨都源于不愿摆脱的对爱情的坚信不疑。时间可以让人忘记爱情,爱情更会让人忘记时间,就像徐志摩在《偶然》里所写的:"你我相逢在黑夜的海上,/你有你的,/我有我的,/方向;/你记得也好,/最好你忘掉,/在这交会时互放的光亮!"如果不是"记得"太深,怎会想起去"忘掉",爱情让太多的人明白:原来"忘记"一词的语义重心不在"忘"、而在"记"。《有所思》里的女主角最后咏唱:"妃呼狶!秋风肃肃晨风飔,东方须臾高知之",她对自己说:东边的太阳升起来了,又是崭新的一天到来了——算了吧!不去纠结到底是"忘"是"记"、谁对谁错!

汉乐府中还有一首《上山采蘼芜》,可谓《有所思》的一段续演,写的是一位弃妇和"故夫"的重遇。诗曰:

> 上山采蘼芜,下山逢故夫。
> 长跪问故夫,新人复何如?

新人虽言好，未若故人姝。
颜色类相似，手爪不相如。
新人从门入，故人从阁去。
新人工织缣，故人工织素。
织缣日一匹，织素五丈余。
将缣来比素，新人不如故。

（汉乐府《上山采蘼芜》）

礼教森严的年代，许多青年男女，尤其出身所谓"礼仪之家"的男女的婚姻，无论结婚还是离异，都是极不自主的。从这首诗来看，诗里的男女主人公虽因故分开了，但仍相互挂念，机缘巧合，两人某天又在同处相遇，彼此心潮暗涌。然而，两人离异已是铁定的事实，尽管仍旧爱着彼此，还是只能"长跪"相对，这一"跪"，既是互敬的礼节，又是无奈的疏远。

终于，女主人公先开口了："新人复何如？"这一问里有怨怼——"难道她真的比我好？"这一问里更有关切——"她待你还好吗？"

在自己爱的人面前是无须掩饰的，男主人公的回答直接干脆："新人虽言好，未若故人姝。"比容貌、比能干、比德行，"故人"在男主人公心目中是那样美好，所以他不禁唏嘘"新人不如故"。

在几声唏嘘、几句哀叹中，诗歌收尾了。或许有人会问：他们后来怎样？他们还会在一起吗？这些假设也许只能留给历史去回答了。但我们可以想见的是：互道一声"珍重！"后，他们在山路尽头再次告别；转身的那一刻，他们依旧相信他们曾经爱过！

班固《后汉书·艺文志》说，两汉乐府具有"感于哀乐，缘事而发"的现实主义风格，乐府诗里所写的爱情也多源于真实生活。著名叙事长诗

《孔雀东南飞》就取材于汉末建安年间庐江小吏焦仲卿夫妇"爱"的故事。

这是一出镌刻时代烙印的婚姻悲剧——

从建安到魏晋年间,封建社会正迎来又一个转型阵痛期:一方面,人们对自然美的追求、对自我价值的肯定、对自由意志的推崇逐渐成为社会新潮;另一方面,旧纲常、假名教仍在拼命压榨鲜活可爱的灵魂,为所谓的"孝治天下"积攒回光返照的最后一口气。在新与旧的胶着中,刘兰芝登场了。

她出身"承籍有宦官"之家,受的是"十三教汝织,十四能裁衣,十五弹箜篌,十六知礼仪"的教化,嫁的是略显高攀的"仕宦于台阁"的"大家子",想走的原本也是一条"奉事循公姥""昼夜勤作息"的所谓"好媳妇"道路。可是,焦母的百般刁难、丈夫对母亲的一味妥协、"无后为大"的沉重包袱,以及种种日常琐细,让柔中带刚的刘兰芝深感婚后生活的不幸。虽然她深爱着丈夫,但并不为此委曲求全、丧失自尊。于是,她一面向丈夫直诉"君家妇难为",一面严正宣称"妾不堪驱使,徒留无所施。便可白公姥,及时相遣归",何等烈性!纵然遣归那天,刘兰芝也没有垂头丧气,依旧把自己打扮得如新嫁妇那样光艳:"新妇起严妆""精妙世无双",何等坚毅!拜别焦母时更是义正辞严:"昔作女儿时,生小出野里。本自无教训,兼愧贵家子。受母钱帛多,不堪母驱使",这是对焦母所称"此女无礼节,举动自专由"的无理指控的直截反驳,是对自我尊严的坦然捍卫。

"自专由"三个字俨然成为新旧两派交锋的焦点:在卫道士口中它是目无礼法的"罪愆",在进步者眼中它却是"人的觉醒"的灵光。有了这三个字的启迪,刘兰芝才不至于成为虚伪礼法的陪葬。

然而,对于刘兰芝的"觉醒",我们也不能太过高估:一是因为她的所谓"觉醒"多少带有长期压抑下的应激因素,并非完全自觉,以至于遣回娘家时表现出"进退无颜仪",甚至"兰芝惭阿母";二是因为她觉醒后的出路仍旧渺茫——被遣娘家的不利处境,"长兄为父"的家族宗法,亟须挽回的刘家颜面,加上母亲的眼泪、世人的眼光,让刘兰芝不得不放弃"自专由"的夙愿,搁置"结誓不别离"的初衷,身处"处分适兄意,那得自任专"的无奈,她只得被迫改嫁。

爱情算什么?生活除了苟且还是苟且!

然而,刘兰芝和焦仲卿都不愿再苟且下去。或许,不短不长的别离更让他们感知对方在自己生命中的不可或缺;或许,双方家长的逼迫更让他们坚定了"爱"的信念。

"君当作磐石,妾当作蒲苇。蒲苇纫如丝,磐石无转移",他们双双以殉情的方式,践行了对"爱"的承诺。

在那个时代的阵痛期,新生命的光芒还太过微渺,"刘兰芝"们的气力还不够充沛。就像当年屈原为了保全"真"而不得不投江殉"道"一样,"刘兰芝"们也不得不为了争取"爱"的权利而殉"情"明志。也许,这是他们给予现实最客观的交代了。

然而,文学却不满意这样的"交代",它要给"现实"再添上一个"理想"的光环,于是便有了诗尾处焦、刘两人死后化为双飞鸟的传奇,让他们的爱情在另一个空间里获得永恒。

这就是文学所创造的"理想中的现实爱情"。

我们再来回顾一个经典案例——

> 汉皇重色思倾国,御宇多年求不得。
> 杨家有女初长成,养在深闺人未识。
> 天生丽质难自弃,一朝选在君王侧。
> 回眸一笑百媚生,六宫粉黛无颜色。

春寒赐浴华清池，温泉水滑洗凝脂。
侍儿扶起娇无力，始是新承恩泽时。
云鬓花颜金步摇，芙蓉帐暖度春宵。
春宵苦短日高起，从此君王不早朝。
承欢侍宴无闲暇，春从春游夜专夜。
后宫佳丽三千人，三千宠爱在一身。
金屋妆成娇侍夜，玉楼宴罢醉和春。
姊妹弟兄皆列土，可怜光彩生门户。
遂令天下父母心，不重生男重生女。
骊宫高处入青云，仙乐风飘处处闻。
缓歌慢舞凝丝竹，尽日君王看不足。
渔阳鼙鼓动地来，惊破霓裳羽衣曲。
九重城阙烟尘生，千乘万骑西南行。
翠华摇摇行复止，西出都门百余里。
六军不发无奈何，宛转蛾眉马前死。
花钿委地无人收，翠翘金雀玉搔头。
君王掩面救不得，回看血泪相和流。
黄埃散漫风萧索，云栈萦纡登剑阁。
峨嵋山下少人行，旌旗无光日色薄。
蜀江水碧蜀山青，圣主朝朝暮暮情。
行宫见月伤心色，夜雨闻铃肠断声。
天旋地转回龙驭，到此踌躇不能去。
马嵬坡下泥土中，不见玉颜空死处。
君臣相顾尽沾衣，东望都门信马归。
归来池苑皆依旧，太液芙蓉未央柳。

芙蓉如面柳如眉，对此如何不泪垂。
春风桃李花开日，秋雨梧桐叶落时。
西宫南内多秋草，落叶满阶红不扫。
梨园弟子白发新，椒房阿监青娥老。
夕殿萤飞思悄然，孤灯挑尽未成眠。
迟迟钟鼓初长夜，耿耿星河欲曙天。
鸳鸯瓦冷霜华重，翡翠衾寒谁与共。
悠悠生死别经年，魂魄不曾来入梦。
临邛道士鸿都客，能以精诚致魂魄。
为感君王辗转思，遂教方士殷勤觅。
排空驭气奔如电，升天入地求之遍。
上穷碧落下黄泉，两处茫茫皆不见。
忽闻海上有仙山，山在虚无缥渺间。
楼阁玲珑五云起，其中绰约多仙子。
中有一人字太真，雪肤花貌参差是。
金阙西厢叩玉扃，转教小玉报双成。
闻道汉家天子使，九华帐里梦魂惊。
揽衣推枕起徘徊，珠箔银屏迤逦开。
云鬓半偏新睡觉，花冠不整下堂来。
风吹仙袂飘飘举，犹似霓裳羽衣舞。
玉容寂寞泪阑干，梨花一枝春带雨。
含情凝睇谢君王，一别音容两渺茫。
昭阳殿里恩爱绝，蓬莱宫中日月长。
回头下望人寰处，不见长安见尘雾。
惟将旧物表深情，钿合金钗寄将去。

> 钗留一股合一扇，钗擘黄金合分钿。
> 但教心似金钿坚，天上人间会相见。
> 临别殷勤重寄词，词中有誓两心知。
> 七月七日长生殿，夜半无人私语时。
> 在天愿作比翼鸟，在地愿为连理枝。
> 天长地久有时尽，此恨绵绵无绝期。
>
> （唐·白居易《长恨歌》）

第一个问题，《长恨歌》到底比之前的爱情文学作品好在哪里，动人在哪里？

其实，无非两大原因：一是它比《孔雀东南飞》等家庭伦理式爱情主题多了一重历史的厚重和政局的迷离，因而读起来更令人震撼；二是它比《洛神赋》等王侯神女式爱情题材少了些许崇高与神秘，因而读起来更真切。在这里，白居易把"江山"与"美人"两大主题交织到一起，在盛世将颓的历史洪流里将一段似曾相识的"人间爱情"娓娓道来。

第二个问题，《长恨歌》为何属于"理想中的现实爱情"？

因为，就"现实"而言，《长恨歌》取材于开元天宝年间史迹及民间传录，其姊妹篇《长恨歌传》可作旁证参读；拿"理想"来说，诗里回避了玉环再嫁、公媳乱伦等宫闱丑事，淡化了君妃祸国、诸杨殃民的乱世景况，并特意艺术化了初选入宫、华清赐浴、太真寄情、长生殿私誓等情境。可以说，全诗以史实为"经"，以艺术想象为"纬"，做到"经"为"纬"张目、"纬"为"经"化神，经纬交错，相得益彰。

比如，诗里"入宫专宠""马嵬惊变"两部分大致有史料可循，但又极写杨玉环的"天生丽质"，她由"养在深闺"直至"选在君王侧"的经历，以及与明皇神仙眷侣般的宫廷生活，就都属于诗人的完美"理想"，目的是为后来赐死时"宛转蛾眉马前死""君王掩面救不得"的"现实"悲剧蓄足势，达到把美好摧毁给人看的悲剧效果。同时，为了强化悲情，白居易又构思了杨贵妃惨死于乱军马前的场景，而没有直接采用正史中关于"缢死佛室"的记载（如《旧唐书》《唐国史补》《资治通鉴》等），进一步渲染了美人为爱牺牲、君王无能救美的"绵绵长恨"。

再比如，诗人在虚构了"海外寻仙遇真"的情节之后，专门追忆了那段"长生殿私誓"："七月七日长生殿，夜半无人私语时。在天愿作比翼鸟，在地愿为连理枝。"私誓，本是普通男女恋爱的"经典桥段"，白居易特地在《长恨歌》故事里补上这神来一笔，就是要让剧情从之前"海外寻仙遇真"的神秘回归人世生离死别的真切，让主题从"天上"的君妃之恋回归"人间"的男女之爱，更让读者对这出现实爱情的悲剧产生某种"天上人间会相见"的美好寄托，从而完成诗人的"理想"之情与李、杨的"现实"之爱的完美收官。

实际上，诗歌开头那句"汉皇重色思倾国"已经点出了全诗之眼，道出了白居易对这位"情种"帝王的真情真性：既有对其因色"倾国"现实的不满，又对其"真色真爱"的理想充满了赞叹。要江山还是要美人？是批判君昏女祸之"恶"还是歌颂男女欢恋之"美"？这是白居易，甚至是古往今来多少被李、杨爱情故事打动的情种们都想解开的谜题。白居易的好友陈鸿在《长恨歌传》里作过这样的解释："叔向母曰：'甚美必甚恶'。李延年歌曰：'倾国复倾城'。此之谓也。"也就是说，白居易笔下既写了"真美"，如玉环之貌美，李、杨之情真；又写了"真恶"，如君王之荒政，杨氏之专宠等。"甚美"没有因"甚恶"而被抹杀，而"甚恶"反过来又进一步丰富了"甚美"的内涵，于是诗人的心理天平最终还是偏向了"甚美"。就像白居易在《李夫人》里说的："生亦惑，死亦惑，尤物惑人忘不得。人非木石皆有情，不如不遇倾城色。"

浓情爱恋，却生死相别；一代帝王，失挚爱江山。长恨岂有无穷时？在文学的时空中，诗人让这段经典爱情光彩耀人。

三、长情的守候：现实里的理想爱情

文学里有两个世界：一个属于"现实"，一个属于"理想"。

文学里的爱情也差不多两类：理想中的现实爱情，现实里的理想爱情。

"理想中的现实爱情"是用浪漫的理想来弥补现实的缺憾，让真挚的爱情在"天上人间"获得永恒，所以"理想中的现实爱情"多属"长恨绵绵"的悲剧，以《孔雀东南飞》《长恨歌》等为代表。

"现实里的理想爱情"则是以现实来实现理想，让"有情人终成眷属"的理想在合情合理的现实中得以实现，所以"现实里的理想爱情"多属"大团圆"的喜剧，以《西厢记》《牡丹亭》等为代表。

下面我们就先谈一下《西厢记》。

"待月西厢下，迎风户半开。拂墙花影动，疑是玉人来"（元稹《莺莺传》）。《西厢记》是一个充满了生活气息的爱情故事。从唐代元稹的传奇小说《莺莺传》开始，经宋金时董解元的诸宫调《西厢记》、元代王实甫的杂剧《西厢记》，至明代李日华、陆采等人的《南西厢记》，作者们纷纷把属于自己时代的爱情理想和社会印记加到故事里，结果，这个故事经历多次"幻变"（"六幻《西厢》本"说见明代闵遇五崇祯刻本）而历久弥新。尤其是前"三幻"，即《莺莺传》、董《西厢》、王《西厢》，可谓三大里程碑。

与后来的董、王二人的《西厢记》不同，《莺莺传》本是一出悲剧，而且是一出现实人生的悲剧。主人公张生是个"内秉坚孤，非礼不可入"的读书人，自诩为坐怀不乱的"真好色者"，二十三岁时遇见让他流连的"物之尤者"崔莺莺才开始自己的初恋,"自是惑之",热烈追求却未果,直到莺莺被感动,亲来西厢向张生"自献",两人私会月余。但他们并未修成正果,张生进京应试,名落孙山,不久与莺莺决裂,后来两人都各自成婚。

按有些读者的观点,张生对莺莺始乱终弃,是个负心汉。然而,元稹以及他的一群士林朋友如李绅、杨巨源辈似乎都赞同崔、张分开,而且对张生的做法表示理解。也许在这些文人看来,西厢之事虽则惊艳,但就君子道德而言,却是越"礼"之为,就是在礼教相对较宽的唐代也不易受到士林的正面肯定。所以,当张生幡然醒悟,要对莺莺"忍情"时,友人们纷纷称许他"善补过"。其实,《莺莺传》有明确的传播受众,那就是当时的士林阶层。元稹也在小说末表明写作目的,就是要警戒士林中人:"使知者不为,为之者不惑。"这是我们理解《莺莺传》时必须注意的。此外,我们还要看到,唐朝是一个士大夫热衷功名的时代,科举开始成为中下层文人实现自我的重要途径受到追捧,所以说,作为读书人的张生,在落第后决定"忍情"而追逐功名学业,也是符合当时社会现实的。虽然张生真心爱着莺莺,无论当年西厢热恋还是分手后仍去看望,但"忍情"是他为实现功名、身居士林而不得不付出的代价。

当然,崔莺莺付出的代价更大,受伤更深。莺莺多情却不耽于幻想,她的爱情观很现实,她明白张生必然不会为她而放弃前程,张生赴京时就"已阴知将诀矣",她分别时曾对张言:

> 始乱之,终弃之,固其宜矣,愚不敢恨。必也君乱之,君终之,君之惠也;则殁身之誓,其有终矣。又何必深感于此行?
>
> (唐·元稹《莺莺传》)

始乱终弃,是她预见到了的;有始有终,是她满心期盼的。她说,此刻山盟海誓又有何用？终究也有过到头的时候——莺莺表现得何等干脆冷静！或许，收到张生京中寄回的绝情信原在莺莺意料之中，她回信"拜会无期"，也是为了保全心上人的功名前程而无奈"忍情"。

崔、张俱"忍情"，但"忍情"不是无情，而恰是长情。决裂一年后张生再去探望莺莺，莺莺不复见，但不见也不等于不想见。用司马光《西江月》里的话来说，就是"相见争如不见，有情何似无情"。"忍情不见"正是因为心中仍有对方，为了成全心中爱的那个人，只将旧事藏于胸中，掩于尘土。

"幽愤所钟，千里神合"（《莺莺传》），却不能终成眷属，真是一场人生的悲剧。

西厢故事到了董解元和王实甫手里，就不再是只供文人们把玩的猎奇谈资了，而是面向市井民众演出的弹词与杂剧。随着城市与商贸的繁荣，戏剧渐渐成为宋元明时期老百姓主要的娱乐方式之一。唐代文人喜欢品味悲剧，能从《莺莺传》里读出大道理；宋代以后，终日为生计而劳累、被压抑而痛苦的百姓则亟须从戏里的理想人生中获得抚慰和快感，所以，为观众们创造一个"大团圆"的爱情喜剧，成了西厢故事的演绎者们需要努力解决的问题。

董解元第一个对故事蓝本《莺莺传》进行了改刀，设计了一个"以现实来圆理想"的团圆结局，即崔、张二人在红娘协助下私奔出走并在白马将军主婚下喜结连理，但这个理想仿佛圆得还不够完满。首先，作者过分宣扬的"才子施恩，佳人报德"观念让这出才子佳人的经典爱情变得并非那样纯粹了。书中用差不多六分之一的篇幅叙述了普救寺解围的故事，并多次渲染莺莺对"无以为报，以身相许"的赞同。虽然董解元笔下的莺莺对自由爱情的追求随着张生病情的加重与日俱增，并终于冲破束缚私奔，但她的头脑从未背离过"德"字，这个"德"就是指知恩图报。另外，按照《礼记·内则第十二》所说"聘则为妻，奔则为妾"的普遍观念，文中崔、张以"私奔"方式来成全婚姻的办法也算不上是"上策"，这让他们才子佳人的美满形象在观众心目中大打折扣。

为此，王实甫为崔、张的爱情理想再次圆梦，他所提倡的"有情人终成眷属"成为这个现实里的理想爱情故事的最动人旋律。

王实甫认为，男女相爱靠的不光是郎才与女貌，更不可能靠施恩与回报，而全凭"有情"二字。因此，王实甫《西厢记》里的崔、张二人是"两情相悦"的，既不是董解元《西厢记诸宫调》里莺莺对爱情的被动接受，更不是《莺莺传》里所宣扬的"忍情"伦理观。

王实甫笔下的崔莺莺原本背负着许配郑恒的"父母之命"而谨守闺训地为这个正在没落的家族活着，如若不是遇见张生，她理所当然地将会成为"郑恒之妻"。但他们偏偏遇上了，初见时，莺莺"秋波转""只将花笑拈"，临别仍回顾依依，可谓一见钟情。之后"隔墙酬韵""佛寺闹斋"，她对张生又爱深了一层。直到孙飞虎兵围普救寺、张生智退贼兵，莺莺更为张生的侠义之举所感动，正巧崔母当面许婚，莺莺真以为幸福在望，不禁欢喜。谁料母亲赖婚，"兄妹相称"的幌子将相爱的两人生生隔开，莺莺恼怒而又无奈——爱情的冲动让她时常想与张生相亲，但闺训又让她不敢轻易越雷池一步。在"真情"与"俗礼"的矛盾纠葛中，她痛苦过徘徊过，也坚定了她对爱情的理想信念。

从"琴心"到"闹简""赖简"，再到"酬简"，是莺莺心志升华的重要历程。此间，张生见婚姻无望，准备离去，莺莺急忙寄简挽留并坦露心声，接到张生回信后又自感轻率失当，不觉在红娘面前"颠来倒去不害心烦"起来；而当红娘真要将简帖告发崔母时，莺莺反而坚定了要为自我爱情做主的决心，将红娘当作心腹信使，酬简密约张生幽会；然而，张生果真跳墙践约，莺莺却又临时变卦，一句"既为兄妹，何生此心"，又把热血沸腾的张生一下拽入冰点。难道是崔莺莺太善变？难道是崔莺莺太伪饰？其实都不是。她爱张生是真心，临事退却也是实情，一个紧紧被束缚在封建礼法下十九年的年轻灵魂要跨出决定性意义的坚实一步实属不易：她既要鼓起勇气毁掉那个已被驯化了的"假的"自我，又要在保全自己的前提下挣脱礼法的枷锁重塑一个"真的"自我。这些都不可能是一蹴而就的，所以作者以细腻动情的笔法描述了莺莺小姐在这当中的起起伏伏、患得患失，给我们还原了属于那个时代的一个活生生的爱情主角以及她的爱情经历。

"真情"是爱情的现实基础，为了凸显崔、张二人彼此珍视与坚定的真情，王实甫特意重笔墨渲染了崔母这一反面角色，从而将《莺莺传》中崔、张二人之间的情感矛盾转变为崔、张二人与伪善的卫道士崔母之间的激烈冲突，深化了"以情抗礼"的戏剧主题与历史价值，但须注意的是，这里的"情"必是"真情"，所抗之"礼"则是伪善的"虚礼"。大家要明白，"情"与"礼"并非天生的对立物，两情相悦的崔、张本也期盼着崔母的真心认可，哪知所谓"父母之命"的许婚只是权宜之计（假意），加上崔母还要以兄妹之伦（虚名）来阻隔崔、张的心心相印，于是他们不得不奋起而争，与这样的假意虚礼对抗，为自己的真情实意正名。从崔母赖婚时莺莺对张生"好共歹不着你落空"的许诺，直到"长亭送别"时她斥功名为"蜗角虚名，蝇头微利"，告诫被逼赶考的张生"但得一个并头莲，煞强如状元及第""此一行得官不得官，疾便回来"，崔莺莺对真情越来越珍视、对虚礼越来越反感，人物的现实理智也越发鲜明。而且，《西厢记》里最引人注目的崔莺莺幽会张生的所谓"叛逆之举"，实际上也并不是《莺莺传》里所描写的并非理智的"自荐枕席"式私会，而是莺莺对崔母之前"自许婚姻"的伪善做法的某种意义上的抗议，也是对张生之真情实意的酬报，其理智因素应是多于情绪冲动的，因此是值得肯定的。

然而在漫长的封建时代，伪饰的"虚礼"作为统治者愚民的重要手段而长期存在，而像崔母那般标榜着所谓"孔孟大道"的伪善者又能量巨大，多少美好灵魂的爱己、爱人、爱物、爱天下的拳拳之心不得已而被摧折扼杀，崔莺莺那句"不慕豪杰，不羡骄奢，自愿的生则同衾，死则同穴"代多少人喊出了真挚的心声。

回顾历史，我们清楚看到，那些嘴里喊着"孔孟之道"高调子的人往往不是孔子、孟子学说的真正倾慕者，他们只是借着孔孟的幌子来行卫道之事。

其实，早在先秦时代，孔子推崇《诗经》，就曾说过："《诗三百》，一言以蔽之，曰'思无邪'"（《论语·八佾》），可见，他所倡行的"《诗》教"目的就是要让世人回归"无邪之情"，而不是要抹杀"人情"。从孔子论《诗》的各种文献里，我们认识到，孔子所言的"无邪之情"既是发自内心的"真"情，又是符合礼乐的"正"情。只有这样，"人情"才不至于违背"本善之性"而沦为"滥情"；也只有这样，"礼"才不至于扭曲为压抑美好真情的"虚礼"。

"合情合理"的"真情""真礼"既是原始儒学倡导的"成仁"之道，更是自古情种儿女共同坚守的美好梦想。而把这个梦描绘得最瑰丽多姿的则非汤显祖的《牡丹亭》莫属了。

《牡丹亭》写的是一场"有情人"的"情梦"，作者汤显祖在《牡丹亭·题词》里说：

> 天下女子有情，宁有如杜丽娘者乎！梦其人即病，病即弥连，至手画形容，传于世而后死。死三年矣，复能溟莫中求得其所梦者而生。如丽娘者，乃可谓之有情人耳。

所谓"生生死死为多情"(《牡丹亭·寻梦》),杜丽娘是个"有情人",她缘情生梦、为梦成痴、因痴而亡,然而情深不灭,死后寻得梦中情人柳梦梅,最终还魂人世,有情人终成眷属。这是一个超越生死的浪漫故事,却有着坚实的爱情基础,那就是主人公内心洋溢的"真情"乃至"至情"。汤显祖是这样说的:

情不知所起,一往而深。生者可以死,死可以生。生而不可与死,死而不可复生者,皆非情之至也。

(明·汤显祖《牡丹亭·题词》)

在汤显祖看来,"世总为情"(《耳伯麻姑游诗序》)、"人生而有情"(《宜黄县戏神清源师庙记》),我们生活的是一个有"情"的世界,所以"情"必是每个生命最天然纯粹的内在需求。

拿杜丽娘来说,其实她在情爱方面的生活环境要比崔莺莺更严苛。莺莺小姐虽奉闺训,但仍可自由出入寺台庭园,得遇张生并与之互生情缘也正因此。而年轻的杜丽娘在府衙住了三年,连自家花园都没到过;白天昏睡一会儿就被指责有违家训;裙子绣上一对花一双鸟,都会引起母亲大惊小怪。然而这些外力都无法压抑一个健全灵魂对情欲的纯净渴求。虽没有活生生的异性吸引,但在《关雎》"洲渚之兴"(《牡丹亭·肃苑》)的启迪下,小姐"为诗章,讲动情肠"(《牡丹亭·肃苑》),一片纯情,不知所起。之后,花园游春,丽娘那句"不到园林,怎知春色如许"(《牡丹亭·游园》),更是她青春自醒的标志。而在"原来姹紫嫣红开遍"与"似这般都付与断井颓垣"(《牡丹亭·惊梦·皂罗袍》)的光景反差里,丽娘蓦然觉察被湮没在伪善的礼教荒原中的青春危机,不禁自叹:"年已及笄,不得早成佳配,诚为虚度青春……可惜妾身颜色如花,岂料命如一叶乎!"

（《牡丹亭·惊梦·隔尾》）自觉后的灵魂是不会再甘于沉睡的，杜丽娘经由花神点染终于在梦中得到柳梦梅的抚爱，这个素昧平生的男子既陌生又熟悉，因为她原本就不需要一场被安排了具体对象的特定爱情，她要的是涌动在自己内心深处的那种对情爱、对异性的最纯净的精神情愫，可谓真正的"情不知所起"。这不知所起之"情"虽只在梦中，但就杜丽娘看来，它却是真实可贵的，因为这是她第一次亲身体验了那"千般爱惜，万种温存"，她不是为了某个特定的异性而去爱，而是为了自我内心萌动的那种美妙而去拥抱爱。

再后来，丽娘梦醒寻情，却无望失落，面对情人的化身——梅树，杜丽娘深情表达对爱情理想的执着："似这般花花草草由人恋，生生死死随人愿，便酸酸楚楚无人怨。待打并香魂一片，阴雨梅天，守得个梅根相见"（《牡丹亭·寻梦·江儿水》），之后她还真个为这场梦幽思而亡，真可谓实实在在的"一往情深"。

杜丽娘死了，但她的情爱理想并没有泯灭，正所谓"一灵未灭，泼残生堪转折"（《牡丹亭·宾誓》）。汤显祖一定要让杜丽娘死去，因为只有死才能让她摆脱俗世间的种种束缚，在另一个理想地时空里保全自己最真实的爱情感觉。她以真情感动幽冥，再度确认梦中之爱，并获得重寻真爱的自由。寻得梦中情人，她欢喜直呼："这等真个盼着你了"，热恋的两人对天盟誓"生同室，死同穴"，坦荡地完成了情爱的结合。在这个没有虚伪礼教束缚的时空里，杜丽娘终于自媒自婚，实现了俗世中无法获得的爱的满足。

然而，杜丽娘的爱情故事没有在这种超现实世界的大团圆中收场，因为"至情者"需要的不是"幽媾"的虚妄与短暂，而是要现实世界的真正圆满。于是，杜丽娘继续以她的"至情"感动天地，感召柳梦梅冒死为她开棺还魂，终而"为钟情一点，幽契重生"（《牡丹亭·婚走·意难忘》）。

重归现世，为捍卫自己生生死死争来的爱情果实，杜丽娘在虚伪的礼教面前变得更加坚定果敢。站在"似这般狰狞汉，叫喳喳"的朝堂之上，面对父亲"愿吾皇向金阶一打，立见妖魔"（《牡丹亭·圆驾》）的狠心，杜丽娘时而深情叙说，时而慷慨陈词，她的"至情"甚至令皇帝动容。

同时，为了现实世界的大团圆，杜丽娘也尽量让她的"至情"在人世间合理化。一则对柳梦梅的再次求欢，她以"鬼可虚情，人须实礼"（《牡丹亭·婚走》）拒之，保全为人的尊严与道德；二则在谈婚论嫁时，她要求"结盏的要高堂人在"（《牡丹亭·婚走》），希望自主婚恋得到家庭社会的认可；三则她催促柳梦梅应试科举，言道"相公只索快行"（《牡丹亭·如杭》）、"望你高车昼锦"（《牡丹亭·急难》），满心期盼"他年得傍蟾宫客，不在梅边在柳边"（《牡丹亭·写真》）的夙愿得偿。有人说，这是杜丽娘向礼俗妥协的举动；也有人说，这是作者思想局限的表现。实际上，他们都想得过于简单了。

汤显祖作为一个能够正视现实的剧作家，杜丽娘作为一个敢于面对现实的至情者，他们所讲述和演绎给我们的绝不是一个非此即彼的天真童话。

《牡丹亭》的故事虽因梦而起，但故事里的人却不是生活在真空里的。杜丽娘生生死死总为"情"，但也没有因此而把"理"一棍子打倒。因为这世界本是情理并存的，而且"情"分真假，"理"也分正伪；"真情"与"伪善之理"水火不容，而"正理"与"真情"恰恰是可以相融相生的。杜丽娘生前反抗的是遏制"真情"的"伪善之理"，还魂后所遵从的则是能顺应"真情"的"世之正理"，"真情"的立场始终坚守，何谈"妥协"？特别是《圆驾》一折中"敕赐团圆"，这表明世人对"至情"的认可，当然应当拥护；杜丽娘希望柳梦梅状元及第，更是那个时代的女性以及作者本人的美好理想，既合"情"又合"理"，何怪之有？

此外，就汤显祖来说，他对"情"与"理"也持较明智的态度，他从不笼统地否定"理",他反对的只是那些过分压抑人之真情的伪善礼教。

他在《明复说》里言道:"天命之诚为性,继之者为善也……如天性露于父子,何以必为慈孝。愚夫愚妇亦皆有此。"(汤显祖《明复说》)他的意思是:人性本善,像父慈子孝这类道德伦常是先天之善性所秉赋的,"情"与"理"本不矛盾。汤显祖接着说:"'自诚明谓之性',赤子之知是也;'自明诚谓之教',致曲是也。隐曲之处,可欲者存焉。"(汤显祖《明复说》)他认为:人性虽善,但"隐曲之处,可欲者存焉","赤子之知"有时会被邪欲蔽障,所以需要教化使之归正,这就是"礼"的作用。

而且,汤显祖还清醒地认识到"情"乃分善恶,他在《复甘义麓》里说:"性无善无恶,情有之。"这是由于"性"源自天机,所以具备先天的"善"因;"情"则感物而发,是人们在后天复杂的物质环境里养成的,因而会有善恶之分。他的"临川四梦",《紫钗记》《牡丹亭》重在颂扬"善情"之美梦,《南柯记》《邯郸记》则重在批评利欲熏心、世俗贪念的"恶情"之梦。

于是,他曾主张"情理并举",在《南昌学田记》里他作了这样一个经典的比喻:

> 是故圣王治天下之情以为田,礼为之耜,而义为之种。然非讲学,亦无以耨也。于是乎获而合之仁、安之乐,至于食之肥,而天下大顺。
>
> (明·汤显祖《南昌学田记》)

他认为,人情好比一片广袤的田地,所生良莠不齐,需要礼的耕耘,需要播撒仁义的种子,更需要"讲学",也就是通过礼乐教化来去除人们心中恶念的杂草,如此才能"一其情于仁义礼乐之具"(汤显祖《南昌学田记》)

并获得天下大治。汤显祖自身的戏剧创作以及在遂昌县的施政实践，都是他"情理并举"思想的集中体现。

然而，有人却误读了《牡丹亭·题词》里的几句话，错误得出汤显祖"以人情否定天理"的结论。我们来看汤显祖是怎么说的：

嗟夫，人世之事，非人世所可尽。自非通人，恒以理相格耳。第云理之所必无，安知情之所必有邪！

（明·汤显祖《牡丹亭·题词》）

汤显祖的意思是，在当时只以"理"作为评判世间是非标准的理学家眼里，杜丽娘为情而死又死而复生是匪夷所思的，不合"事理"的，却偏偏不知道这是"人情"最希望看到的结局。汤显祖在这里将"情""理"对举，是为了强调"至情"的伟大力量，而不是因"情"反"理"；而且，他此处所说的"理"也并没有上升到天道伦理层面，而只指的是一般事理层面，所以更谈不上"以人情否定天理"。

我们能够肯定的是，汤显祖对于当时理学家所宣扬的"存天理，灭人欲"之说是持反对态度的，因为他反对"天理"对正当"人欲"的无理压制。但是，汤显祖也没有因此而赞同"悖天理，纵人欲"，因为他主张情分善恶，认为人欲需要礼乐教化的正确引导。

在汤显祖心目中，"情"与"理"是矛盾的统一体，他赞同的"理"是"顺情之理"，他赞同的"情"是"合理之情"，所以他的"情""理"主张可以概括为：顺天理，遂人情。

可以说，这是"情"与"理"在现实世界中最理想的状态，也是汤显祖在《牡丹亭》里给我们描绘的最美好存在。

第五章 匹夫的家国大「爱」

【诗意导读】

孟子曾说："天下之本在国，国之本在家，家之本在身"（《孟子·离娄上》），将国、家与个人紧紧地联系在一起，并倡导人们通过修身立德的自我提升，走向齐家治国平天下的理想境界，即所谓"古之人，得志，泽加于民；不得志，修身见于世。穷则独善其身，达则兼济天下"（《孟子·尽心上》）。

"家是最小国，国是千万家。"钱穆先生说："有家而有国，次亦是人文化成。中国俗语连称国家，便是化家成国，家国一体，故得连称。"[①] 家国情怀根植于中华民族发展的历史文化长河中，绵密而坚韧地连接着过去、现在和未来，成为中华民族深层次的文化心理密码和传统文化的核心价值理念。"天下兴亡，匹夫有责"，只有每个人对家国的关切，才能成就中华民族的薪火相传、生生不息。

---

① 钱穆.晚年盲学[M].桂林：广西师范大学出版社，2014：112.

一、一带江山如画：山川风物之爱

"一方水土养一方人"，作为古老的农耕民族，中华民族对自己世代生存繁衍的中华大地充满亲近、感激与欣赏之情，辽阔的疆域、多样的地形和秀美的山川，成为一代代中国人的心灵记忆。

> 夫玄黄色杂，方圆体分，日月叠璧，以垂丽天之象；山川焕绮，以铺理地之形；此盖道之文也……龙凤以藻绘呈瑞，虎豹以炳蔚凝姿；云霞雕色，有逾画工之妙；草木贲华，无待锦匠之奇……至于林籁结响，调如竽瑟；泉石激韵，和若球锽。
>
> （南朝梁·刘勰《文心雕龙·原道》）

《原道》是刘勰《文心雕龙》的首篇，主旨是要表达本于"自然之道"的文学创作观，文中对大自然中山川、云霞、草木、泉石的描绘，寥寥数语，却尽得河山之精华与神韵。"五岳寻仙不辞远，一生好入名山游"（李白《庐山谣寄卢氏御虚舟》），像李白一样，古代诗人们徜徉于名山大川之间，漫游在秀山丽水之中，怀着浓郁的感情，情不自禁讴歌江山如画、人杰地灵、风物之美，发自心底抒发对大好河山的热爱。

在诗人笔端，雄伟壮阔的河山如一幅幅打开的风景画卷，我们瞻仰了泰山"会当凌绝顶，一览众山小"（杜甫《望岳》）的巍峨雄浑，惊叹于华山"只有天在上，更无山与齐"（寇准《华山》）的奇险峻峭，流连于黄山"五岳归来不看山，黄山归来不看岳"（徐霞客《漫游黄山仙境》）的千姿百态；在诗人的带领下，我们感受了长江"乱石穿空，惊涛拍岸，卷起千堆雪"（苏轼《念奴娇·赤壁怀古》）的奔涌激越，震撼于"黄河西来决昆仑，咆哮万里触龙门"的大气磅礴（李白《公无渡河》），沉醉于"欲把西湖比西子，淡妆浓抹总相宜"（苏轼《饮湖上初晴后雨》）的绚丽多姿。

我们跟着诗人，一同走进田园，享受乡村"绿树村边合，青山郭外斜"（孟浩然《过故人庄》）、"暧暧远人村，依依墟里烟"（陶渊明《归园田居》）的静谧祥和，品悟乡间"日长篱落无人过，惟有蜻蜓蛱蝶飞"（范成大《四时田园杂兴》）、"竹喧归浣女，莲动下渔舟"（王维《山居秋暝》）的动静意趣。

我们跟着诗人，一同走向边塞，慨叹"青海长云暗雪山，孤城遥望玉门关"（王昌龄《从军行》）、"野云万里无城郭，雨雪纷纷连大漠"（李颀《古从军行》）的旷远荒寒，钦佩"借问梅花何处落，风吹一夜满关山"（高适《塞上听吹笛》）、"忽如一夜春风来，千树万树梨花开"（岑参《白雪歌送武判官归京》）的慷慨豪情。

我们跟着诗人，一同走上水榭亭台，领略楼阁高台"画栋朝飞南浦云，珠帘暮卷西山雨"（王勃《滕王阁诗》）、"欲穷千里目，更上一层楼"（王之涣《登鹳雀楼》）式居高临远的宏大气魄，体味"天下伤心处，劳劳送客亭"（李白《劳劳亭》）、"遥望见十里长亭，减了玉肌，此恨谁知"（王实甫《西厢记》）的离愁别绪。

"千岩竞秀，万壑争流，草木蒙笼其上，若云兴霞蔚"（刘义庆《世说新语·言语》），总有一片山川让人魂牵梦萦，总有一带风物让人心怀激荡。面对山河壮丽，经年征战的岳飞也特意策马寻芳：

经年尘土满征衣，特特寻芳上翠微。

好水好山看不足，马蹄催趁月明归。

（南宋·岳飞《池州翠微亭》）

〔北宋〕王希孟 《千里江山图》（局部） 绢本设色 全图51.5cm×1191.5 cm 故宫博物院藏

　　《千里江山图》是北宋王希孟十八岁时创作的青绿山水画，也是他唯一传世的作品。这幅画不仅承袭了唐代李思训的青绿山水传统技法，又集北宋水墨山水之大成，是宋代青绿山水画的经典之作。

　　《千里江山图》构图巧妙，布局严谨，画面以近景、中景、远景展现一幅广袤无垠、层叠起伏的江山美景。画中不仅展示了自然景观，还生动地描绘了捕鱼、泛舟等百姓日常生活。此外，画面还有亭台楼阁、茅屋草舍及小桥流水等细节，整体展现了一个充满生机、和平繁荣时期的社会景象，充满了盛世的欢乐与安宁。《千里江山图》不仅是对自然美景的再现，更蕴含了深厚的文化意义和哲学思考。宋代文人重视人与自然的和谐共生，王希孟的这幅作品展现了中国传统绘画中"天人合一"的哲学思想，表达了对生命与自然的深刻理解，画中的江山也象征着国家的疆域和民族的精神，隐喻了作者心中理想的国家与社会秩序。

　　岳飞一生戎马倥偬，年复一年地驰骋疆场，使他的战袍上积满了厚厚的尘土，很难有闲暇和心思去欣赏他为之战斗的美丽山河。在率兵驻防池州（今安徽贵池）时，他特意偷闲登临池州附近齐山顶上的翠微亭去探赏美好的景致。和一般风景诗作详细深入的描绘不同，岳飞连用最朴实、最简单而又最深沉的"好"字描述了这次出游"寻芳"的内心感受，"看不足"意味着对目力所及之处无不满怀着喜爱、依恋和赞赏，不禁陶醉其中，直到夜幕降临、明月升起，才恋恋不舍地策马而归。"好水好山看不足"不仅表现了岳飞对山水景色的由衷喜爱、无限留恋，更传达了他对锦绣山河最真挚、最深邃的热爱之情，千年而下，我们犹能读懂其经年征战的心理力量来源。

　　"一代江山如画"（张昇《离亭燕》），在辽阔的神州大地上，青山秀水不仅造化了万千景象，成为炎黄子孙繁衍生息的家园和孕育华夏文明的摇篮。一代一代的诗人，记录下对这山川风物之爱，本乎真情，正是刘勰所谓"原道"的方式之一。

二、生于斯长于斯：乡土故园之恋

华夏文明形成于农耕时代，土地是农耕社会人们赖以生存和发展的物质基础，人们世世代代与耕地相连，聚族而居，也形成了中华民族安土重迁、守家守土的乡土情结。现代散文家柯灵在《乡土情结》里说："每个人的心里，都有一方魂牵梦萦的土地。得意时想到它，失意时想到它。每逢过节，触景生情，随时随地想到它……辽阔的空间，悠邈的时间，都不会使这种感情褪色：这就是乡土情结。"[①]

> 昔我往矣，杨柳依依。
> 今我来思，雨雪霏霏。
> 行道迟迟，载渴载饥。
> 我心伤悲，莫知我哀。
>
> （《诗经·小雅·采薇》）

《小雅·采薇》是一首描写戍边征夫还乡的诗歌。在作品的结尾，征夫回忆了他昔日离家出征时家乡是"杨柳依依"的春天，而今返回故乡时，目睹的则是"雨雪霏霏"的冬日，不仅道路泥泞难行，而且人也饥渴劳顿，但是，再苦再难也挡不住他归家的决心和行动。清人王夫之赞誉这四句诗说："以乐景写哀，以哀景写乐，一倍增其哀乐。"[②] 作品以归家的辛苦凸显了对家的思念，更衬托出征夫对故乡依依不舍的缱绻之情。

悠久的农业文明养成了中华儿女依乡恋土的情结，而人们对家乡的情感体验，往往在离乡时被唤醒、被强化，不论走到哪里，故土家园都是内

---

① 戏外看戏——柯灵散文 [M]. 杭州：浙江文艺出版社，2015：179.
② 〔清〕王夫之. 姜斋诗话 [M]. 舒芜，校点. 北京：人民文学出版社，1998：140.

心深处永远的牵挂。当屈原对内修明法度、对外联齐抗秦的主张触犯了楚国既得利益贵族的特权，他陷入孤立无援的险恶政治环境，凭着杰出的才能，他如果离开楚国、择明主而事，未必不能成就一番事业；当他确信自己在楚国毫无出路、准备依从灵氛和巫咸的劝告去国远游，神思恍惚中，他乘着八龙之车周流上下、翱翔天宇。从高空俯视，忽然望见了可爱的故乡，诗人脚步踟蹰起来：

陟升皇之赫戏兮，忽临睨夫旧乡。
仆夫悲余马怀兮，蜷局顾而不行。

（战国·屈原《离骚》）

当屈原又一次看到了自己的故乡，不禁悲从中来，面对故乡的山河，他再也不忍离去，就连作为诗人仆夫的凤凰和马匹的飞龙，都蜷曲起身子回头遥望、不肯向前。屈原眷恋乡关，驻足不行，他彻底否定了一切离楚远游的想法，宁可以死明志、以身殉国，也坚决不离开父母之邦的壮丽山河。"去"还是"留"的极端矛盾选择，源于诗人挚爱故国、眷恋乡土的赤子之情。

依乡恋土，思乡怀旧，将生命根植于乡土的殷殷之情，游子们对生于斯长于斯的故土的依恋早已深入骨髓，一旦踏上离乡远游的路，不论走到哪里，内心深处的桑梓情更浓。"胡马依北风，越鸟巢南枝"（《古诗十九首》），这是千百年来形成的游子对家乡的思念之情。"月是故乡明"（杜甫《月夜忆舍弟》），代表了自古以来人们对家乡最亲切、最诚挚的爱恋。而离家的游子就像飘飞的风筝，紧系着故乡跨越时空的细线，无论飘飞到哪里，都始终飘不出对故乡的思念。李白飘逸豪迈，仗剑天涯，仍会"举头望明月，低头思故乡"（李白《静夜思》）；王湾在游历时见一群北归的大雁掠过，即刻触发对故乡的思念，托鸿雁传书带去对家人的问候，祈问

"乡书何处达,归雁洛阳边"(王湾《次北固山下》);王安石面对"春风又绿江南岸",不由得发出"明月何时照我还"的慨叹(王安石《泊船瓜洲》);范仲淹"浊酒一杯家万里,燕然未勒归无计"(范仲淹《渔家傲·秋思》),一身战袍,万里相思,在保家卫国的坚定信念里也深埋着戍边将士浓重的乡愁。

"人生旅途崎岖修远,起点站是童年。人第一眼看见的世界——几乎是世界的全部,就是生我育我的乡土。"[1]故乡是人的情感和精神归宿,当人在旅途,遭遇人生窘境之时,故乡更构成了人们的灵魂栖息之所。中唐时期,韩愈、柳宗元、刘禹锡、元稹、白居易等人仕途遭遇贬谪,在困顿无依、百无聊赖之际,更生发出对故乡浓郁的怀念之情:

梦觉灯生晕,宵残雨送凉。
如何连晓语,只是说家乡?[2]
(唐·韩愈《宿龙宫滩》)

问春从此去,几日到秦原。
凭寄还乡梦,殷勤入故园。
(唐·柳宗元《零陵早春》)

旅情偏在夜,乡思岂惟秋?
每羡朝宗水,门前尽日流。
(唐·刘禹锡《南中书来》)

---

[1] 戏外看戏——柯灵散文[M]. 杭州:浙江文艺出版社,2015:179.
[2] 末句一作"一半是思乡"。

朝结故乡念，暮作空堂寝。

梦别泪亦流，啼痕暗横枕。

（唐·元稹《遣病十首·其十》）

闲登郡楼望，日落江山绿。

归雁拂乡心，平湖断人目。

殊方我漂泊，旧里君幽独。

何时同一瓢，饮水心亦足。

（唐·白居易《孟夏思渭村旧居寄舍弟》）

故乡是诗人们生命的起点，对故乡山脉河流、田野风物的书写，是诗人对故乡深刻乡土记忆的再现和还原，是游子离乡后回望故乡的情感依托，也是对故乡情感的深度重温。当遭受贬谪、身处异乡、郁郁寡欢时，乡土情结展现着熟悉、亲和、温暖的情感结构，消释了横亘在诗人们心中的块垒，抚平了伤痛的心灵，唤起情感深处最温馨的回忆，让身心的创伤得到疗愈和平复。

"回家并非有明确的目的和价值，而是为了不断确定自己，确定自我生命的物理空间和时间，把生的半圆重新拉回到家的位置，以扩张自己，以再次回到童年的那次离家，重新寻找家、存在的感觉。"[①] 在对故乡不断的强烈思念和深情回望中，诗人们找到了生命栖居的灵魂家园，在这里，故乡成为他们生命的终极归宿地，在一次次对故乡的记忆还原与温情重构中，诗人们以文化怀乡为载体，进而构建了心灵追寻的精神家园。

在中国传统文化中，乡土风物、故乡家园都积淀在个体内心深处，不断外化为对锦绣河山与家族亲人的关切之情。在很多时候，在很多人身上，"故乡"不只是一个专属的地名，它常常会超越了时间，跨越了空间，

---

① 梁鸿.历史与我的瞬间[M].上海：上海文艺出版社，2015：21.

与生命价值紧紧相连，与天下情怀牢牢相系，成为中华儿女凝聚力的情感源泉和民族精神的坚实内核。"为什么我的眼里常含泪水？因为我对这土地爱得深沉……"（艾青《我爱这土地》）

三、哀民生之多艰：黎民同胞之情

民本思想是中华优秀传统文化的精华，这一思想源远流长。《尚书》中记载了这样一个故事。大禹的孙子太康继承了父亲启的王位，但他不理政事，一心打猎享乐。有一次，太康到洛水南岸去打猎，竟然去了一百多天还没有回朝。当时有穷氏的部落首领后羿，带兵驻守洛水北岸，阻断了太康的归路，太康没法，只好在洛水南面过着流亡生活。太康的五个弟弟都埋怨太康，他们作《五子之歌》，追述大禹"民惟邦本，本固邦宁"的训诫教导，意思是说，民众是国家的根基，根基牢固了国家才能安宁。

春秋战国时期百家争鸣，其中对待民众的态度是诸子表达观点的重要维度。《论语》载："樊迟问仁，子曰：'爱人'。"（《论语·颜渊》）孟子云："仁者爱人，有礼者敬人。"（《孟子·离娄下》）又云："亲亲而仁民，仁民而爱物。"（《孟子·尽心上》）"民为贵，社稷次之，君为轻。"（《孟子·尽心下》）。"仁爱"思想是儒家文化的主要主张，也是中华优秀传统文化的重要构成要素。然而，历史进程中，百姓的生活往往是"涂有饿莩"（《孟子·梁惠王上》），"民离散而相失"（屈原《哀郢》），为此，屈原"长太息以掩涕兮，哀民生之多艰"（《离骚》）。

爱民忧民、关心民生疾苦始终是中国古代文学的主题之一，那些充满着对民众命运的悲悯、对民众悲欢的关切的作品，往往久传不息，成为经典。早在春秋战国时代，连年无止的徭役征戍就开始沉重地压在百姓身上，《诗经》中的一些诗歌真实记录了当时百姓的苦难：

肃肃鸨羽，集于苞栩。王事靡盬，不能蓺稷黍。
父母何怙？悠悠苍天，曷其有所？

肃肃鸨翼，集于苞棘。王事靡盬，不能蓺黍稷。
父母何食？悠悠苍天，曷其有极？

肃肃鸨行，集于苞桑。王事靡盬，不能蓺稻粱。
父母何尝？悠悠苍天，曷其有常？

（《诗经·唐风·鸨羽》）

"王事"在《诗经》中常用作兵役、战争的代称，"王事靡盬"是指战争不息的常用诗句。"鸨"是属于雁类的一种鸟类，其爪间有蹼而无后趾，生性善于行走、涉水，不善于飞翔，由于没有后趾，所以也无法像其他鸟类那样栖于大的树枝。诗中以鸨鸟停留在栩、棘这些多带刺的丛生灌木或桑树上艰难地振翅起飞起兴，以此映射贫苦百姓的艰难生活——繁重的兵役让百姓回家遥遥无期，致使家中的田地荒芜失种，年迈的父母无人赡养。鸨鸟迫飞，不得其所；百姓服役，无以归耕。面对无自由、无期限、无酬劳的兵役，他们也只能通过呼天抢地的呐喊，来表达对征役之事的厌倦和无奈。

连年征战，征伐频仍，人民饱受战争的哀痛与苦难，有"少小离家老大回"（贺知章《回乡偶书》）的老兵，"十五从军征，八十始得归"（《乐府诗集·十五从军征》），六十五年疆场征战，归来面对的却是衰草古柏的坟冢家园；有瘦骨嶙峋、饥寒交迫的母亲，"抱子弃草间。顾闻号泣声，挥涕独不还"（王粲《七哀诗》），就算婴儿在草丛中号哭，母亲也只是回头看看，无可奈何地挥泪而去。战争导致百姓颠沛流离、骨肉分离，更导致百姓民不聊生、遭受兵燹之害而大批死亡。作为一代枭雄，曹操面对战乱不息造成的

"铠甲生虮虱,万姓以死亡。白骨露于野,千里无鸡鸣"的悲惨景象时,也禁不住发出了"生民百遗一,念之断人肠"(曹操《蒿里行》)的悲凉叹惜。

战乱不仅让家国哀鸿遍野、满目疮痍,更让很多百姓流离失所、失去性命,就算有幸活下来,同样也难以摆脱征徭的苦难。有这样一位农妇,她的丈夫因战祸而死去,为了躲避社会动乱,她逃入深山在破茅屋中栖身,然而,暂时躲避了兵祸,"人祸"之乱仍然使她陷入绝境:

> 夫因兵死守蓬茅,麻苎衣衫鬓发焦。
> 桑柘废来犹纳税,田园荒后尚征苗。
> 时挑野菜和根煮,旋斫生柴带叶烧。
> 任是深山更深处,也应无计避征徭。
>
> (唐·杜荀鹤《山中寡妇》)

孤苦无依的寡妇鬓发枯黄、面容憔悴,衣不蔽体、食不果腹,官府却仍不罢休地敲骨吸髓,逼赋催税——桑林毁坏了不能养蚕,却要向官府交纳丝税;田园荒芜了无法耕种,还要征收青苗捐;为了维持生存,山中寡妇只能以野菜和菜根充饥。诗人见证了这触目惊心的现实场景后,沉痛地发出"任是深山更深处,也应无计避征徭"的感慨,清晰地展现出频繁的战争和统治者竭泽而渔式的赋税给百姓带来的深重灾难,更表达了诗人对广大民众的深切同情。

除了无偿无休的徭役,各种苛捐杂税是把百姓压得透不过气来的另一座大山。"厚地植桑麻,所要济生民。生民理布帛,所求活一身。身外充征赋,上以奉君亲"(白居易《秦中吟十首·重赋》),百姓种桑植麻、纺织布帛原本是为了满足生活之需,然而地方官员各种巧立名目,大肆搜刮敛财,以赋税之盈余的名义向皇帝进贡,通过掠夺百姓的"身上暖",去博取皇帝的"眼前恩"，致使广大劳动人民在重税压迫下困苦不堪，始终挣扎在生死线上。

"可怜身上衣正单"的卖炭翁，"心忧炭贱愿天寒"（白居易《卖炭翁》），冻得发抖的时候，一心希望的还是天气更寒冷些；一位因遭灾而无力缴米纳租的老农，在典卖衣物仍不能完租的情况下，只好卖女纳租，去年嫁了大女儿，今年又已托人为二女儿作媒，送出去换微薄的钱米，"室中更有第三女，明年不怕催租苦"（范成大《后催租行》）；三代以捕蛇为生的蒋氏人家，尽管祖辈、父辈皆因捕蛇的差事中毒而死，但第三代的蒋氏仍然从事着捕蛇的营生，比起那些"非死则徙尔"的乡亲，蒋氏"以捕蛇独存"已算得上是幸运（柳宗元《捕蛇者说》）。

诗人们笔下一桩桩如泣如诉的血泪故事，都是"苛政猛于虎"（《礼记·檀弓下》）的真实缩影，诗人们同情民众悲苦、揭露统治者惨无人道等意绪流淌于字里行间，凝结为"兴，百姓苦；亡，百姓苦"（张养浩《山坡羊·潼关怀古》）的悲愤和对现实政治、历史的深刻思索。

伟大的"人民诗人"杜甫，经历了流亡途中的国破家亡之劫难、之苦痛，更加同情民生疾苦，诗人通过"三吏三别"等作品，深刻记录了黎民百姓在安史之乱中饥寒交迫的惨状和颠沛流离的痛苦。"朱门酒肉臭，路有冻死骨"，一门之隔划开两个截然不同的生命世界：门内歌舞升平，觥筹交错，穷奢极欲；门外冻馁相加，饿殍遍野，白骨累累。"穷年忧黎元，叹息肠内热"（杜甫《自京赴奉先县咏怀五百字》），想到百姓的苦难，诗人心里像火烧似的焦急，企盼百姓过上"男耕女桑不相失"（杜甫《忆昔二首》）的生活，疾呼"安得广厦千万间，大庇天下寒士俱欢颜"，为此，他宁愿"吾庐独破受冻死亦足"（杜甫《茅屋为秋风所破歌》），表达了对人民最赤诚、最无私的爱。杜甫一生充实并践行着儒家"仁爱"的精神，其爱国爱民的赤子情怀从未停止过，杜甫高尚的人格、博爱的胸怀和满腔的赤诚，使其诗歌充溢着仁者之爱的人文光辉。

四、醉里挑灯看剑：报国卫国之行

在中华民族的文化认知中，逐渐形成了家国情怀。春秋晚期，王权崩溃，礼崩乐坏，学术下移，私学兴盛，促成了士阶层兴起。"'士'都是受过良好教育的"，"孔子、墨子、孙子、老子等私学大家培养出了大批的读书人，再与旧政权中分离出来的那一批文化人合流，汇集成了特有的、具有时代特色的士人队伍。"[①] 在政治、文化活动中保有自由的意识，他们从不同角度关注社会，关注民生，具有强烈的社会参与意识和社会责任意识，把为社会做出贡献作为自己的人生理想和责任目标。其中以孔子为代表的儒家早就形成了为国家担当的观念，如曾子云"士不可以不弘毅，任重而道远。仁以为己任，不亦重乎？死而后已，不亦远乎？"（《论语·泰伯》），告诫人们要胸怀大志，要有以天下为己任的担当和情怀。再如北宋大儒张载著名的"横渠四句"——"为天地立心，为生民立命，为往圣继绝学，为万世开太平"（《横渠语录》），则对担当的具体内涵作了深刻的阐释。

在这一过程中，从司马迁的"常思奋不顾身，而殉国家之急"（《报任安书》），到诸葛亮"鞠躬尽瘁，死而后已"（《后出师表》）；从范仲淹"先天下之忧而忧，后天下之乐而乐"（《岳阳楼记》），到陆游"位卑未敢忘忧国"（《病起书怀》）；从于谦"一寸丹心图报国，两行清泪为思亲"（《立春日感怀》），到顾炎武"天下兴亡，匹夫有责"（《日知录·正始》）；从林则徐"苟利国家生死以，岂因祸福避趋之"（《赴戍登程口占示家人二首》），到鲁迅"我以我血荐轩辕"（《自题小像》）……不同时期的知识分子自觉担当，传承并铸就了我们的民族精神和文化传统。

爱之深，痛之切。另一层面，战乱之际，惨痛的社会现实更强化着诗人个体与家国之间的血脉联系，凝结、升腾为报国卫国的情绪，充盈在

---

① 陈雪良：《大国争霸与士的崛起——春秋》[M]，上海：上海人民出版社，2018.

诗人的生命和作品里。靖康二年（1127），是宋代历史的转折点。这一年，北宋灭亡，中原大地生灵涂炭，与同时代的人一样，李清照的人生也被撕裂为两段。战争使她先前像春水一样宁静安逸的生活被打破了。她不得不仓皇南渡，在离乱中怀乡去远，不但丢掉了大量金石收藏，也失去了相依为命的丈夫。南渡后，李清照已年近半百，孤苦伶仃，穷愁潦倒。生活的苦难折磨，让那个"轻解罗裳，独上兰舟"（《一剪梅·红藕香残玉簟秋》）的风雅女子，一下子转变成巾帼不让须眉的女汉子。

生当作人杰，死亦为鬼雄。
至今思项羽，不可过江东。

（南宋·李清照《夏日绝句》）

"生"当建功立业，报效国家；"死"要气壮山河，可歌可泣。李清照以铿锵有力的声音肯定了项羽宁愿选择一死，也不愿意苟且偷生、愧对江东父老的英雄行为，赞美他是"人杰""鬼雄"；同时，也间接有力地讽刺和谴责了在山河破碎、国难当头的形势下，偏安江南一隅的统治者不思进取、祸国殃民的可耻行径，表达了对在水深火热中仍坚持抗金的将士及中原人民的怀念与敬仰，爱国之情奔涌而出，震撼人心。

南宋偏安一隅，国力衰微，爱国行动风起云涌。如果说李清照作为女中豪杰，其爱国行为主要作品的思想情感表现的话，生活在南宋时期的陆游和辛弃疾则一生都在为收复中原而呐喊、奋斗。

陆游生于两宋之交，少年时代不得不随着家人辗转迁徙，饱尝流离失所的痛苦。尽管成长于偏安的南宋，但受家庭爱国情怀的熏陶，陆游从小心中就埋下了共御外侮、收复河山的雄心壮志。他学习兵书，希望自己有一天能亲临疆场、报效国家。然而直到四十多岁时，他才有机会着戎装，披铁甲，执长矛，跨战马，奔驰于抗金一线：

> 早岁那知世事艰，中原北望气如山。
> 楼船夜雪瓜洲渡，铁马秋风大散关。
> 塞上长城空自许，镜中衰鬓已先斑。
> 出师一表真名世，千载谁堪伯仲间！
>
> （南宋·陆游《书愤》）

陆游是一个无所畏惧的铁血男儿，一生渴望征战沙场，他曾亲临抗金战争的第一线，北望中原，收复故土的豪情壮志，坚定如山。由于受到投降派的诬陷打击，他的军旅生涯不满一年便戛然而止，壮志未酬，终生遗憾。岁月不居，衰鬓先斑，尽管收复国土的强烈愿望已经在现实中不可能实现，但六十八岁的陆游爱国热忱丝毫未减，在某年冬天，一个"风雨大作"的夜里，他触景生情，由情生思，在梦中实现了自己金戈铁马驰骋沙场的夙愿："僵卧孤村不自，尚思为国戍轮台。夜阑卧听风吹，铁马冰河入梦来。"（《十一月四日风雨大作》）

似乎驰骋沙场并没有成为陆游爱国的关键因素，和辛弃疾一样，他还有另一个身份——诗人。"六十年间万首诗"（《小饮年花下作》），这位多产诗人一生的悠长岁月中，始终满怀报国壮志，"一身报国有万死，双鬓向人无再青"（《夜泊水村》），壮士暮年，痴心不改，"僵卧孤村不自哀，尚思为国戍轮台"（《十一月四日风雨大作》）；始终以收复中原为己任，"胡未灭，鬓先秋，泪空流"（《诉衷情·当年万里觅封侯》）；一生不忘收复中原、统一国家，就算到生命的尽头，唯一留下无穷惦念的还是"但悲不见九州同"，嘱咐儿孙们"王师北定中原日，家祭无忘告乃翁"（《示儿》）；始终关心民生疾苦，"遗民忍死望恢复，几处今宵垂泪痕"（《关山月》）、"遗民泪尽胡尘里，南望王师又一年"（《秋夜将晓出篱门迎凉有感》）。从少年到青年，从壮年再到老年，陆游在八十五年的一生中深切关注着国家和民族的命运，用"六十年间万首诗"诠释了对国家民族深沉、浓烈、真挚、执着的大爱。

与陆游同时代而稍晚的辛弃疾，和陆游一样，一生渴望北伐中原，收复失地。年少时家乡沦陷，他目睹山河破碎，从小就苦练剑术，励志救国。陆游喜欢骑马，二十二岁时他曾率众起义，谋划收复失地。他曾在五万敌众之中，活捉叛徒。他不仅是一位久经沙场的骁将、一位胆识俱全的军事家，更是一位杰出的词人，为了实现报国之志，他率领兵士南下投归南宋。他一生期待重整河山，生命本该属于战马嘶鸣的沙场，却无奈困足于江南；北望山河，情不自禁梦回塞外，用诗词书写壮志难酬的愤懑。著名作家梁衡评价辛弃疾时说："他的一生大都是在被抛弃的感叹和无奈中度过，当权者不使为官，却为他准备了锤炼思想和艺术的反面环境。他的能量不能化作刀枪之力、施政之策，便只有一股脑地注入诗词。"[①]

> 醉里挑灯看剑，梦回吹角连营。八百里分麾下炙，五十弦翻塞外声。沙场秋点兵。
> 马作的卢飞快，弓如霹雳弦惊。了却君王天下事，赢得生前身后名。可怜白发生。
>
> （南宋·辛弃疾《破阵子·为陈同甫赋壮词以寄之》）

这首词创作于辛弃疾被免官闲居时期。正值壮年的词人有一腔报国复国的凌云壮志，面临的却是"报国欲死无战场"（《陇头水》）——英雄无用武之地的苦闷境遇。词人情不自禁在不眠之夜醉酒乘兴，梦回浴血奋战的战场，在梦中运筹帷幄，沙场点兵。尽管屡遭挫折和打击，明白"了却

---

① 梁衡.把栏杆拍遍[M].上海：东方出版中心，2007：21.

君王天下事，赢得生前身后名"成了无法实现的人生奢望，但辛弃疾始终未泯抗金复国、建功立业的壮志雄心。尽管到了白发萧萧，仍然"烈士暮年，壮心不已"（曹操《步出夏门行·龟虽寿》），他以廉颇自比，"凭谁问，廉颇老矣，尚能饭否？"（《永遇乐·京口北固亭怀古》），表达了初心不改、报效国家的强烈愿望。在辛弃疾身上，集中体现了屈原、诸葛亮式爱国忧民人士的人格力量，也真实再现着廉颇、李广式百折不挠、勇往直前的英雄形象。

历史上，一次次民族危机促使一批批文人投笔从戎，谱写成一曲曲"舍生取义"的浩荡长歌——"捐躯赴国难，视死忽如归"（曹植《白马篇》），"愿得此身长报国，何须生入玉门关"（戴叔伦《塞下曲·其二》），"黄沙百战穿金甲，不破楼兰终不还"（王昌龄《从军行·其四》），"人生自古谁无死，留取丹心照汗青"（文天祥《过零丁洋》），"粉身碎骨浑不怕，要留清白在人间"（于谦《石灰吟》）……将自己身心与国家、民族的命运紧紧地联系在一起，甚至不惜以"死"、以无畏的气概来守护家园和民族，气贯长虹。文人成为战士，并非一时风潮，而是贯穿几千年。追溯其源头活水，却是那深入人心的家国情怀。

家是一个人出发的地方。闻一多先生在国外求学期间被思想之痛折磨，他给国内的朋友写信说："不出国不知道想家的滋味，但是，不要误以为我想的是狭义的'家'。不是，我想的是中国的山川，中国的草木，中国的鸟兽，中国的屋宇，中国的人。"从修齐治平到家园情怀，一代代诗人在诗作中将之化为对山川风物的喜爱、对故土家园的热爱、对天下苍生的关爱和对国家民族的挚爱，也以超越一己之情的天下万家、民族大义之爱，构建了宏阔充沛的个体生命格局和生生不息的民族传承力量。这是大写意的诗意人生。

第三编　经典文学里的「美」生活

【诗意导读】

从中国传统文化中审「美」意识的起源谈起，通过讲述历代《诗经》生活的代表人物及经典作品，帮助读者理解并感悟中国人从自然审美、自我审美、艺术审美，到创造美的过程中所表现的丰富情感，让读者愿意并懂得如何去享受文学艺术及生活之美。

第一章 诗绘的山川之『美』

【诗意导读】

华夏民族或许是世界上最愿意亲近自然的民族之一，法国汉学家C.昂博尔·于阿里曾诗意地表达了他对此的深刻印象："中国人喜爱自然：他们喜欢对着鲜花凝视，对着白雪沉思，对着云霞遐想；喜欢沿着溪畔河岸漫步；爱看流水翻腾，游鱼嬉戏；他们喜欢爬上山岗，尽享美景；爱在青竹翠柳下畅饮，倾听鸟儿在枝头啁啾鸣叫。"[①]

可以说，"自然"是中国文学艺术最本原也是最终极的命题。

[①]〔法〕C.昂博尔.于阿里.中国古典诗歌的三个时期[M].钱林森，编.法国汉学家论中国文学：古典诗词，北京：外语教学与研究出版社，2007.

一、知己相惊：人与山水的神交

华夏民族崇尚自然，那中国人眼中的"自然"是怎样的呢？

它不只是英文"nature"所指的那个外在于人类的物质自然界，而是人类与天地山川一气贯通、万物和谐共生的完整的生态世界。相较于西方所持的主客二分甚至对立的天人观而言，中国人信奉"天人一体""天人合一"，认同人生是天地自然的一部分，自然万物也是宇宙生命的一种呈现。

因此，天地山川，在中国人眼中往往不是物质化或物理化的，而常常是文化意义上的，洋溢着"乾健坤顺"（《周易·说卦》）的宇宙气概，跳跃着"生生不息"（《周易·系辞上》）的生命节律，缱绻着"有情芍药含春泪，无力蔷薇卧晓枝"（秦观《春日》）的人间情愫。并且，诗人们常把天地山川视作能够心灵相通的"知己"。东晋诗人袁山松和初唐诗人杨炯游历三峡后不约而同地感喟："山水有灵，亦当惊知己于千古矣"（袁山松《宜都山川记》）、"江山若有灵，千载伸知己"（杨炯《西陵峡》）。他们把山水审美的过程比作知己交会，彼此心有灵犀，一同庆幸这场美妙的相遇。

首先，拿诗人笔下的山水来说，它因了诗人的相识见重而蕴发出生命灵气，正如钱锺书先生所认为的："山水境亦自有其心，待吾心为映发也。"（《谈艺录》）而辛弃疾的"我见青山多妩媚，料青山、见我应如是"所传达的就是这种情境，见其《贺新郎》。这首词是辛弃疾年届花甲时为新筑的"停云堂"所作的，上阕曰：

甚矣吾衰矣。怅平生交游零落，只今余几？白发空垂三千丈，一笑人间万事。问何物、能令公喜？我见青山多妩媚，料青山、见我应如是。情与貌，略相似。

（南宋·辛弃疾《贺新郎·甚矣吾衰矣》）

词人此时已谪居多年，目下故交零落，人不我知，世不我用，不禁怅惘千秋。一日，他独坐停云堂，堂前水声山色仿佛知意，争相前来宽慰。而那座与词人"情貌略相似"的青山，得遇词人，更有如知己照面，便因了词人之妩媚而"映发"出了自己之妩媚。此时，青山与词人在相照互映的"心镜"里见到了彼此，成全了"相看两妩媚"的美美与共。

南宋词人张孝祥眼里的洞庭湖则显得更豪迈：

洞庭青草，近中秋、更无一点风色。玉鉴琼田三万顷，着我扁舟一叶。素月分辉，明河共影，表里俱澄澈。悠然心会，妙处难与君说。

应念岭海经年，孤光自照，肝肺皆冰雪。短发萧骚襟袖冷，稳泛沧浪空阔。尽挹西江，细斟北斗，万象为宾客。扣舷独啸，不知今夕何夕。

（南宋·张孝祥《念奴娇·过洞庭》）

词人遭谗罢官，北归途中路过洞庭湖。那夜，湖上一片澄澈空明。他举头见月，自己和月光间的灵犀瞬间被点通：二者都是如此"孤光自照"，如此"肝胆皆冰雪"，同时，在月光那儿他看到了自己远宦岭海一年间的朗朗心迹和问心无愧。于是，原先不平的心绪渐渐平复下来，他稳坐船头，援北斗以为勺，挹西江以为酒，自然万物都赶来与他共饮，他把自己全身心地投入湖光月色的怀抱，哪儿还有什么宠辱、芥蒂？只有忘情地歌唱、尽兴地喝酒……

有时，中国的诗人们还喜欢直接用亲昵的第二人称来称呼眼中的山水花鸟，甚至与之对话、寒暄。比如，李白将念念不忘的峨眉山月呼作"君"，歌曰："夜发清溪向三峡，思君不见下渝州"（《峨眉山月歌》）；王安石将杜甫诗笔所钟的梅花呼作"尔",赋曰:"少陵为尔牵诗兴,可是无心赋海棠"(《与微之同赋梅花得香字》);宋代诗人董颖则一边轻抚着惜别的细柳,一边轻呼"汝"而告之曰:"摩挲数尺河边柳,待汝成阴系钓舟"(《江上》),何等亲切!再比如欧阳修的名句"泪眼问花花不语,乱红飞过秋千去"(《蝶恋花·庭院深深深几许》),写的就是一个伤心至极的主人公"我"将"花"当作知己,本欲对它一诉衷肠,谁知花却无情,抛"我"而去,平添了"我"的愁绪,何许生动!

其次,从人的角度来看人与山水的"知己相惊",人因了山水之触动陶冶而感发性情,如南朝诗论家钟嵘讲:"气之动物,物之感人,故摇荡性情,行诸舞咏","若乃春风春鸟,秋月秋蝉,夏云暑雨,冬月祁寒,斯四候之感诸诗者也"(《诗品·序》),自然万象成为艺术创作的重要源泉。

我们听那华夏民族远古的绝唱:"关关雎鸠,在河之洲。窈窕淑女,君子好逑"(《诗经·周南·关雎》),雎鸠鸟天籁之求偶声很自然地拨动了那位欲追求淑女之君子的心弦。顿时,在诗人心目中,君子与雎鸠"知己相惊"于古黄河畔,一同为两性间最真诚美妙的情愫引吭高歌。

我们看那洞庭湖边,湘君独立寒风,一派萧瑟秋意更增添了他苦恋神女的悲戚,屈原的《九歌·湘夫人》写道:"帝子降兮北渚,目眇眇兮愁予。袅袅兮秋风,洞庭波兮木叶下",多美的一幅清秋候人图!

再请看曹操笔下的大海:

东临碣石,以观沧海。
水何澹澹,山岛竦峙。
树木丛生,百草丰茂。
秋风萧瑟,洪波涌起。
日月之行,若出其中。

星汉灿烂，若出其里。

幸甚至哉，歌以咏志。

（东汉·曹操《观沧海》）

有学者称《观沧海》是中国古代诗史上第一首完整的山水诗。这首诗是曹操北征乌桓、凯旋途中登上碣石山而作。此情此景，大海吞吐宇宙的气象与他自己胸怀天下的气概正好契合，在他的笔下，英雄的壮志怀抱不由地为之提振百倍，故而诗末云："幸甚至哉，歌以咏志。"

"山水有灵，亦当惊知己于千古"，千古诗情大多源于自然灵秀的共鸣，清人孔尚任就把"山川风土"看作"诗人性情之根柢"，认为"得其云霞则灵，得其泉脉则秀，得其冈陵则厚，得其林莽烟火则健。凡人不为诗则已，若为之，必有一得焉"（《古铁斋诗序》）。

我们看，李白望月，思乡之情油然而发，诗曰："举头望明月，低头思故乡"（《静夜思》）。王安石的脸庞拂过一缕春风，不觉归乡情更切，诗曰："春风又绿江南岸，明月何时照我还"（《泊船瓜洲》）。杜甫远眺泰山，胸襟为之开阔，诗曰："荡胸生层云，决眦入归鸟"（《望岳》）。陈子昂登临古幽州台，四望萧然，哲人般的孤寂索寞顿时涌上心头，诗曰："前不见古人，后不见来者。念天地之悠悠，独怆然而涕下"（《登幽州台歌》）。崔颢登临黄鹤楼，俯瞰暮色里的烟雨江汉，乡愁渐浓，诗曰："日暮乡关何处是，烟波江上使人愁"（《黄鹤楼》）。

最后，如果我们进一步看人与山水的"知己相惊"，还能发现，在这当中人更会因了自然山水的洗练而努力超脱尘世纠葛，回归自在本心。南朝吴均的《与宋元思书》所说，陶醉于富春江岸的"奇山异水"之境，"鸢飞戾天者，望峰息心；经纶世务者，窥谷忘反"，一切世俗之心都会回归平静。

那平静之后又是什么？是人在与知己（山水）"相看两不厌"（李白《独坐敬亭山》）的圆融里，从山川之镜中照见了己心，最终参悟生命真意。

陶渊明诗云："采菊东篱下，悠然见南山。山气日夕佳，飞鸟相与还。此中有真意，欲辨已忘言"（《饮酒·其五》），诗人在观望夕岚的变幻和飞鸟的动静时，不觉心灵已与山川万物冥合而一，终于在"陶然忘机"的一片天真里瞬间领悟了时空与永恒的奥秘。

陶渊明与自然山水神交而自悟，王维和李白不仅从自然万象中自悟，还以之悟人。王维《酬张少府》诗云："君问穷通理，渔歌入浦深"，以"渔歌入浦深"开悟穷通大道；李白《山中问答》诗云："问余何意栖碧山，笑而不答心自闲。桃花流水窅然去，别有天地非人间"，以"桃花流水窅然去"的别有天地之境寄喻栖碧山的人生选择。诗人们绵历世事，在这些最熟悉、最向往的自然物景中，找到了心灵的安顿之所，领悟了人生的大智慧。

二、大美不言：自然美的忘我境界

国外汉学家曾惊叹："自古以来，中国文人很少不谈到自然的，中国文人极少不歌唱自然的。纵观整个中国文学，我们可以发现，中国人认为只有在自然中，才有安居之地；只有在自然中，才存在着真正的美。"[①]

是啊！自然之美是中国文学艺术创作的最悠长的梦。

在这个梦里，诗人们创造了两种美的境界——

一种是人与自然万物"同'情'共'意'"的境界。上文我们曾提到钱锺书先生的观点："山水境亦自有其心，待吾心为映发也"（《谈艺录》）。

---

① 〔日〕小尾郊一.中国文学中所表现的自然与自然观：以魏晋南北朝文学为中心[M].邵毅平，译.上海：上海古籍出版社，1989：1.

可见，在中国诗人眼中，自然万物不是西方诗人所认为那种需要人的心志活动去赋予意义的无生命物质体。相反，中国诗人都视它们为"知己"，并情不自禁地把眼前的某种或某些物态同自己的生命情感关联起来，将自己的情感对应到了眼前之物，进而沉浸在人与物"相看两不厌"的相互审美中。我们看陆游笔下的梅花：

驿外断桥边，寂寞开无主。已是黄昏独自愁，更著风和雨。
无意苦争春，一任群芳妒。零落成泥碾作尘，只有香如故。
（南宋·陆游《卜算子·咏梅》）

词人笔下的梅花具有寂寥忧愁的心绪、清雅高洁的气质，这些都是词人当时心境和理想人格的映照。或者可以这样说，具备如此心境及理想追求的词人才会视梅花具有这样的品性并视作"知己"，才会愿意用诗意去讴歌它、赞美它。虽然整首词写的都是梅品之美，但由于词人与梅花同"情"共"意"，所以无处不体现着人性之美。从艺术手法的角度来说，王国维称此为"一切景语皆情语"（《人间词话删稿》），所谓"寓情于景""情景交融""景中带情"，说的也是这个意思。这是中国诗人表现自然美的一种重要方式，而其滥觞可能就是屈原在诗史上所开创的"香草美人"传统，《橘颂》就是典范之作。

我们再看那些耳熟能详的诗句——"留连戏蝶时时舞，自在娇莺恰恰啼"（《江畔独步寻花·其六》）是杜甫安居成都草堂时自在快意的心境写照，"无边落木萧萧下，不尽长江滚滚来"（《登高》）则是杜甫漂泊夔州时老病缠身却仍心忧天下之悲怀写照，"乱花渐欲迷人眼，浅草才能没马蹄"（《钱塘湖春行》）是白居易沉醉春风的惬意眼神里望见的，"枯藤老树昏鸦，小桥流水人家，古道西风瘦马"（《天净沙·秋思》）则是马致远漂泊在萧瑟荒凉的秋意里看到的；秦观眼里，雨后带露的芍药花是"有情芍药含春泪"（《春日》），正是词人爱花之情深，才说花也"有情"，真正把它当作含泪少女，脉脉传情；而在韦庄眼里，"无情最是台城柳，依旧烟笼十里堤"（《台城》），他说台城堤柳"无情"，其实本是希望它"有情"，能够跟自己一样悲慨"六朝如梦"的沧桑，谁知它却依旧繁茂，故而深责之。其实，诗人无论是希望台城柳"有情"，还是责怪它"无情"，都是把台城柳当作有感情的生命来看待的，在对台城柳的描写中暗含着诗人的万般情愫。

此外，诗人们还创造了另一种自然美的境界，就是将自己全身心地融入自然，使自己真正成为自然万物之一的"忘我境界"。比如，王维的《鸟鸣涧》里的"人闲桂花落"，这里的"人"和"桂花"同属天地万物之一、"人闲"与"桂花落"同属自然万象之一（即一种自在安然的状态），从本质上看，它们都是"自然之象"，不存在高下、美丑、主观客观等的差别。因此说，人不因"桂花落"而感到闲，桂花也未因"人闲"而落，它们都在顺应天道无差别地存在于自然之中。"人闲桂花落"所营造的不是人与桂花"相看两不厌"的"同'情'共'意'"境界，而是诗人抛却了利害、泯除了思虑、忘怀了物我之后呈现的："人"与"桂花"在同一片天地间演示自身本该有的"闲"与"落"，以及"人闲"与"桂花落"一同展现的自然意趣。

这是真正的"自然"美，是中国诗人的终极理想，是一种天真纯粹而不是任何人为造作的艺术境界，它遵循的是老子所言"人法地，地法天，天法道，道法自然"（《老子》第二十五章）的哲理准则，体现的是庄子所言"天地有大美而不言"（《庄子·知北游》）的美学理想。

庄子给我们讲过一个与自然审美有关的故事——濠梁观鱼：

庄子与惠子游于濠梁之上。庄子曰："儵鱼出游从容，是鱼之乐也。"惠子曰："子非鱼，安知鱼之乐？"庄子曰："子非我，安知我不知鱼之乐？"惠子曰："我非子，固不知子矣。子固非鱼也，子之不知鱼之乐全矣。"庄子曰："请循其本，子曰'汝安知鱼乐'云者，既已知吾知之而问我。我知之濠上也。"

（《庄子·秋水》）

李泽厚先生在《华夏美学》一书中认为："惠子是逻辑的胜利者，庄子却是美学的胜利者。"他指出，庄子的审美过程有两个层级。第一层级是基于"鱼的从容出游的运动形态与人的情感运动态度之间有同构照应关系"而形成"人的情感对象化"，"使人产生了'移情'现象，才觉得'鱼之乐'。其实，这并非'鱼之乐'而是'人之乐'；'人之乐'通过'鱼之乐'而呈现，'人之乐'即存在于'鱼之乐'之中"。这一层级的审美活动类似我们前文分析的人与自然"同'情'共'意'"的情况。而第二个层级的审美活动则是在之前的基础上进一步消解鱼与人的情感对应关系，"鱼与人、物与己、醒与梦、蝴蝶与庄周……完全失去界限。'……梦为鸟而戾乎天，梦为鱼而没于渊。不识今之言者，其觉者乎？其梦者乎？造适不及笑，献笑不及排，安排而去化，乃入于寥天一。'(《庄子·大宗师》)这种不知梦醒、物我、主客而与'道'同一（'寥天一'，即'道'）的境地"①，说到底就是抛却物我的界限，不再去纠结到底是"鱼之乐"还是"我之乐"，而是真正回到"快乐之道"本身来欣赏其美，真正明白"什么是快乐"，这才是最根本的快乐。这一审美境界就是我们所说的"忘我境界"，也接近庄子所说的"天地有大美而不言"。

---

① 李泽厚.美学三书[M].合肥：安徽文艺出版社，1999：296.

〔清〕金廷标 《濠梁图》 纸本设色 165.4cm×95.4cm 台北故宫博物院藏

庄子和惠施游于濠梁之上,见白鲦鱼出游从容,辩是否知鱼之乐。远山川行,淡墨层叠,静观其变,足赏心神。金廷标此画,非徒工笔,亦寄托其心志,观者多得物外之省悟。后人常用"濠梁观鱼""濠上观鱼""观鱼"等表示纵情山水、逍遥游乐,或借指游乐之所。

款识云:"臣金廷标恭绘",题跋更为佳构添彩,其言"何必班荆坐论旧,相评鱼乐立移时。我非子故不知子,子固非鱼鱼岂知"。诚为妙论。此画不仅呈现画者匠心独具之技艺,亦反映出画者对人生、宇宙之洞见。皇帝御题,赐印"乾隆",足见其珍贵也。

而想要达成这样的"大美",庄子提出要"坐忘"、要"心斋"。《庄子·达生》记述了梓庆在创作镰钟之前就经历了"斋以静心","斋三日,而不敢怀庆赏爵禄;斋五日,不敢怀非誉巧拙;斋七日,辄然忘吾有四肢形体也"。通过心斋,梓庆逐渐忘却了功名爵位、是非毁誉等身外之物,直至连自己的躯体、生活都忘却了,遂与天地万物融为一体。然后,梓庆靠"以天合天"的方式,即以自己的"天性自然"投身于山林之间,去接近和契合树木的天性,"观天性,形躯至矣,然后成见镰",终于一个形态极合的镰钟雏形在眼前宛然呈现,梓庆加工后,方成"犹惊鬼神"之作。

可见,"心斋"就是忘我,要忘掉一切人为的东西,李泽厚把这叫作"人的自然化",即"超脱人世一切内在外在的欲望、利害、心思、考虑,不受任何内在外在的好恶、是非、美丑以及形体、声色……的限制、束缚和规范……而与整个大自然合为一体"[①]。能够达成如此境界的艺术家才能体悟"与天和"的"天乐"(《庄子·天道》),才能成功展现那种"忘我"的"天地大美"。

比如嵇康的"目送归鸿,手挥五弦。俯仰自得,游心太玄"(《兄秀才公穆入军赠诗十九首·其十四》),"游心太玄"之人与归鸿、弦音,都是天地间"自得"之"物",一同展现着"自得"的天趣大美。再比如柳宗元的"千山鸟飞绝,万径人踪灭。孤舟蓑笠翁,独钓寒江雪"(《江雪》),其中"独钓寒江雪"的那位蓑笠翁,与白雪以及白雪笼罩下的空山、寒江、孤舟,一齐化作了雪里的自然万象之一,一同展现着生生不息的宇宙大化之美。

总之,在中国人诗绘的山川之美里,既充满着"以万物为知己"的人间情味,又昭示着"与物为春"的天然之道,它是忙碌身心的永远港湾,更是人们超越自我、彻悟生命的根本源头。

---

① 李泽厚.美学三书[M].合肥:安徽文艺出版社,1999:292.

〔隋〕展子虔 《游春图》 绢本设色 43cm×80.5cm 故宫博物院藏

此幅作品是画家唯一的传世作品，也是迄今为止中国存世最古老的山水画卷，画面卷首有宋徽宗题写的"展子虔游春图"。画面描绘了人们在风和日丽、春光明媚的季节，到山间水旁踏青游玩的情景。画家以青绿着色山水，浅绛描绘山脚，赭石填染树干，桃花点缀枝头，近处斜坡水岸，远处烟云缥缈，山清水秀全景，游春赏花人影，画面整体布局得当。值得观者深入的不仅仅是山川与河流，还有细节之处的点缀：江河之中的小船，船中神态各异、姿态不同的人物，点满山野的花树，桃红柳绿、相映成趣的顾盼，将人物、山川、河流、船舶等形象融合在一起，正所谓中国人诗绘的山川之美跃然纸上，此幅作品是中国早期山水画珍贵的文化遗产。

三、极貌写物：二谢的山水新致

"知者乐水，仁者乐山"（《论语·雍也》）。像《诗经·小雅·采薇》里的"昔我往矣，杨柳依依。今我来思，雨雪霏霏"，自然山水还只是思乡情结的一个主要寄托物，而没有真正成为独立的审美对象被歌咏。直到曹操的《观沧海》问世，山水文学的发展渐入佳境，特别是东晋以后，歌咏山水成了文坛的一种潮流、一种时尚。

一方面，那个时代文人身处的江南地区，经济富庶、农业发达、庄园别业林立，士族文人们在优裕的物质条件下，在秀丽的自然环境中过着清谈玄理和登临山水的悠闲惬意生活，山水成了他们最亲近和关照的对象，写下山水名篇《天台山赋》的东晋诗人孙绰就曾言："此子神情都不关山水，而能作文？"（《世说新语·誉赏》）；另一方面，东晋以后，士族南迁，文人们大多满怀"风景不殊，正自有山河之异"（《世说新语·言语》）的感慨，再加上政治风云多变，身心困窘的文人们便常从清丽柔婉的江南风物中寻求慰藉与解脱，于是，正如刘勰所说："望春山而生欣然之意，观秋树而生凋零之叹。登山则情满于山，观海则意溢于海"（《文心雕龙·神思》），山水风雅蔚然生趣。

这里需要谈一下学界公认的山水诗鼻祖谢灵运，是他确立了山水题材在中国诗歌史上的独立地位，是他为山水诗发掘了无限的发展潜力。

谢灵运，出身于"旧时王谢堂前燕"中的东晋谢氏大族，祖父就是著名战役——淝水之战东晋方的总指挥谢玄。《宋书·谢灵运传》载："灵运因父祖之资，生业甚厚。奴僮既众，义故门生数百，凿山浚湖，功役无已。寻山陟岭，必造幽峻，岩嶂千重，莫不备尽。"游走在自然天地间的谢灵运俨然一副探险家的浪漫气派。当然，谢灵运还拥有自己的庄园，他的《山居赋》描绘道："其居也，左湖右江，往渚还汀。面山背阜，东阻西倾",园内阡陌纵横、涧潭交错、山峦叠翠、物产丰富,居于其间的谢灵运"抱疾就闲,顺从性情,敢率所乐",俨然一幅生活美学家寄情山水的图景。

谢灵运对山水诗的艺术贡献,主要集中在三个方面:

第一,谢灵运以"仰观宇宙之大,俯察品类之盛"(王羲之《兰亭序》)式观察方法,创造了山水诗的全景构图模式,为中国山水诗奠定了特有的时空观念。比如,他置身于永嘉绿嶂山之中,上下俯仰、左右顾盼,"涧委水屡迷,林迥岩逾密。眷西谓初月,顾东疑落日。践夕奄昏曙,蔽翳皆周悉"(《登永嘉绿嶂山》),深林晨昏不辨,周遭都是深碧苍翠。又如,他深居石门,"俯濯石下潭,仰看条上猿。早闻夕飙急,晚见朝日暾"(《石门新营所住四面高山回溪石濑茂林修竹〔一〕》),流观四方、目及朝夕,诗里的四处景致含蕴了石门新居的总体概貌。再如,他舟行路过始宁旧居,"山行穷登顿,水涉尽洄沿。岩峭岭稠叠,洲萦渚连绵。白云抱幽石,绿筱媚清涟。葺宇临回江,筑观基层巅"(《过始宁墅》),既俯瞰了始宁墅踞山临江、山岭重叠、洲渚曲折的全貌,又拉近视角点染了白云环抱幽石、绿筱掩映清涟的清幽景致。

可以说,谢灵运所采用的仰观俯察式自然审美方式,使诗境不必受固定视点和时空的限制,无论天地间的阴阳开合,还是朝夕间的轮回变幻,只要是目之所及,都能被他编织成心间"万物融其神思"(宗炳《画山水序》)的和谐意境。

第二,在"玄言将退、山水方滋"的大背景下,谢灵运尝试摆脱传统玄学"借山水以媚道"、传统玄言诗"以山水为理窟"的老路子,创造性地将汉魏古诗抒情咏怀的优良基因注入山水创作中,为后代山水诗境的开拓提供了有价值的启示。比如名篇《登池上楼》,是他贬谪期间大病初愈登楼所作,篇中曰:"倾耳聆波澜,举目眺岖嵚。初景革绪风,新阳改故阴。池塘生春草,园柳变鸣禽。"窗外阳光明媚,一扫残冬的阴冷。远处巍峨高峻的山岭不再是光秃秃的,耳边隐隐传来溪水流动的声音。只见园中的池塘不知何时已长满了春草,柳条上栖息的禽鸟也在不知不觉中换了种类,不由感慨万端。"池塘生春草,园柳变鸣禽"两句,敏锐地捕捉住节物变换所触发的生命代谢之感,既点明了生机一片的大好春光,又透露出诗人心头无限新鲜又略带惆怅的心绪,真可谓"神助"之语。

有人认为,谢灵运的山水诗里仍拖着"玄言的尾巴",但需要指出的是,他诗里许多的"玄言尾巴"已不是纯粹的明理,而包含了抒情的成分。比如:

宵济渔浦潭,旦及富春郭。
定山缅云雾,赤亭无淹薄。
溯流触惊急,临圻阻参错。
亮乏伯昏分,险过吕梁壑。
洊至宜便习,兼山贵止托。
……

(南朝宋·谢灵运《富春渚》)

我们知道,富春江素以"清""险"著称。夜间,诗人渡过了富春东三十里的渔潭浦,在清晨到达富阳城外。六七十里外的定山、赤亭山是富春名胜,但诗人只是向峰顶的云雾远远一望,又匆匆离去。远山的云雾,似乎正象征着他连绵不尽的愁绪。忽然水势突变,逆流而上,惊浪急湍撞击着小舟;而崖岸曲折,参差凹凸,更处处阻碍着行程。这景象真是惊心动魄!诗人也不知自己如何过了险关,不禁暗自庆幸:尽管自己并没有伯昏无人那种履险若夷的定力,却竟然如吕梁丈夫般惊险地闯过难关。由此，引出以下两句玄理："洊至宜便习，兼山贵止托。"上句用《周易·坎》："象曰：水洊至，习坎。"意思是水相继而至险绝之处，不因险陷而隔绝，乃是因为已熟习重险。也就是说，多经历几次险，也就会熟而安之。下句用《周易·艮》："兼山，艮，君子以思，不出其位。""艮其止，止其所止。"艮即止，两山相重，正象征着止息之义，君子当因此而引起思索，行于所当行，止于所当止。实际上，这里的"玄言"是情理双关的：从"理"的角度，它传达了作者习于坎坷、随分而止的处世态度；从"情"的角度，它表露了诗人屡经重险、艰辛跋涉、终过险途的心路历程。再如：

> 朝搴苑中兰，畏彼霜下歇。
> 暝还云际宿，弄此石上月。
> 鸟鸣识夜栖，木落知风发。
> 异音同致听，殊响俱清越。
> 妙物莫为赏，芳醑谁与伐？
> 美人竟不来，阳阿徒晞发。
>
> （南朝宋·谢灵运《石门岩上宿》）

全诗不见玄言，首尾化入《离骚》"朝搴阰之木兰兮"和《九歌·少司命》"与汝沐兮咸池，晞汝发兮阳之阿。望美人兮未来，临风怳兮高歌"之意，抒写独宿石门夜赏秋月的幽独情怀。尤其"鸟鸣"四句，都从听觉入手，在万籁俱寂的静境中感知山里各种清越的声响，将"沉照""忘求"所得的审美感受化为诗人凝神聆听山籁的情致，实是前人未有之创举。

第三，谢灵运不仅把诗歌从淡乎寡味的玄理中解放了出来，而且加强了山水诗"极貌写物"的艺术表现力,注重辞章的精工富丽、意境的新奇优美、韵致的清新恬静,一改前代晦涩艰奥的玄言诗风,连李白都赞叹"吾人咏歌,独惭康乐"(《春夜宴从弟桃花园序》)。

明代学者焦竑对谢灵运的艺术特色有过这样的总体评价:"(谢灵运)弃淳白之用,而竞丹腆之奇;离质木之音,而任宫商之巧"(《〈谢康乐集〉题辞》),也就是说,讲究色彩和注重声律是谢诗的两个最重要特色。比如《从游京口北固应诏》曰:"远岩映兰薄,白日丽江皋。原隰荑绿柳,墟囿散红桃",短短四句里,各种色彩络绎而来:清幽的兰丛掩映在远处的山岩边,炫丽的阳光映照下的江岸更显得水天一色,柔嫩的绿柳飘拂在空旷的原野上,稀疏的苗圃中点缀着鲜红的桃花,万物映衬,相得益彰。再如,"春晚绿野秀,岩高白云屯"(《入彭蠡湖口》),"昏旦变气候,山水含清晖"(《石壁精舍还湖中作》),"野旷沙岸净,天高秋月明"(《初去郡》),"晓霜枫叶丹,夕曛岚气阴"(《晚出西射堂》),等等,大都用词明快简净、音韵谐美,展现了山明水秀、天清月明的自然野趣。

此外,谢灵运的诗还有一个独到之处,就是通过对动词的语法使用加强对审美对象的拟人化,增强生动感及传神性。如:"白云抱幽石,绿筱媚清涟"(《过始宁墅》),"白芷竞新苕,绿萍齐初叶"(《登上戍石鼓山》),"海鸥戏春岸,天鸡弄和风"(《于山南往北山经湖中瞻眺》),"疏峰抗高馆,对岭临迥溪"(《登石门最高顶》),等等。但也有个问题,谢诗虽然借助拟人化手法增强了景物的形态逼真感,但无论怎样传神生动,都不能与诗人有机交融,人与自然山水仍然处于一种"对玩"的状态,就像他自己在《初往新安桐庐口》里所说的:"景夕群物清,对玩咸可喜",诗人并未化入山水之中而与山水有本然的亲和、沟通,山水也并未与诗人同情共意而相看不厌。因此可以说,谢灵运山水诗里"借物明理"或"借景抒情"(总体上看以前者为主)的艺术成分要大大多于"物理相映"或"情景交融",

或者说，在他的诗里，景、理、情三者的结合还是比较生硬的。

当然，这是山水文学尚处于初创伊始特有的现象。随着文人山水意识的成熟与发展，他们逐渐认识到山水万象之自发兴现足以表现天理，而谢灵运之后的南朝诗人如谢朓、何逊、阴铿、庾信、王褒等人的诗，虽在整体上还未能做到情景合一，但也有不少诗句表现出主体情思的注入，达到情景交融、意境完整。

其中，被李白赞为"中间小谢又清发"（《宣城谢朓楼饯别校书叔云》）的南齐诗人谢朓，他的山水诗创作情思明净潇散，意象清新明丽，语言明白流畅，声韵流丽和谐，是继谢灵运之后对山水诗发展起到关键作用的诗人，其代表作如下：

> 灞涘望长安，河阳视京县。
> 白日丽飞甍，参差皆可见。
> 余霞散成绮，澄江静如练。
> 喧鸟覆春洲，杂英满芳甸。
> 去矣方滞淫，怀哉罢欢宴。
> 佳期怅何许，泪下如流霰。
> 有情知望乡，谁能鬒不变？

（南朝齐·谢朓《晚登三山还望京邑》）

诗的一开头就写离开京邑，登上京畿三山回望京邑，对京邑的留恋之情跃然纸上。因为那份留恋，诗人对京邑里的一草一木无不含情，何况是那落日照耀下的宫楼飞檐呢！然而，渐渐地，诗人的注意力又被京郊的秀丽风景吸引了：大江水天澄碧，晚霞铺锦列绣；洲渚上群鸟喧鸣，遍地繁花，恰似与满天彩霞争美斗艳。尤其是"余霞散成绮，澄江静如练"两句比喻，锦绮和白练不但色彩对比鲜明悦目，而且给人以静止柔美的直觉感受，与黄昏时安宁柔和的情调和谐搭配，成功地表现出大江的宁静澄澈，体现了谢朓在建构诗境时的高超技艺。而且，从"白日"句到"杂英"句，虽都是写景，却融入了诗人对美好事物的赞叹和流连不忍离开之情，这正与开头回望京邑的基调以及诗歌后半部分对殷切思乡情、徘徊不去意的直接表述形成了映照。谢朓正是将那种丝丝缕缕的恋恋不舍情愫夹杂在清秀的山水歌咏中，使得山水之美蒙上了一层缠绵温柔的意蕴，传达了一种淡淡的思乡情致，可以说，他在"情景交融"的创作手法上，比谢灵运进步了不少。

四、妙悟空明：王维的山水灵境

"江山若有灵，千载伸知己"，知遇了谢灵运和谢朓，中国山水诗终于等来了王维。

他是才华横溢的诗人，是工于草隶的书法家，是山水画的"南宗鼻祖"，是技艺精湛的音乐人，是修行颇深的佛教徒……

他的诗，那样明净雅澹、空灵清丽、禅意盎然，如画、如乐，被后人称为"诗中有画"（苏轼《书摩诘蓝田烟雨图》）、"百啭流莺，宫商迭奏"（《史鉴类编》），体现了盛唐诗歌形象鲜明、情韵深长的风貌。

王维的青春年华是高光闪耀的。他十五岁初到长安，就因一身才华被奉为王公贵族的座上宾；十七岁写就《九月九日忆山东兄弟》，更是名动京城；二十一岁进士及第，春风得意。

之后，便是世事沉浮，一路风雨。先因伶人舞黄狮子一事被贬十余载，三十岁妻亡，四十岁左右开始半官半隐的生活，五十余岁丧母，再后又遭国难、被俘任职、锒铛下狱，劫后继续虔诚向佛、寄心林泉。他历经繁华，耐过寂寞，坎坎坷坷，起起落落，依旧不忘在昏暗中寻求光亮。

要问这光亮是什么？就是生命的纯粹与真切。

要问在哪里找到了这光亮？就在山水的禅意里。

要问那高光时刻出现在何时？应当就在隐居辋川之时。

现今，我们从西安市区出发，一路向南，经蓝田县，再穿过秦岭，辋川就在终南山下。

或许，一千二百多年前，年过不惑的王维也是像我们这样一路来到辋川的。

那是大唐的天宝年间，玄宗皇帝沉溺声色犬马。张九龄被贬后，李林甫、杨国忠等相继执政，朝堂上一片阴霾。面对残酷的现实，王维既不愿与那些跳梁小丑们同流合污，又无力跟他们正面冲突，于是选择了亦官亦隐、全身避祸的生活方式。

每当他被长安城里那股腥臭的气味憋得透不过气来，辋川的悠游日子总能像密林里漏下的日光，给予他温煦和惬意。

在这里，王维邻水而居，营建了以欹湖为中心的辋川二十景，他在辛夷坞倾听木芙蓉花开花落，在竹里馆弹琴复长啸，在鹿柴沐浴夕阳静照，饮水有金屑泉，浣纱有白石滩……

在这里，他与裴迪等好友"浮舟往来，弹琴赋诗，啸咏终日"（《旧唐书·王维传》），他们"北涉玄灞，清月映郭。夜登华子冈，辋川沦涟，与月上下，寒山远火，明灭林外……当待春中，草木蔓发，春山可望，轻鲦出水，白鸥矫翼，露湿青皋，麦陇朝雊"（《山中与裴秀才迪书》），放眼生机盎然，万类竞自由。

在这里，他为辋川二十景题诗，结成《辋川集》；又亲作《辋川图》，据传画得"山谷郁盘，云飞水动，意出尘外，怪生笔端"（朱景玄《唐代名画录》）。

〔唐〕王维（传）《江干雪意图卷》 绢本设色 24.8cm×162.8cm 台北故宫博物院藏

唐人之山水画，代久年湮而画迹鲜见，史料载王维"工画山水，体涉今古"，其以独特的笔墨语言，创"破墨"山水，同时还留下了大量画理画论。

现藏于台北故宫博物院的《江干雪意图卷》，传为王维所作。此幅画作整体笔疏墨淡层层晕染，左侧卷首雪坡沙渚、山石树木，中段疏竹围绕，芦苇丛生，卷尾水边悠远、群雁飞翔。画作以劲细秀雅的笔触，描绘恬淡宁静、悠远空灵的雪景山水，简淡平远的墨笔雅趣与王维的艺术追求、超凡脱俗的高洁志趣"不谋而合"。王维在山水画中注入自己的思想感情，恬静闲适自由神往，正所谓王维的山水画自然而然地将诗意融入其中，诠释着诗歌中的画意、画面中的诗意，也形成了美妙而和谐的诗画"共鸣"。

无论诗中画，还是画中诗，王维笔下以辋川为代表的自然风物都是那样清新天然，一派静美。首先，王维的诗境是那样宁静。他善用白描，《山居即事》曰："嫩竹含新粉，红莲落故衣。渡头灯火起，处处采菱归"，新竹含粉，红莲落瓣，渡口灯火，采菱人归，都是景象的自然呈现，诗人没有过多修饰与美化，展现的是一种纯净淡雅的美。

其次，有创作静境的方法。王维善于以动衬静，比如《韦侍郎山居》中的"细枝风响乱，疏影月光寒"和《沈十四拾遗新竹生读经处同诸公之作》中的"闲花满岩谷，瀑水映杉松。啼鸟忽临涧，归去时抱峰"，风响月寒，闲花瀑水，啼鸟归云，都是动静相衬的典型例子；王维又善于以声衬静，比如《秋夜独坐》曰："雨中山果落，灯下草虫鸣"，《鸟鸣涧》曰："月出惊山鸟，时鸣春涧中"；王维也善于用绿、青、白、浅蓝、银灰等偏冷色调来点染清淡之境，比如《终南山》曰："白云回望合，青霭入看无"，《春中田园作》"屋上春鸠鸣，树边杏花白"，《辋川闲居》"青菰临水映，白鸟向山翻"，等等。

再次，王维的心境也是那样恬静。他在《酬张少府》里说："晚年惟好静，万事不关心"，这并不表明王维已心如止水，而是绵历世事后，彻悟世情，对那些凡尘纠葛已不再挂碍于心，故觉此心虚静清明。"松风吹解带，山月照弹琴"，空山寂静的生活，王维从未感到孤独，相反，独来独往常有一种怡然自得。

可以说，王维的创作状态差不多已达到了庄子所说的"心斋""坐忘"，他返朴归真，本着一颗天真的心去顺合水性山趣。"行到水穷处，坐看云起时"（《终南别业》），不因"水穷"而空悲，亦不以"云起"而窃喜，把心放下，随处安然，佳境时现。正像他在《山中与裴秀才迪书》里所说的，唯有"天机清妙"之人，才能体悟此中真趣。

所以，王维的笔下，花有花容，木有木姿，水有水情，山有山意，它们都不是因人而设、由心而造的，更不是被人拿来抒己情达己意的媒介物，它们跟人类一样，自主、自然、自由地生长于天地之间，生生不息，美美与共。

我们读他的《鹿柴》："空山不见人，但闻人语响。返景入深林，复照青苔上"；读他的《辛夷坞》："木末芙蓉花，山中发红萼。涧户寂无人，纷纷开且落"；读他的《李处士山居》："清昼犹自眠，山鸟时一啭"。空山人语，窗外鸟鸣，飘忽的夕晖，静穆的青苔，自开自谢的辛夷花，还有诗里那个"身世两忘，万念俱寂"（胡应麟《诗薮》）的诗人，一同感受着大自然的律动，"纵浪大化中，不喜亦不惧"（陶渊明《形影神》）。

王维写山空、写心静，并非沉寂一片、了无生趣，只是少了些俗物障眼，少了些非欲挂心，因此他的诗境里依然有花开花落、鸟语人声、流光飘洒……

我们读他的《秋归辋川庄作》："积雨空林烟火迟，蒸藜炊黍饷东菑。漠漠水田飞白鹭，阴阴夏木啭黄鹂。山中习静观朝槿，松下清斋折露葵。野老与人争席罢，海鸥何事更相疑。"再读他的《山居秋暝》："空山新雨后，天气晚来秋。明月松间照，清泉石上流。竹喧归浣女，莲动下渔舟。随意春芳歇，王孙自可留。"水田间翩翩起舞的白鹭，夏木上啼音婉转的黄鹂，空山新雨，松间明月，石上清泉，还有村落里袅袅的炊烟，村头给夫君送饭的农妇，竹林浣女，渔舟穿莲，他的诗里充溢着万物的灵气，跳跃着活泼的生机，氤氲着烟火的醇味。诗人没有刻意地捕捉取景，没有高亢热烈的赞美，更没有煞费心思地去借景抒怀、借物喻志，而是静坐山间，怀抱着澄明的心志，与万物融为一体，以物观物，让天地的无言大美在他的诗句里自由安详地演示着。或许，这种山水妙法也是他在修禅过程中得到的启示："舍法而渊泊，无心而云动。色空无碍，不物物也。默语无际，不言言也"（王维《谒璇上人并序》）。

禅宗有一公案，出自《五灯会元》里青原惟信禅师的一段语录：

老僧三十年前未参禅时，见山是山，见水是水。及至后来，亲见知识，有个入处。见山不是山，见水不是水。而今得个休歇处，依前见山只是山，见水只是水。

如果从自然审美的角度来理解这段话，那么：起先的"见山是山，见水是水"，是人对万物最感性、最直接的认知；然后的"见山不是山，见水不是水"，则是由表面的认知深入对事物内质的探究，所谓"横看成岭侧成峰"，见山见水，都想以"义理"解之，于是眼中平添了遮蔽，见到的可能只是意念里（或概念里）的万物之象，而非万物的本相了；再后来的"见山只是山，见水只是水"，则是解惑之后的彻悟，原来山有山情、水有水性，无须强以"义理"求之，万事万物在宇宙中的存在就是它自己本身，于是，先前障眼的遮蔽没有了，山水的本相真境得以呈现。这种"见山只是山，见水只是水"的至高境界，类似于孔子的"随心所欲，不逾矩"（《论语·为政》），老子的"上德不德，是以有德"（《老子》第三十八章），庄子的"得鱼而忘筌""得意而忘言"（《庄子·外物》）。应该说，王维山水诗中所展现的那种物我两忘的静美境界就近似"见山只是山，见水只是水"的审美范畴。

更重要的是，王维山水诗的静美还体现了一种"更为高级的、充满空灵和神韵"的哲性美，李从军先生是这样解读的：

在王维的诗歌中，存在着双重意境。画面的和谐与美感构成了他诗歌的"第一意境"；……在"第二意境"中，人们被无形的线索牵引着，进行再创造，去体会、感应美、情和哲理所升华的境界。在迷离的想象中，各种情丝缠绕交织在一起，或是满足，或是怅惘，或是超忽，在若有所失的迷惘中，去追寻某种永恒的存在和对人生真谛的感悟。①

这种美，在初唐张若虚的《春江花月夜》、陈子昂的《登幽州台歌》里已经有了较成功的体现，而王维则把它的内蕴激发得更加深刻了。清人徐增曾将王维与李白、杜甫比较，指出："白以气韵胜，子美以格律胜，摩诘以理趣胜。太白千秋逸调，子美一代规模，摩诘精大雄氏之学（指佛学），字字皆合圣教"（《而庵说唐诗》）。他说"摩诘以理趣胜"，指的就是王维诗里深含禅理的哲性美。

禅宗视山林为乐土，主张"青青翠竹，尽是真如（佛的真理）；郁郁黄花，无非般若（佛的智慧）"（《祖堂集》卷三）。也就是说，佛性不在抽象的概念和思虑里，而就在万物花鸟之中。于是，禅修之人大多醉心于对自然山水的观照冥想，从中体悟真理，获取禅悦。

王维被称为"诗佛"，明代学者李梦阳曾言："王维诗高者似禅，卑者似僧"（《空同子》），虽然他也写过类似一般俗僧以禅语述禅理的空洞说教式诗歌，但多数成功之作则是将禅理融化在感性而又新鲜的自然意象之中，让读者一边享受着审美的愉悦，一边在"好之乐之"的审美快感中引发对生命万物的本真思考，进而领悟真谛，获得最本真的灵魂快乐。所以说，王维的诗里既有情也有理，兼具诗意和禅趣，展现着感性与哲性相交织的美。

那么，王维通过诗意所传达的禅理是什么呢？总体来看，主要是禅宗

---

① 李从军.唐代文学演变史[M].北京：人民文学出版社，2006：165.

关于"瞬刻即永恒"的观念。按李泽厚先生的说法，这种"瞬刻即永恒"指的是，"在某种特定的条件、情况、境地下，你突然感觉到在这一瞬间似乎超越了一切时空、因果，过去、未来、现在似乎融在一起，不可分辨，也不去分辨，不再知道自己身心在何处（时空）和何所由来（因果）。……这当然也就超越了一切物我人己界限，与对象世界（例如与自然界）完全合为一体，凝成永恒的存在"①。这不就是王羲之《兰亭序》里提过的"当其欣于所遇，暂得于己，快然自足，不知老之将至"吗？

《五灯会元》里崇惠禅师和门徒的一段对话也很能说明问题：

> 门徒问："如何是禅人当下境界？"
> 禅师答："万古长空，一朝风月。"

"万古长空"是天地永恒与万化静寂的象征，"一朝风月"则是瞬间的某个（某些）活泼生命的写照。前者是超越时空的"静"与"空"，隐喻的是宇宙之本体；后者是现实世界里具体对象的"动"与"色"，显现的是宇宙之生机。禅宗就是要人们从宇宙的生机去悟那本体的静，从现实世界的"色"去悟那本体的"空"。反过来，领悟了"万古长空"的无限，方能真正意识到自己作为生命主体的意义——因为没有"我"作为生命主体的真切感知，就不可能获得真谛的领悟，从而懂得真正珍惜当下瞬间的"一朝风月"。

以此再来看王维的山水诗。诗里写的多是鲜活生命瞬间的律动，是万象之"色"，像"人闲桂花落""月出惊山鸟""明月松间照""清泉石上流""莲动下渔舟""渔歌入浦深""空翠湿人衣"，等等，而这些瞬间的"动"

---

① 李泽厚.中国古代思想史论[M].北京：生活·读书·新知三联书店，2017：392.

与"色",蕴含的则是永恒的"静"与"空"。

比如他的《鹿柴》,清代学者李锳评曰:"写空山不从无声无色处写,偏从有声有色处写,而愈见其空"(《诗法易简录》)。空山人语,斜阳残照,是瞬间的"色"与"动";但万物"无常",人语过后,夕阳逝去,山及林将复归"空"与"静"之永恒。

再如《栾家濑》:"飒飒秋雨中,浅浅石溜泻。跳波自相溅,白鹭惊复下",集中写了栾家濑的四个瞬间的"动"与"色",以此体现"空山无人,水流花开"的永恒之"空"与"静",蕴含着"是身无常,念念不住"(《涅槃经》)的禅理。

还如《辛夷坞》里自开自落、自在无为的辛夷花,既无生之愉悦,亦无死之悲哀,既不执着于生,也不失意于死,此生彼死,亦死亦生,生生不息。在王维眼中,"山中发红萼"的辛夷花正是"生命"与"存在"最生动的象征。

因此说,在王维的山水诗境里,空寂的宇宙本体与灵动的现实生命是二者兼有的。前者透射着永恒的哲性光芒,后者洋溢着当下最真实的心灵感动,它们共同构成了王维诗的一种特殊审美形态,那就是"空灵美",如此生动而深邃,如此圆融且高尚!

王维空灵美的创造借助了一种特别的审美方式,那就是禅的"妙悟",或者叫"顿悟"。其过程至少包括三个要素:一是它关注审美主体的个体感受及直觉体验;二是它以现实生活中某个(某些)偶发的瞬间迹象为审美对象;三是它以永恒本体的诉求为审美理想。"佛祖拈花,伽叶微笑""此中有真意,欲辨已忘言""众里寻他千百度,蓦然回首,那人却在灯火阑珊处",等等,表现的就是这种"悟"。

南宋诗论家严羽曾说:"大抵佛道惟在妙悟,诗道亦在妙悟"(《沧浪诗话》)。他提倡将"妙悟"用于艺术创作,如此才能写出上品之诗:"透彻玲珑,不可凑泊,为空中之音,相中之色,水中之月,镜中之象,言有尽而意无穷。"

我们读王维的山水诗发现,在花开水流、鸟飞叶落的"动静、有无、色空之际",寄寓着一种心路的超越。其主要表现就是一种妙悟的直觉智慧,以及一种澄澈空明的心理境界。

他的《竹里馆》:"独坐幽篁里,弹琴复长啸。深林人不知,明月来相照。"许多人把这首诗解读为自我解困的一首诗。王维是如何自解的?是靠琴与歌来解救孤独?还是靠明月来解救"人不知"的寂寞?其实都不是。王维自解的方式途径恰恰就是"独坐"和"不知",并在"独坐"和"不知"中获得从身心到生命本体的自足、自在和自由。这种自解不是来自有意识的理性思索,而只是靠心灵直觉的妙悟,这种妙悟让人从心底消融了独与不独、知与不知的界限,从而获得了绝对的自由,并进一步达到心中一片澄明。

第二章 诗化的人格之『美』

【诗意导读】

"人格"（Personality）一词源于拉丁文"Persona"，它的原意是"面具"。严格地讲，在我国古代没有"人格"这一说法，但这并不意味着中国古代就没有有关人格的思想和理论，恰恰相反，一部源远流长的中国文化发展史，蕴含着丰富的人格思想传统。我们通常意义上讲的人格及其内涵，是从人生道德哲学的层面而言，人格即道德人品，是人作为人的一种特定品格，是做人的境界。

所谓"文如其人""言为心声"，中国传统文论常将"诗品"与"人品"相关联、"文心"与"人心"相映照，认为读诗作文也是提升人格、塑造灵魂的有益过程。

一、观物比德：启悟人生的一面镜子

从中国思想史上看，对人格的主动认知及描述，是从自然山水得到启迪的。

孔子曰："仁者乐山，知者乐水"（《论语·雍也》），山水成了先圣眼中孕育智者与仁者的天然之源。

您是否去过位于曲阜尼山之上的孔子庙？它东临沂河，庙内东南角有一座高高的观川亭，传说孔子曾在这里发出过"逝者如斯夫，不舍昼夜"（《论语·子罕》）的千古一叹，这一叹是由眼前奔流而过的河水而引发的对时光、对生命的感慨，开悟的是一个清醒的哲人心魄。

孔子还常"观于东流之水"（《荀子·宥坐》），从江河汤汤里感悟德、义、道、勇、法、正、察、善、化、志等人生智慧；孔子还曾"登东山而小鲁，登泰山而小天下"（《孟子·尽心上》），高山巍巍涵养了他博大宽仁的胸怀。

孔子又曰："岁寒，然后知松柏之后凋也"（《论语·子罕》）。他从自然界的这种特殊现象里感知君子德行的难能可贵，更明白了忧患对于君子意志磨炼的重要作用。

孔子又曰："君子之德风，小人之德草。草上之风，必偃。"（《论语·颜渊》）以风喻君子之德，以草喻众人之德，再以草随风倒借喻君子之德对众人之德的影响制约，以此论证"子欲善而民善矣"的观点。

自然万物真是启悟人生的一面镜子啊！孔子的以上说法，正反映了中国人早在先秦时代就已成熟的一种审美智慧——"观物比德"。

什么是"观物比德"？一方面，它是自然审美，因为通过"观物比德"，人们从作为审美客体的自然物象身上意会到某些审美主体自身所具备的人格美，从而认识到自然万物的审美价值，确认了自然美的本质。

〔南宋〕马远 《孔丘像》
绢本设色 27.7cm×23.1cm
故宫博物院藏

    马远擅画山水、人物、花鸟，与李唐、刘松年、夏圭在画史上合称为"南宋四家"。此幅画作描绘春秋时期儒家学派创始人孔丘立像，画面为了凸显了人物形象的表达，整体构图没有任何背景衬托，仅以身着长袍、拱手而立的孔子像居中。孔子人物身着长袍，拱手而立，面部刻画沉静肃穆，若有所思，双唇微张，"逝者如斯夫，不舍昼夜"如在耳畔，神情生动自然；人物衣饰刻画则采用钉头鼠尾长而劲利的线条表达，简练概括，设色浅淡，韵味高雅，寥寥数笔，形神毕现。

    马远的绘画成就以山水画最高，但从此幅人物画作品可以看到，他突破前人窠臼，绘画语言言简意赅，面部表情的动态和简洁的笔墨线条，成就了人物"博大宽仁的胸怀与君子德行"的传神表达。

另一方面,"观物比德"又属于道德审美范畴,而且这种审美观念在具有实践理性特色的儒家思想的土壤里不断成熟发展,并进而成为伦理美学的一种有效延伸。而前面所说"观物比德"的自然审美内涵甚至逐渐从属于伦理价值了。李泽厚先生在《华夏美学》中曾把这种"比德"审美称为"理知的类比思考",认为"在这种比拟中,尽量使得自然现象与伦理特性通过理知的确定认识,来创造出它们在情感上的相互对应的关系"①。因此说,"观物比德"的审美过程,既需要面对审美对象(自然万物)付出真切的情感体验,又需要对其精神内涵进行深刻提炼,进而从中反思其所能对应的道德伦理意蕴,以此提升人格境界。

从自然审美的角度,"观物比德"是有局限性的。因为在道德本位主义作用下产生的这种审美观,在某种意义上已是一种被比附了道德价值的、不纯粹的"依存美"了,而自然山水原本那种合目的性且无功利的"自由美",抑或我们前文所讲的那种"无言大美"却被淡化了。但从道德审美的角度,"观物比德"则有超越性,使得自然美不至于成为一种游离人类世界之外的单纯物质美而存在,而是让天地万物与人类在生命价值上连通了起来,让万物成为观照人生的一面镜子,而这面镜子也因为人的观照而具备了更为深远的存在意义。

受"观物比德"观念的影响,历史上还有过"观人比物"的审美传统。它与比德审美的要素是一样的,都是自然美与人格美的类比。"观人比物"的基本内涵是:人格美这样一种审美客体,可以与同样作为审美客体的自然物象的外在属性相类比,即可从特定的人格美中体味出相似于自然美的韵致,并因之发挥出意味深长的审美内涵。

"观人比物"的人格审美方式在魏晋时代已蔚然成风。比如,《世说新

---

① 李泽厚. 美学三书[M]. 合肥:安徽文艺出版社,1999:357.

语·容止》记载了山涛品评嵇康"风姿特秀"的一段经典评语："嵇叔夜之为人也，岩岩若孤松之独立；其醉也，傀俄若玉山之将崩。"再如，时人品评王恭之形貌，"濯濯如春月柳"（《世说新语·容止》）；陈季方赞誉家父，"譬如桂树生泰山之阿"（《世说新语·德行》）；时人譬喻潘岳与夏侯湛之美好仪容为"联璧"（《世说新语·容止》）。这些都是将人物外在的容止与内在的才德或气韵风度加以自然审美的类比描述。

实质上，人格审美是一种依存美，是功利的道德概念判断下的一种美感，本身是不纯粹的，而通过"观人比物"式的自然类比，这种概念美变成直观妙悟的审美经验，人格审美的内涵便随之丰富起来了——它不仅呈现了人物本身的自然美和社会美，也呈现了所类比的自然物象的自然美特征，并且在"天人合一"的传统哲学背景下体现了一种本然主义的审美文化精神。

二、浩然之气：人格塑造的一个母题

在先秦诸子关于人格塑造的言论里，孟子"我善养吾浩然之气"（《孟子·公孙丑上》）的命题是相当有代表性的。

我们知道，"气"是最具有中国特色的文化概念之一，传统哲学将它看作是构成宇宙万物的最基本成分。在先秦典籍里，"气"从原初的"天地间气流"之义，逐步与人类的生命活动发生紧密联系，逐渐变为生命之气。拿孟子来说，他常把"气"与"志"并称，这个"志"就是孔子说的"三军可夺帅也，匹夫不可夺志也"（《论语·子罕》）。比如，在论述"我善养吾浩然之气"的命题之前，孟子先谈了"志"与"气"的关系："夫志，气之帅也；气，体之充也。夫志至焉，气次焉"（《孟子·公孙丑上》）。他认为，"气"是充盈于人体内又时常显露于外的一种意气、情感，它以"志"为统帅，"志"之所趋，"气"遂从之，强调了"气"在人的精神修为中的重要作用。

并且，在孟子的心里，这种由天然而化入人的生命精神之"气"不是一般人所认为的那样的绵软之气，而是"至大至刚"，具有宏大生机，所以他称之为"浩然之气"。孟子对"浩然之气"是这样解释的：

> 其为气也，至大至刚，以直养而无害，则塞于天地之间。其为气也，配义与道，无是，馁也。是集义所生者，非义袭而取之也。行有不慊于心，则馁矣。
>
> （《孟子·公孙丑上》）

孟子指出，浩然之气是"配义与道""集义所生"的，它既不是人生而固有的，也不是偶尔一两次道义之行所能取得的，而产生于公道大义的不断涵养及提升。儒家认为，作为生活在社会群体里的个人，必须遵守诸如公道、大义这样的社会共同价值，当个人价值与社会价值实现完美结合的时候，人格精神才能达成与天地浩然相配的高尚境界，整个社会也才会因每一个人的浩气长存而不断向前进步发展。

此外，孟子还指出，要让自然界的浩然之气成功化为人身内在的浩然之气，"人心"的枢纽作用是至关重要的。从《孟子·公孙丑上》的文意来看，孟子论"浩然之气"是由他跟公孙丑谈"不动心"的话题而引出的。孟子自称"四十不动心"，意思是到了四十不惑的年岁，就不再因有所恐惧、疑惑而动摇心志了。文章后面，孟子便分别从"养气"和"知言"的角度论述了"不动心"的内涵及其实现。在讲"气"的时候，孟子特别强调"不得于心，勿求于气""夫志，气之帅也""持其志，无暴其气"，都突出了心、志对"气"的重要作用。在向公孙丑解释"浩然之气"的时候，孟子更是指出"行有不慊于心，则馁矣"，告诉人们，不能做于心有愧的事，否则就有伤于浩然之气。

如果说"配义与道"是从外部的社会价值角度来谈生成浩然之气的必要条件，那么"慊于心"则是从个人的道德主体角度来谈浩然之气的内生力要素。也就是说，对内做到遵从本心，对外做到坚守道义，天地间的浩然之气就能源源不断地化入人心，人便由内而外地表现出正直刚健、无私高尚的精神面貌。

更进一步，孟子提出了浩然之气需"养"的说法。

首先，这种修养是一种"直养"。从《孟子·公孙丑上》的文意来看，所谓"直养"，其实可与"配义与道"并读，通过"配义与道"的外延方式表现了"直养"的内涵，它们的共通之处就在于正直、顺直，都顺应万物本身规律，不违背自己内心而行，这大概就是孟子要表达的"直养"之义吧。因而，孟子在诠释了"浩然之气"后，又讲了一则"揠苗助长"的小故事来说明"养气"，即人格塑造，是一个潜移默化、自然内化的过程，不能用一些急功近利的外部干预方式去助其提速。

其次，孟子强调"养气"是一种在苦难中"动心忍性"的过程。他指出浩然之气"非义袭而取之"，也就是说，它并非一蹴而就，而需长期的砥砺磨炼才能"集义而成"。正如《孟子·告子下》所云："故天将降大任于斯人也，必先苦其心志，劳其筋骨，饿其体肤，空乏其身。行拂乱其所为，所以动心忍性，曾益其所不能"，就意在勉励人们在艰苦条件下磨炼意志，提升人格修养。

再者，孟子基于性善论，主张人格修养是一种"反求诸己"的内省式修炼。他曾以射喻仁："仁者如射，射者正己而后发，发而不中，不怨胜己者，反求诸己而已矣"（《孟子·公孙丑上》），告诫行仁者应像弓箭手那样，开弓不中却不埋怨那些胜过自己的人，而是反省自我，以求找出自身原因而提高箭术。其实，不光孟子，先秦儒家大多注重内省在道德修为中的作用。比如，《论语·颜渊》载孔子之言："内省不疚，夫何忧何惧？"

《论语·学而》载曾子之言："吾日三省吾身。为人谋而不忠乎？与朋友交而不信乎？传不习乎？"人在不断的反省中认清自我，提升人格修养，从而学会用明智的态度来对待生活，领悟生命价值，成就人生大美。

那么，具备"至大至刚"浩然之气的理想人格到底是怎样的呢？孟子给我们指出了一种范型——"大丈夫"。孟子心目中的大丈夫是"富贵不能淫，贫贱不能移，威武不能屈"（《孟子·滕文公下》）的，能够有"舍生取义"（《孟子·告子上》）的勇气和决心。

人都想要追求富贵、摆脱贫贱，这原是天然合理的。但孟子提出一个界限，"富贵不能淫，贫贱不能移"，这就是浩然之气，无论是处于富贵或处于贫贱，都应坚定志气不改。在某些关键时刻，前有富贵的诱惑，后有强力的威慑，又该怎么办呢？孟子接着提出了"威武不能屈"。这十五个字真是字字千钧，它指引人们：无论是面对威势的高压，还是财富的利诱，都不该放弃"大丈夫之志"，"居天下之广居，立天下之正位，行天下之大道"（《孟子·滕文公下》），走出一条充满浩然正气的人生之路。甚至在面对生死抉择的时候，孟子仍毅然决然地强调"舍生取义"，这是一种更为伟岸无私的人格境界，它与"配义与道"的浩然之气一样，都强调"义"的核心地位，它激励了历史上无数英雄豪杰的伟大壮举，也锻造出中华民族正气坚毅的大国品格。

可以说，孟子的这股"浩然之气"贯穿古今，是崇高人格养成的必由之路，也是人格精神气质的客观体现，更成为中华民族自强不息、厚德载物的精神源泉。

三、逸怀浩气：苏轼的理想人格

如果要为中国人的理想人格找一个典范的话，或许许多人会想到苏轼。

苏轼有屈原的执着坚韧，却不像屈原以死明志那样执拗决绝；他有李白的傲岸爽逸，却不像李白那样任性张狂而时常牢骚满腹："人生在世不称意，明朝散发弄扁舟"（《宣城谢朓楼饯别校书叔云》）；他有杜甫的真挚大爱，却不像杜甫因不在其位不得其志而时常沉郁愁闷地"叹息肠内热"（《自京赴奉先县咏怀五百字》）。从身世经历及整体气质来看，苏轼也许跟陶渊明、白居易等人更有相近之处：从容达观，善于化解苦闷，无论何时都未曾消减对现实生活的热爱。然而，苏轼这种"热"的辐射圈似乎更远更深些，因为苏轼不仅用它来温煦自得其乐的"小日子"，还不忘用它持续燃烧"居庙堂之高则忧其民，处江湖之远则忧其君"（范仲淹《岳阳楼记》）的抱负与热情，造福一方之民。

可以说，苏轼在融汇和开拓传统精神的基础上造就了一种更为健全丰满、圆融亲和的人格模式，这既是他个人生命历练的成果，也是整个古代封建文化在宋代臻于成熟发达的一个重要标志。

苏轼曾留下这样一句名言："腹有诗书气自华"（《和董传留别》），这个"气"继承的应该也是孟子"浩然之气"的意思，与人格修养有关。

我们知道，苏轼出身于书香门第，七岁知书，十岁能文。小时候他和母亲程夫人一起读《后汉书·范滂传》，深受感动，表示愿效范滂为锄奸杜佞而不惜赴死，便问母亲：如果我长大后成为范滂那样的人，您能同意吗？母亲勉励苏轼：如果你成为范滂，我也愿意像范滂的母亲那样为你的壮举感到荣耀。可见，范滂的志士形象和母亲的教诲对人格生长期的苏轼产生了重要的影响。

一方面，苏轼生性率真，用他自己的话说："吾上可陪玉皇大帝，下可陪卑田院乞儿，眼前见天下无一个不好人"（陶宗仪《〈说郛〉引》）。另一方面，他又有骨鲠之气，喜欢的就是喜欢，不喜欢的就是不喜欢，对谁都不曲意逢迎。

在从政上，他主张士大夫要坚守道义并保持人格独立，不能趋利避害而附炎君权，用他在《张文定公墓志铭》里的话说："大道之行，士贵其身。维人求我，匪我求人。秦汉以来，士贱君肆。区区仆臣，以得为喜。功利之趋，谤毁是逃。我观其身，夏畦之劳"，其论颇有屈原之范。实际上，苏轼也是这样做的。他敢于"直言当世之故，无所委曲"（《应制举上两制书》），王安石当政时，他上奏万言书，主张"因法以便民"（苏辙《亡兄子瞻端明墓志铭》），对新法之弊直言不讳；当变法派失势后，他又反对保守派的尽废新法，主张参用所长，以至被新旧两党夹击。历经数次被贬，仍不改其心，他在黄州写给老友的信里说："吾侪虽老且穷，而道理贯心肝，忠义填骨髓，直须谈笑于死生之际。若见仆困穷便相于邑，则与不学道者大不相远矣"（《与李公择书》），风骨依然！

在为人上，苏轼更是性情中人，"性不忍事"的坦率性格无可更改。他曾读到陶渊明的《饮酒》第九首，感慨于陶渊明在诗中表达的不愿再入樊笼同流合污之意，以及读到"纡辔诚可学，违己讵非迷"等诗句，回想起自己在《思堂记》里提及的"言发于心而冲于口，吐之则逆人，茹之则逆予。以谓宁逆人也，故卒吐之"，深感"与渊明诗意不谋而合"，高兴地把这首陶诗抄录了下来（《录陶渊明诗》）。其实，苏轼和陶渊明真的很像，他们都喜欢说真话，即便有时说话得罪人，他们也不会违心迁就，仍旧一吐为快。即使是相交至深的朋友，他也不会为了保全颜面而毫无原则地屈从，他在《与杨元素书》里说："昔之君子，惟荆（王安石）是师；今之君子，惟温（司马光）是随。所随不同，其为随一也。老弟与温相知至深，始终无间，然多不随耳。"

我们再来读他的《思堂记》，思堂主人主张"吾之所为，必思而后行"，苏轼则提倡"不思"之妙，他说："君子之于善也，如好好色；其于不善也，如恶恶臭，岂复临事而后思，计议其美恶，而避就之哉！是故临义而思利，则义必不果；临战而思生，则战必不力。"他认为，崇善憎恶，本是君子初心，遇事又何须多虑，行君子当行之事即可。所以他做事不愿过分算计一己之得失、一时之利弊，对的就要去做，错的就要喝止，一切遵从本真之心。其实，就像苏轼在文末所说的："万物并育而不相害，道并行而不相悖"，无论"思"还是"不思"，都是"无邪"之道的一种体现——恪守本心，从心所欲，行君子之事，是为无邪；深思熟虑，遵守道义，行圣人之道，亦是无邪。苏轼和思堂主人虽然行事方式不同，但在人格追求上都走的是"无邪"的正道、大道。

我们前面说过，"气"是需要养的，说到底是在人生之路上脚踏实地地历练出来的。苏轼逝前在《自题金山画像》里对自己的一生作了这样的回顾："问汝平生功业？黄州惠州儋州"，黄州、惠州、儋州，是苏轼的伤心地，却也成了他精神的涵养地。在黄州，他自信"门前流水尚能西！休将白发唱黄鸡"（《浣溪沙·游蕲水清泉寺》）；在惠州，他笑谈"日啖荔枝三百颗，不辞长作岭南人"（《惠州一绝·食荔枝其二》）；在儋州，他高吟"九死南荒吾不恨，兹游奇绝冠平生"（《六月二十日夜渡海》）。他躬耕田亩，寄情诗酒，为民造福，与民同乐，做好自己应该做的事、做好自己能够做的事，体悟了"一蓑烟雨任平生"（《定风波·莫听穿林打叶声》）的释然、"人间至味是清欢"（《浣溪沙·细雨斜风作晓寒》）的淡然、"此心安处是吾乡"的安然，一步步成就了从"苏轼"到"苏东坡"的精神升华！

尤其是在黄州的四年多，"坡仙"气质基本定型。

说到被贬黄州，就不得不提起那场震惊朝野的"乌台诗案"。元丰二年（1079），御史何正臣等上表弹劾苏轼，说他移知湖州的谢恩表里有暗刺朝政的"不臣"之言，还牵连出大量苏轼诗文为证。于是，宋神宗下旨拘捕苏轼。宋人孔平仲《孔氏谈苑》里记述了苏轼被捕的那一幕：皇甫僎等人凶神恶煞般闯进府院，"僎促轼行，二狱卒就直之，即时出城登舟，郡人送者雨泣。顷刻之间，拉一太守如驱犬鸡"，后经多部裁判，多方营救，苏轼终免一死，被贬黄州任团练副使，受人监管且不得签书公事。

那时，如苏轼所说"平生亲友，无一字见及，有书与之亦不答"（《答李端叔书》），路上偶尔碰见了老朋友，竟多以纸扇遮面，避之唯恐不及。在这座萧索的江边小镇，苏轼倍感"世事一场大梦，人生几度秋凉"（《西江月·世事一场大梦》），也曾失落彷徨地"拣尽寒枝不肯栖，寂寞沙洲冷"（《卜算子·黄州定慧院寓居作》）。

但慢慢地，被贬黄州的苏轼在自我锤炼中走向涅槃。

故人马正卿为苏轼讨得城东一块五十亩的废弃营地，苏轼名之"东坡"。从此，他一改以前受人追捧时昂扬朝上的眼光，在这块贫瘠的坡地上，他埋头挥锄，深刻内省，凝神聚气，笑曰："莫嫌荦确坡头路，自爱铿然曳杖声"（《东坡》），眼前的坎坷错落仿佛渐已不挂于心。

耕作之余，他捡瓦砾，盖雪堂，研究养生之道，研究美食，自言"长江绕郭知鱼美，好竹连山觉笋香"（《初到黄州》）。他买来"贱如泥"的花猪肉，"慢着火，少着水，火候足时它自美"，鲜亮香糯的"东坡肉"香飘四邻，他便"每日起来打一碗，饱得自家君莫管"（《猪肉颂》）。东坡于贫瘠之地，创造了常人不食用的猪肉吃法，深得其味，这样享受，不禁令人想起了李国文先生在《嘴巴的功能》里写的：

> 会吃，懂吃，有条件吃，而且有良好的胃口，是一种人生享受。尤其在你的敌人给你制造痛苦时，希望你活得悲悲惨惨，凄凄冷冷戚戚，希望你厌食，希望你寻死上吊，而你像一则广告里说的那样"吃嘛嘛香"，那绝对是一种灵魂上的反抗。应该说，苏东坡的口福，是他在坎坷生活中的一笔精神财富，如果看不到这点，不算理解苏东坡……吃得香，睡得着，写得出，

而且写得好，斯为大家。[①]

除了吃出格调，苏轼还常乘扁舟，着草履，寻溪傍谷，在游山玩水中激扬生命的快意。元丰五年，也就是苏轼在黄州生活的第三年，他先后两度游览赤壁。他在《念奴娇·赤壁怀古》里高咏："大江东去，浪淘尽，千古风流人物"，既然千古风流人物也难免被大浪淘尽，那一己之荣辱穷达又何足悲叹呢！面对千古赤壁，苏轼心底的英雄情结被激发起来，他寄意古代豪杰来砥砺意志："故垒西边，人道是，三国周郎赤壁。……遥想公瑾当年，小乔初嫁了，雄姿英发。羽扇纶巾，谈笑间，樯橹灰飞烟灭。"然而，眼前的失意处境同苏轼的壮怀夙愿终有落差，当他一旦从"故国神游"跌入现实，不免思绪深沉，顿生"早生华发""人生如梦"的感慨。但转念想到人生短暂，与其让种种闲愁萦回于心，不如放眼大江，"一樽还酹江月"。以天地宇宙和千古风流容纳自我，东坡之举何其豁达！

那夜，"月出于东山之上，徘徊于斗牛之间。白露横江，水光接天。纵一苇之所如，凌万顷之茫然"，在这绝美的自然宇宙面前，人生的缺憾与脆弱一下子显得微不足道，同行人不禁感叹："哀吾生之须臾，羡长江之无穷。"这是有关"物是人非"的千古谜题，但就在苏轼与友人同游赤壁的那天晚上，这个谜题解开了。而苏轼之所以能解开这个谜题，在于他抓到了这个谜题的关键所在：友人之所以"哀吾生之须臾"，是因为只看到了人生万"变"的瞬息短暂；友人之所以"羡长江之无穷"，是因为只看到了长江"不变"的永恒长久，如此只执事理之一端，"物是人非"的烦恼便产生了。解脱的办法也很简单，就是要在心里明白：世间万物并不只有"变"之短暂或"不变"之永恒的单面性，而都同时具备"变"之短

[①] 李国文.嘴巴的功能[J].北方经济.1999（11）.

暂与"不变"之永恒的双重性。就像脚下的这段江水，逝者如斯，转眼消失了，这是江水的"变"；但放眼整条长江，则依旧奔流不止，这是江水的"不变"。再比如头顶那明月，阴晴圆缺，时时在"变"；但周而复始，月色又仿佛"不变"。同理，我们的生命完成一次生死就如同月亮完成一次圆缺，江水完成一段流转，个体生命虽然终将逝去，生命之永恒价值、生活之美好意义却不会消亡。所以，苏轼在《前赤壁赋》里悟出了这样的人生哲理："自其变者而观之，则天地曾不能以一瞬；自其不变者而观之，则物与我皆无尽也。"其实，无论宇宙还是人生，"变"与"不变"都是相对的。从"变"的一面来看，不但人生百年转瞬即逝，即便所谓的天地长久，在短暂一瞬间同样是变幻万千；而从"不变"的一面来看，则宇宙万物固然无穷无尽，人生其实也随着代代更替而绵延不息。既然万物和人生本无高下，人们又何必"哀吾生之须臾，羡长江之无穷"呢？东坡之论何其明达，东坡胸臆何其高远！

更难得的是，元丰末年，苏轼被从黄州放还，后来又时来运转，平步青云，由起居舍人升到中书舍人，再到翰林学士知制诰命，成为皇帝身边的重臣，却仍能做到宠辱不惊。他在遥寄黄州杨使君的两首《如梦令》里表达了自身虽"人在玉堂深处"，但时刻惦念居东坡雪堂时"手种堂前桃李，无限绿阴青子"的生活，并告诫自己："居士，居士，莫忘小桥流水。"在写给黄州友人潘彦明的信里他也表示："仆暂出苟禄耳，终不久客尘间，东坡不可令荒芜，终当作主，与诸君游，如昔日也"（《与潘彦明十首·其六》），可见其淡泊磊落之心。

总之，无论顺境还是逆境，苏轼都能保持"不以物喜，不以己悲"的坦然心态，正如苏辙所说，真能做到"将何适而非快？"（《黄州快哉亭记》）了！与苏轼一样谪居黄州的张梦得曾在住所旁造了个亭子，苏轼为它取名"快哉亭"，还作了一首词：

落日绣帘卷,亭下水连空。知君为我新作,窗户湿青红。长记平山堂上,欹枕江南烟雨,渺渺没孤鸿。认得醉翁语,山色有无中。

一千顷,都镜净,倒碧峰。忽然浪起,掀舞一叶白头翁。堪笑兰台公子,未解庄生天籁,刚道有雌雄。一点浩然气,千里快哉风。

(北宋·苏轼《水调歌头·黄州快哉亭赠张偓佺》)

下阕里那穿行于惊天大浪中的一叶渔翁,稳坐扁舟,仿佛与风浪起舞。这难道不是苏轼自我人格的写照吗?正如他在人生的大风大浪中泰然处之,依旧保持生命的坚毅与豪迈。最后五句更是气宇非凡,苏轼认为,历史上宋玉将风分为"大王之雄风"和"庶人之雌风"的说法是十分可笑的,因为庄子所说的天籁本没有贵贱之分,关键在于人的精神境界的高下,白头翁掀舞风浪的场景就是最好的证明。于是,他以"一点浩然气,千里快哉风"这一豪气干云之语告诫世人:一个人只要具备了至大至刚的浩然之气,就能刚直脱俗、坦然自适,享受无穷快意的千里雄风,成为生活的胜者,获得人生的快乐。

"一点浩然气,千里快哉风。"怀着对东坡精神的景仰,让我们一齐共勉!

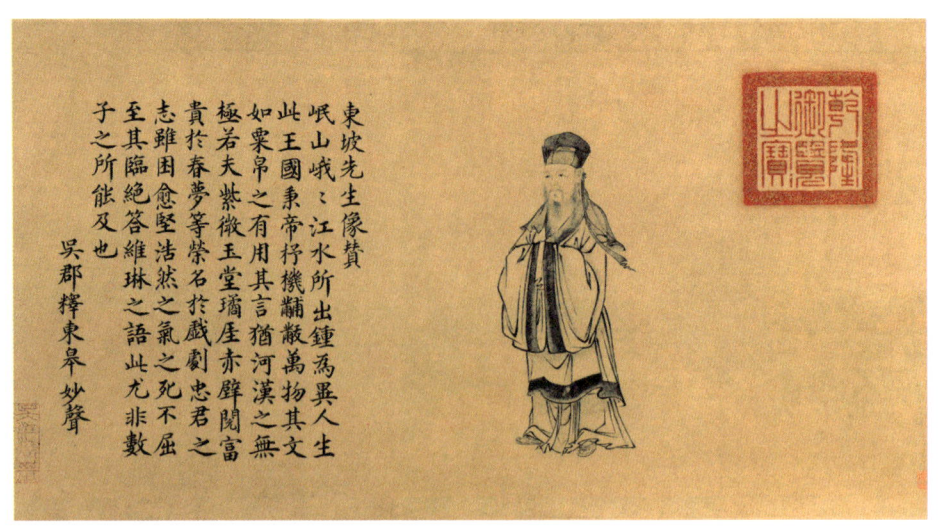

《东坡先生像》 纸本墨笔 故宫博物院藏

  此幅作品为苏轼书《治平帖》卷引首明人所画苏轼像及释东皋妙声所书《东坡先生像赞》，《治平帖》是苏轼书写的信札，内容主要是委托乡僧照管坟茔之事，卷末有赵孟頫、文徵明、王穉登题跋，鉴藏印有"商丘宋荦审定真迹""吴江张基德载图书"二方。《治平帖》卷引首明人所画苏轼，正所谓"腹有诗书气自华"，画中人物头戴高帽、前额饱满、眼长而亮、眉疏目朗、面颊瘦长、胡须飘逸，人物身着长袍双手合拢，衣饰描绘线条流畅，转折法度自然，笔墨晕染将人物"一点浩然气，千里快哉风"的率真豁达性情跃然纸上。

第三章 诗造的艺境之「美」

【诗意导读】

明代大画家董其昌曾说:"以蹊径之怪奇论,则画不如山水;以笔墨之精妙论,则山水不如画。"(《画禅室随笔·卷四》)山水之美属于现实美的范畴,笔墨之精属于艺术美的范畴。现实美天真生动、丰富多姿、广阔无垠,这是现实美的妙处;艺术美则经由艺术家"去粗取精,化凡为奇"的创造而产生精妙绝伦的审美效果,这是艺术美的价值。

一、美的类别：现实美与艺术美

从美的存在形态来看，大体有两种。

一种是自然形态的美，即"现实美"，通常包括自然美及社会美。现实美是以物质化的形式客观存在于自然界或社会生活中的，它是由于事物本身的审美属性而产生的，而不是人为艺术加工出来的。比如，自然之美就在于美的自然事物本身，社会之美在于美的社会事物本身，人的美貌就在于具有美貌的人本身，人德之美就在于人之善本身……这一切都不是为了美的目的而刻意创造出来的。

另一种是观念形态的美，即现实美在人们观念形态上的一种艺术化反映，人们称之为"艺术美"。它是审美主体（多是艺术家）以现实世界里的审美客体作为依据，按照自身审美观念及审美理想，融入自身审美情趣，并经由一定艺术手段及表现载体，有意识创造出来的。

由上可见，现实美是第一性的，艺术美是第二性的。鲁迅在《拟播布美术意见书》中精辟指出，美是存在于客观事物中的，如"曙日出海，瑶草作华"，它们都能给人以美感，启发人的共鸣与共识。然而，这种现实的美总是流逝得太快，"华或槁谢，林或荒秽"，让人感觉"非必园满"。于是，艺术家从现实的美中进行再创造，"再现之际当加改造，俾得其宜，是曰美化"，这样的美就变得更"园满"、充实，且永不"槁谢"了。我们举个例子，洒满江面的一片绚丽霞彩，令人陶醉和遐想，这是现实美的魅力。但随着夜幕降临，这种美就会消逝。可是，南朝诗人谢朓的诗句"余霞散成绮，澄江静如练"（《晚登三山还望京邑》）则能把这转瞬即逝的现实美定格为包含着观念和意义的物质形态，使得今时今地的人也能欣赏到彼时彼地的美，这是艺术美的魅力。

有这样一个例子，俄国评论家伏洛夫斯基曾批评高尔基的《母亲》，说高尔基小说里的那个具备自觉革命意识的工人母亲在当时现实生活中是极为罕见的,而他认为"只有大量普遍存在的才是典型",因此指责高尔基的创作不具典型性。其实,伏洛夫斯基的观点是片面的——典型不等于现实中同类事物的平均数,像高尔基小说里那位代表社会进步方向的具有鲜明个性的母亲形象,完全可以成为艺术典型。作为一个艺术形象,她不仅高出于现实的平均数,而且经过艺术手段的成功渲染,她甚至可以部分地高出于现实。所以说,经由艺术家创造的艺术美,常常不仅是现实美的集中反映,而且在集中现实美的基础上创造了高出于现实的美。这也就是人们常说的所谓"源于生活,高于生活"。

正如俄国评论家别林斯基所说:"绘画优于现实吗?是的,有才能的画家在画布上所作的风景一定优越于自然中任何美妙的景色。这是为什么呢?因为在画幅中,没有偶然和多余的东西,所有的部分都从属于一个整体,一切趋向于一个目的,一切都有助于形成一个优美的、完整的、独特的东西"[①]。就像现实世界里的竹子,也不是每时每刻或者说每一个存在特点都适意于人的审美感受的,但郑板桥的画作《墨竹》则将现实之竹的存在形态进行了扬弃、提炼,专门抓住其"一片竹光零乱"之时的审美特点,对其注入了充分的创作热情及审美理想,从而将眼前之竹化为胸中之竹并最终化作笔下之竹,作为对现实之竹的一种创造性的反映,郑板桥画的墨竹更加典型、鲜明,更具感染力,这就是艺术美的魅力。

二、兴会标举:艺术创作的情感状态

艺术美是怎样创造的?或者说,艺术创作的过程是怎样的?

---

① [俄]别林斯基.别林斯基论文学[M].[俄]别列金娜,选辑.梁真,译.上海:新文艺出版社,1958:126.

〔清〕郑板桥 《墨笔竹石图》 轴 纸本墨笔 160.9cm×81.8cm 故宫博物院藏

郑板桥最喜画竹，也最擅长表现各种环境下不同形态的竹子。正如此幅作品描绘了在清风中摇曳的劲竹与石相伴而生的画面。一枝一叶，不论枯竹新篁，丛竹单枝，摇曳风中之竹，都极富变化之妙。画中枝叶高低错落浓淡枯荣，点染挥毫无不精妙。画风清劲秀美超尘脱俗，笔法健挺洒脱，于写意之中见写实功底，将竹之高洁素雅、坚韧不屈的物性尽现笔底。

此幅作品右上自题："昨日山头烂醉归，路旁密筱乱牵衣。何须定要千寻竹，自有清光满翠微。见翁年学长兄正画，板桥郑燮。"钤"郑燮之印"白文印、"二十年前旧板桥"朱文印。鉴藏印有："福山邓氏""黎堂"等。

南朝钟嵘的观点很有代表性，他在《诗品·序》的开头这样描述艺术创作过程："气之动物，物之感人，故摇荡性情，形诸歌咏"，"物之感人"而"摇荡性情"大致描述的是艺术创作的发生阶段，"摇荡性情"而"形诸歌咏"则大致描述的是艺术创作的构思及传达阶段。

我们知道，创作的动因是艺术家的审美感受（包括情感）受到了客观外物的触发，这就是钟嵘所说的"物之感人"，它是艺术创作的根本源头。《乐记》谈音乐创作之源，曰："乐者，音之所由也；其本在人心之感于物也。"南朝王微谈绘画创作之源，曰："望秋云，神飞扬；临春风，思浩荡。"清代石涛作画更是"搜尽奇峰打草稿"（《苦瓜和尚画语录·山川》）。

而钟嵘所说的"摇荡性情"则是"物之感人"的表现及过程，指的是艺术家被审美客体感动，审美情感不断积聚深化，当达到一定程度时，创作灵感自然萌发，创作欲望愈发强烈，创作活动随即展开。

一般来说，艺术掌握世界的方式是一种独特的情感掌握，艺术创作活动从本质来说是情感体验的过程，因此，丰富充沛的情感是艺术家进入创作状态的内生动力。俄国著名文学理论家别林斯基说："感情是诗情的天性的最主要的动力之一。没有感情,就没有诗人,也就没有诗歌。"①

中国古典美学里有个重要术语——兴,可以用来描述创作活动中的情感状态。

所谓"兴",刘勰释为"起情",《文心雕龙·比兴》曰:"兴者,起也……起情,故兴体以立",《文心雕龙·诠赋》又曰:"至于草区禽族,庶品杂类,触兴致情,因变取会",从创作论的角度看,他讲的"兴"就是创作主体受外物触动而兴发创作情感的过程。我们从后来唐代贾岛《二南秘旨》里"兴者,情也。谓外感于物,内动于情,情不可遏,故曰兴"的论断,宋代胡寅《与李叔易书》里李仲蒙所持"触物以起情谓之兴,物动情者也"的言论,以及李白《江上吟》里"兴酣落笔摇五岳,诗成笑傲凌沧洲"的自表,唐代诗人李颀《赠张旭》里描述大书法家张旭"兴来洒素壁,挥笔如流星"的创作场景,清代大画家郑板桥《画竹题记》里关于"江馆清秋,晨起看竹,烟光、日影、露气,皆浮动于疏枝密叶之间。胸中勃勃,遂有画意"的自述,不难体会到,"兴",是一种偶然发生、不断被激发且持续增强的情感状态。

这种情感状态是艺术家进入创作直至完成创作都需要保持的一种精神劲头、一种热情兴致。没有兴的发生,艺术创作不可能开启;没有兴的满足,艺术家或许不能出色完成创作。唐人符载的《观张员外画松石序》里记述了画家张璪从创作之前"箕坐鼓气"的养兴,到进入创作状态时"若流电激空,惊飙戾天"的兴发,再到挥毫创作中"捽掌如裂,离合惝恍,忽生怪状"的任兴,直至结束创作时"若雷雨之澄霁,见万物之情性"的尽兴——艺术家全程处于兴的精神状态中,全身心投入艺术创作活动。

当然,古人所说的"兴"不仅仅描述一种创作时的精神状态,还指向

---

① 中国社会科学院外国文学研究所.外国文学理论家作家论形象思维[M].钱锺书,译.北京:中国社会科学出版社,1979:74.

在这种创作状态下的情感活动，比如艺术家的灵感、想象、构思等的迸发与产生。《清稗类钞》里记载了这样一个故事。清代著名画家傅山应朋友之邀去画墨竹，当他对着当空之月喝了一阵酒之后，便叫所有人退下，独自在房中开始作画。只见他忽而手舞足蹈，忽而上蹿下跳，朋友以为他发疯了，赶忙跑来将他拦腰抱住。傅山却回头大叫道："孺子败吾清兴，奈何！"说完，将画纸揉成一团，气冲冲地不辞而别。傅山所称的"清兴"，既讲的是一种创作兴致，又指向他酝酿的创作灵感及构思，这些对于艺术创作来说都是至关重要的。

艺术家进入兴发状态的表现是怎样的呢？这里至少有两个标志：一是创作情感的浓度已达到饱满值（当然这是因人因时因境而异的），二是创作灵感的闪现，预示着创作构思活动的启动。苏轼的《书蒲永升画后》里记载了画家孙知微为成都大兹寺寿宁院壁作画，虽已有创作意图，奈何灵感尚未兴发，或者说灵感的酝酿还未达到饱满值，创作欲望尚不强烈，故"经营度岁，终不肯下笔"；终有一日，他灵感酝酿成熟，创作热情达到高潮，便"仓皇入寺，索笔墨甚急，奋袂如风，须臾而成"，构思并创作出了栩栩如生的杰作。可见，处于创作情感兴发饱满期的灵感活动对艺术构思及整个创作的成败有着十分重要的影响。

中国古典美学对艺术创作中的灵感问题早有探究，常称之为"应感""兴会"等。西晋陆机的《文赋》里描绘灵感的产生："若夫应感之会，通塞之纪，来不可遏，去不可止，藏若景灭，行犹响起"；他又对灵感涌现时文思通畅、下笔琳琅的情状和灵感不来时文思阻塞、落笔艰难的情状作了描述性对比，进一步说明灵感乃是创作成败的关键："方天机之骏利，夫何纷而不理？思风发于胸臆，言泉流于唇齿……文徽徽以溢目，音泠泠而盈耳。及其六情底滞，志往神留，兀若枯木，豁若涸流……理翳翳而愈伏，思乙乙其若抽。"《宋书·谢灵运传论》也称谢灵运类似"池塘生春草，园柳变鸣禽"的创作,都是灵感涌现时"兴会标举"的产物。

当然,灵感也不是空穴来风,而是艺术家在平时阅历和情感经历积累的基础上,受某种生活景象的触动而被点燃起来的。杜甫晚年回忆安史乱中的创作经历说:"忆在潼关诗兴多"(《峡中览物》),他在安史乱中创作了"三吏""三别"等众多经典之作,灵感应该主要来自对这战乱痛苦最感同身受的体验见闻以及因之而发生的最真切的心灵激荡。没有那"穷年忧黎元,叹息肠内热"的生活经历和情感体验,即便杜甫也是不可能产生"潼关诗兴多"的创作成果。

三、神思灵动:艺术思维的特殊方式

灵感的闪现是艺术家启动构思活动的标志,至此进入正式创作阶段。而包括灵感在内的整个构思活动中,想象是艺术家的首要思维方式。

中国古典美学里有一个奇妙的名词——神思,指的就是以想象为中心的艺术思维活动。这个词最早出现在南朝宗炳的《画山水序》:"万趣融其神思",这里的"神思"就指画家创作时的丰富想象。后来刘勰的《文心雕龙》单立《神思》一章,专论艺术创作里的想象问题。刘勰指出,艺术想象的特征是"神与物游""神用象通",也就是说,艺术想象是情感与形象的统一体。用法国学者伏佛纳尔格的话来说:"凭形象的方式来产生对事物的观念,并借助形象来表达思想的那种禀赋,我称之为想象。因此,想象总诉诸人的感官;它是艺术的创造者,是精神的装饰品。"[1]

从本质上来说,艺术想象是一种情感活动。艺术家的审美情感是神思的根本动因,艺术家如果没有"性情摇荡"的激越,就不能让想象的翅膀

---

[1] 中国社会科学院外国文学研究所.外国文学理论家作家论形象思维[M].钱锺书,译.北京:中国社会科学出版社,1979:26、185.

飞腾，更不会有"登山则情满于山，观海则意溢于海"(《文心雕龙·神思》)的灵感爆发。而在想象的进程中，艺术家的情感态度依旧是最重要的主导力量，对想象活动的展开和艺术形象的创造都具有决定性影响，正如《文心雕龙·神思》所云："若情数诡杂，体变迁贸，拙辞或孕于巧义，庸事或萌于新意。"法国哲学家李博则更明确地表达："创造性想象的一切形式都包含有感情的因素"；并指出，艺术想象与其他类型的想象活动（比如科学想象）的根本区别在于，艺术想象不仅表现为对创造活动的成败所产生的某种情感上的激动，更体现在情感本身就是艺术想象的创造材料之一。然而，除艺术想象以外的其他想象活动却是不具备以上两重情感因素的[①]。

唐人孙过庭《书谱》里以王羲之所书《乐毅论》《黄庭经》《东方朔画赞》《太师箴》《兰亭集序》《告誓文》等为例，详细分析了艺术家由所书内容产生的不同审美情感而对艺术构思时的想象活动以及不同作品艺术风貌呈现所发挥的作用，孙过庭认为这不仅有"会古通今"的创作手法方面的因素，更是艺术家"情深调合"的结果。他说：

> 写乐毅则情多怫郁；书画赞则意涉瑰奇；黄庭经则怡怿虚无；太师箴则纵横争折；暨乎兰亭兴集，思逸神超；私门诫誓，情拘志惨。所谓涉乐必笑，言哀已叹……岂知情动形言，取会风骚之意；阳舒阴惨，本乎天地之心。

另一方面，由于情感活动是一种抽象的观念性存在，单靠它无法构成想象活动的载体，所以刘勰在讨论神思时既谈及了"神"，也讲到了"与神游"的"物"以及"与神通"的"象"。

---

① 中国社会科学院外国文学研究所.外国文学理论家作家论形象思维[M].钱锺书,译.北京：中国社会科学出版社，1979：26、185.

艺术想象里的"象"至少有两种形态：一种是在艺术家构思时在脑海里出现的意象，它是主观情意与客观物象相融合的心象；另一种是艺术家通过艺术媒介的物质手段或材料将存在于脑海里的心象传达呈现为某种具体可感的艺术形象，它是想象活动的实际产物。

就像《乐记·乐象篇》所云："乐者，心之动也；声者，乐之象也；文采节奏，声之饰也。君子动其本，乐其象，然后治其饰。"音乐是用来表达"心之动"的，心为何会动？肯定是"感于物"的结果。音乐如何表达"心之动"呢？那就要靠"乐象"了。音乐里的"象"，就是各种声响，《乐记·乐本篇》里列举了"噍以杀""啴以缓""发以散""粗以厉""直以廉"及"和以柔"等六种不同声响分别所"象"的"哀心感者""乐心感者""喜心感者""怒心感者""敬心感者"及"爱心感者"等六种"心之动"。而艺术家要在音乐作品里把"噍以杀""啴以缓"等声响效果呈现出来则需要借助"文采""节奏"等形式因素，它们是传达"乐象"不可或缺的成分。

可见，"想象"这件事，一头连着"想"，指向创作者的情感活动；另一头则连着"象"，即形象，它映照或传达着创作者之心。

而且，艺术想象还有一个重要的特点，就是它具有超越时空的无限广阔性与丰富性。《文心雕龙·神思》开篇就说："古人云：形在江海之上，心存魏阙之下，神思之谓也。"刘勰认为神思是一种自由无拘、任意腾跃的思维状态，"寂然凝虑，思接千载，悄焉动容，视通万里"。艺术的创造性很大程度上取决于想象思维的自由度，如果艺术家不具备"精骛八极，心游万仞"（《文赋》）的丰富广阔的艺术想象，很难创造出美轮美奂的审美意象。

而且，有时艺术想象的这种自由广度是可以表现在对常情、常理的超越上的。典型的例子就是世传王维所作的那幅《袁安卧雪图》里"雪中芭蕉"的意象创作：

> 书画之妙，当以神会，难可以形器求也。世之观画者，多能指摘其间形象位置、彩色瑕疵而已；至于奥理冥造者，罕见其人。如彦远评画，言王维画物，多不问四时。如画花往往以桃杏芙蓉莲花同画一景。予家所藏摩诘画袁安卧雪图，有雪中芭蕉，此乃得心应手，意到便成，故造理入神，迥得天意，此难可与俗人论也。
>
> （北宋·沈括《梦溪笔谈》）

艺术家在想象过程中为了充分体现自己的思想情趣，往往在构想中出现某种不符合生活现象的状况，这在浪漫主义、象征主义作品中尤为常见，但我们不能因此而责怪艺术家，全盘否定其作品。因为艺术家创造的是艺术品，而不是科学成果。王维的图画是体现其思想情操的艺术品，而不是科学挂图，故而沈括对王维的"雪中芭蕉"之作是大加赞赏的。但也有人认为王维并没有画错，宋人朱翌的《漪觉寮杂记》指出岭外两广地区就有冬日大雪而芭蕉方自若开花的奇景（当然也有人对朱翌之说提出反对意见，认为袁安卧雪系在洛阳，不在岭外）。其实，不论雪中芭蕉的现象在现实世界是否存在，王维画在画里的并不是纯粹的自然现象，而是经由他想象加工的艺术形象，完全可以突破现实美的形似而进行修饰、缀合，甚至夸张，在似是而非、似有若无的意象创造中表达自我精神与情趣。

四、艺术妙境：用艺术来发扬生命

尼采说："艺术是人类所了解的人生的最高使命，艺术是极其高尚而正确的，能够超脱生活本身的活动。"（《悲剧的诞生》）艺术是人生忘我的一刹那，是经历了生活而对生命存在进行的最本质探究。

也许有人会问：艺术的价值何在？某次展览会上，就有人问起丰子恺："绘画到底有什么用？"丰子恺回答："绘画无用。"那人又问："既然无用，画家何苦画画？展览会又何苦开起来？"丰子恺一本正经地答道："纯正的绘画一定是无用的，因为那是艺术。它只负责美和唤醒人的心，让人的心开花、绽放、清醒。但凡有用的，都不是纯正的绘画。所以绘画中，无用的才是大用。"

大家都熟悉陶渊明弹奏"无弦琴"的故事吧。有传言说，因陶渊明"不解音律"而喜弹无弦琴（如《宋书·隐逸列传》《晋书·隐逸列传》等所记），其实不然。

从陶渊明在《与子俨等疏》等文章里所自述的"少学琴书，偶爱闲静"，琴学应是浔阳陶氏的家学之一。他平日所弹为七弦琴，《自祭文》曰："欣以素牍，和以七弦。"他常琴书相伴，一生常乐，"弱龄寄事外，委怀在琴书"（《始作镇军参军经曲阿》）、"清琴横床，浊酒半壶"（《时运》）、"息交游闲业，卧起弄书琴"（《和郭主簿》）、"寄心《清商》，悠然自娱。翳翳衡门，洋洋泌流，曰琴曰书，顾眄有儔"（《扇上画赞》）。而且，陶渊明还通晓琴律及其演奏技艺，其《拟古·其五》谈到欣赏琴曲的情景："知我故来意，取琴为我弹。上弦惊《别鹤》，下弦操《孤鸾》"——古琴名家郭平先生从琴学的角度分析了陶渊明对"上弦""下弦"等古琴音律及其演奏技法的熟知，以及对《别鹤》《孤鸾》等琴曲特色的了解，认为陶渊明是行家里手。

因此，有理由认为，陶渊明不仅"解音律"，而且擅长琴曲。他之所以弹奏无弦琴，或许是对那种"无声胜有声"超妙音乐境界的追求。

用琴弦弹出来的毕竟是人为之音，而无弦琴更能让陶渊明获得几近天籁的艺术享受。"无丝竹之乱耳，无案牍之劳形"，安居田园的生活充满鸟鸣泉声、鸡鸣犬吠，愈加强化了陶渊明"心远地自偏"的审美感受。或许钱锺书先生的妙语可以为以上情境作注脚：

> 聚合了大自然的万千喉舌,抵不上两个人同时说话的喧哗……人籁是寂静的致命伤,天籁是能和寂静溶为一片的。风声涛声之于寂静,正如风之于空气,涛之于海水,是一是二……寂静并非是声响全无。声响全无是死,不是静;……寂静能使人听见平常所听不到的声息,使道德家听见了良心的微语,使诗人们听见了暮色移动的潜息或青草萌芽的幽响。你愈听得见喧闹,你愈听不清声音。
>
> (钱锺书《一个偏见》)

此外,有弦无弦,只是一个形式问题,而"但识琴中趣,何劳弦上声"才是更实质的所在。但要注意的是,这种"琴中趣"不是一般人能轻易获得的,那是真正懂琴爱琴、为琴艺付出许多心血的人在超脱了某种技术上的束缚而达到的自由审美境界,与陶渊明所言"好读书,不求甚解"(《五柳先生传》)的读书法同出一辙(那也不是不读书或不会读书的人所能体悟和采取的)。因而,从某种意义上说,能够从无弦琴上获得"琴中趣"是比从有弦琴上有所获得境界更高。

"笛以无腔为适,琴以无弦为高。"老子的"大音希声"论对中国文人音乐影响深远。这"大音"是无为的,是无亏的,也是大全的,它所意蕴的是宇宙的至道真理,而现实世界里人为的音乐则是有亏的,不完美的。正如阮籍《清思赋》所云:"余以为形之可见,非色之美,音之可闻,非声之善……是以微妙无形,寂寞无听,然后乃可以睹窈窕之淑清。"

陶渊明以弹奏无弦琴的风雅之举,突破了某种具体乐器及其技法的局限,而将内在精神世界与宇宙相交融,与"大道"相契合。无弦琴的声趣里就有"道"的精神灌注,弹奏无弦琴就是在歌咏至高无上的"道"。无弦琴寄托着陶渊明无为而无不为的精神追求,体现着他超脱凡俗、怡然自得的审美观念。

陶渊明弹奏无弦琴的音乐生活里，展现的不仅是一种艺境——诗人的脱俗气质和音乐家的潇洒风流，更是一种道境——超越寰中、凌驾今古的终极哲理，正如荷兰学者高罗佩在《琴道》中所言："It is a way, a path of wisdom, Tao."（意为"琴声之道，通往智慧之途"）

我们再来看书法创作。唐代书法家虞世南的《笔髓论》曰："字虽有质，迹本无为。"——书法的载体本是作为实用性书写符号的文字，是有为的；但书法艺术超越了以文字为符号的物质性和目的性而成为一种自由的审美创作，这便是无为的。虞世南还说到书法艺术的源泉是"禀阴阳而动静，体万物以成形"，而世间万物"达性通变，其常不主"，艺术家要深入体察感悟大道流行的本质及其规律，将其化入笔墨造型之中。比如王羲之的《兰亭序》，全篇三百二十四字，长短互殊，宽窄各异，迎让有致，疏密得宜，曲尽其态，呈现活泼多变又融洽和谐的一派自然生机。以该帖的第八至十行上部为例，"宙"字构成了一个核心，四周的字仿佛由其光芒喷射出来般的；若仅看第八行上部几字，"日"字写得紧凑，"也"字则写得舒展，"天"字张扬，"朗"字则相对收敛了，收放自如之中节律感倍增。而第八行下部的"惠风和畅"四字，更是从笔墨造型上营造了江南万物春意的意态，让人不觉萌发欣欣向荣之感。

当然，要真正领略书法艺境，不走进创作者的精神世界是不行的。虞世南主张："书道玄妙，必资神遇，不可以力求也。机巧必须心悟，不可以目取也。"所以，要欣赏《兰亭序》的字，必须要先读懂《兰亭序》的文，要跟着王羲之去赴一千七百年前的那场风流雅集，跟着他一起曲水流觞，跟着他一起醉意挥毫，跟着他欢欣，跟着他悲慨，跟着他体悟天道，跟着他释怀尽兴！《兰亭序》全帖二十八行，共分六段，中间五行一段，首尾四行一段。这六段的书写体现着创作者不同的情感韵律。第一段的书写是谨严端肃的。全篇开首的"永"字，是非常标准的楷书。但进入第二段的五行，慢慢地，书写节奏开始加快，从舒展流畅转向沉痛豪放，写错时直接涂抹掉，直到全篇收结的"文"字，甚至有一滴墨滴落字上。这可能有两个原因：一是酒精发挥了作用；二是王羲之情绪高涨，从"死生亦大矣"的感伤迷茫中超拔出来而最终回归到现实生活中的每一次"兴怀"所带来的最凡常、最真切的快乐，流露出一种慷慨坦然的人生意兴。

最后讲绘画创作。中国画大约到了魏晋时期，从以图形为主向以形传神转变了。徐复观先生《中国艺术精神》指出：

> 今日从石刻上所看到的汉代人物画，是由画的故事来表现其意义、价值；这是求意义、价值于绘画自身之外；此一传统，当然在魏晋时代，也多少还继承了下来。但魏晋及其以后的人物画，则主要是由通过形以表现被画的人物之神，来决定其意味、价值；这是就绘画自身所作的价值判断，这完全是艺术的判断。[①]

《世说新语·巧艺》记载，东晋大画家顾恺之画人物常几年不画眼睛。有人问他原因，他说："四体妍蚩，本无关于妙处；传神写照，正在阿堵中。"顾恺之认为，画人物最重要的是画出其风神、气质，而不是那些外在的形貌特征。南朝理论家谢赫在《古画品录》里提出绘画六法，第一法就是"气韵生动"，要求作画超越对具体形象的直观模仿，而从人物的内在精神出发，曰："若拘以体物，则未见精粹；若取之象外，方厌膏腴，可谓微妙也。"

拿现传顾恺之的代表作《女史箴图》来说，我们看到的不是人物的具体长相和形态，而是整个画面所营造的飘然神逸的氛围。再比如，顾恺之曾为一名武官殷仲堪画像，殷仲堪不希望顾恺之画自己，因为他有一只眼

---

① 徐复观.中国艺术精神[M].沈阳：辽宁人民出版社，2019：147.

〔唐〕顾恺之 《女史箴图》（摹本） 绢本设色 大英博物馆藏

《女史箴》本为西晋广武侯张华所写，文字内容是关于女子的德行操守，以教化训诫为目的。顾恺之将文中故事以图画的形式加以描绘，使之通俗易懂。此幅作品《女史箴图》为现存最早的摹本，原为清宫旧藏，现藏于大英博物馆。

画面通过"冯婕妤挡熊"、"班婕妤辞辇"和"防微虑远"等主题描绘了贵族妇女的娇柔、矜持、英勇等各种神态情态，作者尤其注重强调刻画人物的创作应注重通过"点睛之笔"来实现"传神"，从而捕捉到所绘人物各具特色的内在精神气质，画面中不同的主题人物，无论身姿、仪态、服饰都合乎她们的身份和个性，形体四肢和其他外在形象的描摹，都是为"传神"服务的途径与技法，以此营造出生动灵性的整体画面。

睛受过伤。顾恺之便先勾出他受伤的眼睛的轮廓，再飞白拂描，创造一种"轻云之蔽月"的画面感。以上都是顾恺之"画妙通神"的成功创作。

从人物画到山水画、花鸟画，以形传神、以形写意都是中国画追求的艺术境界。这种"神"、这种"意"，指的是天地万物共有共通的生命气息，所谓"意在笔先"，画家在画像上寄寓和传达的也是这生命气息。正如明代画家祝允明《枝山题画花果》所云："绘事不难于写形而难于得意，得其意而点出之，则万物之理，挽于尺寸间矣，不甚难哉！或曰：'草木无情，岂有意耶？'不知天地间，物物有一种生意，造化之妙，勃如荡如，不可形容也。"

我们再讲下清代文人画（也称士夫画）的代表人物、"扬州八怪"之一——郑燮的创作经历。

郑燮喜画兰、竹、石，他将"四时不谢之兰""百节长青之竹""万古不败之石""千秋不变之人"合称人间"四美"(《兰竹图册》)，用饱蘸深情的笔墨勾勒着"四美"的精神气质与生命意义。尤其是兰竹，那孤高自持的气节、苍劲豪迈的意志、虚怀若谷的胸襟都与郑燮的人格气质相合。郑燮专画兰竹五十余年，不画他物，并非无因。他在《题画兰竹石》中说："盖以竹干叶皆青翠，兰花叶亦然，色相似也；兰有幽芳，竹有劲节，德相似也；竹历寒暑而不凋，兰发四时而有蕊，寿相似也。清湘之意，深得花竹情理。余故仿佛其意。"郑燮把兰竹的品格与画家的品格相提并论并融为一体了。"兰竹就是我，我就是兰竹。"画家是通过对兰竹的直接歌颂，来表明自己的生活理想和精神追求。

郑燮的前半生是在困顿中度过的，幼年孤贫，成年后也常捱着"爨下荒凉告绝薪，门前剥喙来催债"（《七歌》）的日子。他"十载扬州作画师"《和学使者于殿元枉赠之作》，中了秀才卖画度日，中了举人还是卖画为生，直到乾隆元年（1736），也就是四十九岁时，他才当上了一个小小的"潦倒山东七品官"。十余年的仕宦生活，使他深切洞察了民生疾苦和官场黑暗，最终毅然决然地挂冠而去，重新走上"落拓扬州一敝裘"（《大中丞尹年伯赠帛》）的靠卖画为生的道路，但胸中怀揣的依旧是"千磨万击还坚劲"的坚毅和"一枝一叶总关情"（《题竹》）的情怀。

绵历世事的郑燮把人生感悟寄托在了画作上，形成了独具特色的板桥画风。总体来说，他善于巧妙地运用笔、墨、水，以气韵为先导，以笔墨为主体，以浓淡为调节，干湿有度，自然独到。在用笔技巧上，中锋、侧锋相互补充，浑然一体，秀劲潇洒，画作充满天然的趣味和无限的人生理想。

他有一幅《高山幽兰》，题诗曰："此是幽贞一种花，不求闻达只烟霞。采樵或恐通来径，更取高山一片遮。"画家借兰花的高贵品质来抒发自己心中的情感，体现了画家超凡脱俗、追求美好生活的境界。作者把兰、竹、石生动地结合在一幅画面上予以尽情地发挥，给人以笔墨之外的许多感受，从画作中领悟到高洁、沉静、正直、坚贞的思想品格。

他的墨竹图，不论大幅小幅，不论枯竹新篁、丛竹单枝，抑或风中之竹、雨中之竹，都极具生活气息和空间感，墨色浓淡，宾主得体，疏密有致，形神兼备，似有一股勃然之气贯穿其间。"蝶梦初回茗碗持，一瓯清墨仿天池。萧萧几叶凉生笔，是画摇风带雨枝"，从他的《墨竹图》里不难体验到他的一身正气和节操。

艺术是专属人类的杰作，音乐、书法、绘画，都是人性最真实最完美的写照。正如罗曼·罗兰所说："艺术是发扬生命的，死神所在的地方就没有艺术。"

参考书目

〔汉〕郑玄笺，〔唐〕孔颖达疏：《毛诗正义》（十三经注疏本），北京：中华书局，1990。

〔汉〕郑玄笺，〔唐〕孔颖达疏：《礼记正义》（十三经注疏本），北京：中华书局，1980。

〔汉〕高诱：《淮南子》，北京：中华书局（诸子集成本），1996。

〔汉〕扬雄：《扬子法言》，北京：中华书局（诸子集成本），1996。

〔汉〕王逸：《楚辞章句》，上海：上海古籍出版社，2017。

〔汉〕司马迁：《史记》，北京：中华书局，2011。

〔魏〕曹植著，赵幼文校注：《曹植集校注》，北京：人民文学出版社，1998。

〔魏〕阮籍著，陈伯君校注：《阮籍集校注》，北京：中华书局，2018。

〔魏〕嵇康著，戴明扬校注：《嵇康集校注》，北京：中华书局，2018。

〔魏〕何晏注，〔宋〕邢昺疏：《论语注疏》（十三经注疏本），北京：中华书局，1980。

〔晋〕陶渊明著，龚斌校笺：《陶渊明集校笺》，上海：上海古籍出版社，1999。

〔晋〕杜预集解，〔唐〕孔颖达疏：《春秋左传正义》（十三经注疏本），北京：中华书局，1980。

〔晋〕张湛：《列子注》，北京：中华书局（诸子集成本），1996。

〔晋〕王弼：《老子注》，北京：中华书局（诸子集成本），1996。

〔晋〕司马彪著，〔清〕孙冯翼注：《庄子注》，北京：中华书局，1991。

〔南朝宋〕刘义庆著，徐震堮校笺：《世说新语校笺》，北京：中华书局，1999。

〔唐〕李鼎祚：《周易集解》，北京：中国书店，1984。

〔唐〕李白著，〔清〕王琦注：《李太白全集》，北京：中华书局，1999。

〔唐〕杜甫著，〔清〕杨伦笺注：《杜诗镜铨》，上海：上海古籍出版社，1980。

〔唐〕王维著，陈铁民校注：《王维集校注》，北京：中华书局，1997。

〔唐〕白居易著，喻岳衡点校：《白居易集》，长沙：岳麓书社，1992。

〔唐〕刘禹锡著，卞孝萱校订：《刘禹锡集》，北京：中华书局，2000。

〔唐〕柳宗元：《柳宗元集》，北京：中华书局，2000。

〔唐〕元稹著，冀勤点校：《元稹集》，北京：中华书局，2000。

〔后晋〕刘昫：《旧唐书》，北京：中华书局，1995。

〔宋〕陆游：《陆游集》，北京：中华书局，1976。

〔宋〕欧阳修：《欧阳修全集》，北京：中国书店，1986。

〔宋〕欧阳修：《新五代史》，北京：中华书局，1987。

〔宋〕李昉：《文苑英华》，北京：中华书局，1995。

〔宋〕黎靖德：《朱子语类》，北京：中华书局，1983。

〔宋〕吴自牧：《梦梁录》，杭州：浙江人民出版社，1980。

〔宋〕沈括：《梦溪笔谈》，北京：中华书局，2020。

〔宋〕洪兴祖著，白化文校：《楚辞补注》，北京：中华书局，2015。

〔宋〕胡仔：《苕溪渔隐丛话》，北京：人民文学出版社，1984。

〔元〕王实甫著，王季思校注：《西厢记》，上海：上海古籍出版社，1980。

〔明〕汤显祖：《牡丹亭》，北京：人民文学出版社，1994。

〔明〕王嗣奭：《杜臆》，上海：上海古籍出版社，1983。

〔清〕刘宝楠：《论语正义》，北京：中华书局（诸子集成本），1996。

〔清〕焦循：《孟子正义》，北京：中华书局（诸子集成本），1996。

〔清〕王先谦：《荀子集解》，北京：中华书局（诸子集成本），1996。

〔清〕郭庆藩：《庄子集释》，北京：中华书局（诸子集成本），1996。

〔清〕王先谦：《庄子集解》，北京：中华书局（诸子集成本），1996。

〔清〕王夫之著，王孝鱼点校：《庄子解》，北京：中华书局，1964。

〔清〕王夫之：《楚辞通释》，上海：上海人民出版社，1975。

〔清〕彭定求等：《全唐诗》，北京：中华书局，1960。

〔清〕蘅塘退士编，陈婉俊补注：《唐诗三百首》，北京：中华书局，1959。

〔清〕严可均：《全上古三代秦汉三国六朝文》，北京：中华书局，1999。

〔清〕仇兆鳌辑注：《杜诗详注》，北京：中华书局，1999。

〔清〕纳兰性德著，张草纫笺注：《纳兰词笺注》，上海：上海古籍出版社，2017。

〔清〕袁枚：《随园诗话》，北京：人民文学出版社，2006。

〔清〕王夫之著，舒芜校点：《姜斋诗话》：北京：人民文学出版社，1998。

〔清〕刘熙载：《艺概》，北京：人民文学出版社，1978。

〔清〕王国维：《人间词话》，北京：人民文学出版社，2018。

《二十五史》，上海：上海古籍出版社、上海书店，1986。

梁启超：《饮冰室合集》，北京：中华书局，1936。

王世舜：《尚书译注》，成都：四川人民出版社，1982。

张松如：《老子说解》，济南：齐鲁书社，1998。

程俊英：《诗经译注》，上海：上海古籍出版社，2012。

郭绍虞：《沧浪诗话校释》，北京：人民文学出版社，1961。

郭绍虞：《诗品集解》，北京：人民文学出版社，1963。

周振甫：《文心雕龙注释》，北京：人民文学出版社，1998。

张少康：《文赋集释》，北京：人民文学出版社，2002。

张兆勇：《谢灵运集笺释》，北京：中国社会科学出版社，2017。

詹安泰校注：《李璟李煜词》，北京，人民文学出版社，1999。

凌景埏校注：《董解元西厢记》，北京：人民文学出版社，1980。

周裕锴主编，张志烈、马德富校注：《苏轼全集校注》，石家庄：河北人民出版社，2010。

鲁迅：《鲁迅全集》，北京：人民文学出版社，2005。

闻一多：《闻一多全集》：北京：生活·读书·新知三联书店,1982。

闻一多著，傅璇琮导读：《唐诗杂论》，上海：上海古籍出版社，1998。

郑振铎：《郑振铎古典文学论文集》，上海：上海古籍出版社，1984。

朱光潜：《朱光潜全集》，合肥：安徽教育出版社，1987。

南怀瑾：《南怀瑾选集》，上海：复旦大学出版社，2013。

徐志摩：《海滩上种花》，南京：江苏少年儿童出版社，2014。

沈从文：《沈从文文集》，广州：花城出版社，1982。

周作人《雨天的书》，上海：上海三联书店，2018。

钱钟书：《谈艺录》，北京：中华书局，1996。

钱谷融：《论"文学是人学"》，北京：人民文学出版社，1981。

李长之：《道教徒的诗人李白及其痛苦》，沈阳：辽宁教育出版社，1998。

冯至：《杜甫传》，北京：人民文学出版社，2019。

钱穆：《中国学术思想史论丛》，北京：生活·读书·新知三联书店，2021。

钱穆：《晚年盲学》，桂林：广西师范大学出版社，2014。

徐复观：《中国艺术精神》，沈阳：春风文艺出版社，1987。
徐复观：《中国文学精神》，上海：上海书店出版社，2004。
宗白华：《艺境》，北京：北京大学出版社，1998。
宗白华：《美学散步》，上海：上海人民出版社，1982。
李泽厚：《美的历程》，北京：文物出版社，1982。
李泽厚：《华夏美学》，北京：中外文化出版公司，1989。
李泽厚：《中国古代思想史论》，北京：生活·读书·新知三联书店，2008。
李泽厚：《中国美学史》，北京：中国社会科学出版社，1984。
游国恩等：《中国文学史》，北京：人民文学出版社，1983。
章培恒、骆玉明：《中国文学史》，上海：复旦大学出版社，1996。
袁行霈主编：《中国文学史》，北京：高等教育出版社，2004。
李从军：《唐代文学演变史》．北京：人民文学出版社，2006。
马一浮：《复性书院讲录》，南京：江苏教育出版社，2005。
傅雷：《傅雷家书》，北京：生活·读书·新知三联书店，1998。
冯骥才：《灵性》，北京：生活·读书·新知三联书店，2009。
柯灵：《戏外看戏——柯灵散文》，杭州：浙江文艺出版社，2015。
梁鸿：《历史与我的瞬间》，上海：上海文艺出版社，2015。
梁衡：《把栏杆拍遍》，上海：东方出版中心，2007。
陈雪良：《大国争霸与士的崛起——春秋》，上海：上海人民出版社，2018。
周积寅：《中国画论辑要》，南京：江苏美术出版社，1985。
何志明：《唐五代画论》，长沙：湖南美术出版社，1997。
潘运告：《宋人画论》，长沙：湖南美术出版社，2000。
潘运告：《清代画论》，长沙：湖南美术出版社，2003。

［法］罗曼·罗兰著、傅雷译：《米开朗琪罗传》，北京：生活·读书·新知三联书店，1998。

［德］海德格尔著，郜元宝译：《人，诗意地栖居》，北京：北京时代华文书局，2017。

［法］C.昂博尔·于阿里著，钱林森译：《中国古典诗歌的三个时期》，上海：上海古籍出版社，1990。

［日］小尾郊一著，邵毅平译：《中国文学中所表现的自然与自然观》，上海：上海古籍出版社，1989。

［俄］别林斯基著，梁真译：《别林斯基论文学》，上海：新文艺出版社，1958。

后 记

"文学是人学",经典的文学作品里蕴藏着对人的生活状态、生命价值的深切关怀,它们洞悉着我们身处的这个世界,深入人性的肌理,照亮生命的风景,贯通历史、现实与未来,以优美的表达、深邃的思想、博大的胸怀,撞击一代代读者的心灵,激起的回响跨越时空、直达永恒。从这个意义上说,文学教育从根本上来说是人性的教育,"以文化人"的根本意义就在于感通真爱美的人性,让人更像一个真实的人、可爱的人、美好的人。

因此,本书围绕"文学"与"人生"两条主线,按照"真""爱""美"三大人性维度建构诗意人生文学史脉,品读经典文学体味人生意蕴——涉及生命观、自然观、道德修养、审美情趣,以及亲情、友情、爱情、家国情等,在对话经典作家中感悟人格风范——包括屈原、庄子、陶渊明、李白、杜甫、欧阳修、苏轼、纳兰性德等二十余位范型人物,希望读者能在与中华经典的"神会"中感受先哲们追求美好理想的心路历程,进而开创属于自己的诗意人生。

"真""爱""美"是中国经典文学讴歌的三大主题,也是诗意人生的基本要素。"真"是"爱"与"美"的基础与核心,"美"是"真"与"爱"的升华与创造,三者互为因果、彼此交融。尽管有时文学也会记录假恶丑,但这不是为了歌颂它们,而是激励读者更有勇气去面对这个真实的世界,在揭露和唾弃假恶丑中更加坚定对真爱美的信仰和追求。因而,保持"真"的信仰、感怀"爱"的生活、抒写"美"的人生,成为一代代学人

"诗意人生"的生动写照，而这林林总总、鲜活丰满的"诗意人生"也构成了中国经典文学史上的一道道美丽风景线。

为了更好地展现那一段段经典的诗意文学史，本书写作过程中注重三个"力求"。一是文献取材力求经典，适应普通学习者文言水平，不讲偏文难文，注重挖掘常见经典的深义新义；二是人格范式力求典型，紧扣"真""爱""美"选择范式人物，利于自学思考——如"知己之爱"以中唐交友最广且较成功的白居易为例，阐述他与志同道合者、志同道异者、同党同道者、异党同道者等的交友智慧，启发学习者对复杂社会关系中交友之道的思考；三是案例启发力求务实，通过直指精神需求的话题，活学活用解决当下为人处世问题，引导学习者自塑诗意人生。

本书自酝酿到出版，历时六年。由吉文斌撰写绪论、第一编、第二编第四章、第三编，董雪静撰写第二编第一章、第二章、第三章、第五章。作为上海高校优质在线课程和上海市教委重点课程《经典文学与诗意人生》的配套著作，一方面力求为大学生学习中国经典文学，提升文学素养、启迪人生智慧、弘扬中华美育精神打造雅俗共赏的课内外读本，另一方面也希望为社会中不同年龄、层次的文学爱好者提供通识阅读的选择，满足各类文学爱好者享受诗意、信仰诗意的精神文化需求。

本书在撰写过程中，得到了复旦大学蒋凡教授、汪涌豪教授、陈引驰教授，华东师范大学王元鹿教授、黄珅教授，河北大学詹福瑞教授、李金善教授，上海师范大学张自慧教授的关心与指导。东华大学刘慧教授为书稿编选了配套插画，并为本书撰写画评，从"诗中有画""画中有诗"的视角，生动诠释艺术经典中的"诗意人生"。上海音乐学院杨赛研究员、上海东广电台主持人黄旻祎女士对书稿的撰写也提出了很多中肯的意见和建议。中国出版集团有限公司华文出版社郭俊萍编辑和出版团队，为本书得以面世付出了辛苦的工作！值此书稿付梓之际，感谢培养和教导我们研习、传承文学经典的诸位恩师，感谢在书稿撰写和出版过程中提供帮助的同事、朋友和同学们，感谢给予关心和支持的家人们！

吉文斌　董雪静

2023 年 7 月